COLLEC

Alphonse Boudard

Le banquet
des Léopards

La Table Ronde

Alphonse Boudard est né à Paris en 1925. En 1941, il est apprenti dans une fonderie typographique. Entre 1943 et 1945, il fait ses maquis et s'enrôle dans la 1re Armée. De 1944 à 1962, il s'arrête, quelquefois de façon prolongée, dans des prisons ou dans des sanatoriums. C'est en 1962, avec la parution de *La métamorphose des cloportes,* qu'il devient écrivain. Le prix Renaudot, en 1977, pour *Les Combattants du petit bonheur,* consacrera sa reconversion. Chacun des ouvrages de Boudard prend place à l'intérieur d'un vaste ensemble de biographie romanesque intitulé : *Les chroniques de mauvaise compagnie.*

*A la mémoire
d'Albert Simonin.*

« *Ceux que ce livre pourrait choquer n'auront qu'à en prendre un autre, ou à écrire celui qu'il leur plaira.* »

Henri Béraud
Quinze jours avec la mort.

I

La lanterne magique

Avant que tout ça se tire, s'évapore, s'émiette en feuilles mortes au vent des décades, je voudrais, je m'efforce... saisir un peu ce qu'il reste de la lanterne... toute sa magie... la ronde des personnages qui furent... ne sont plus que sur quelques photos ! Je m'aperçois dans ce morceau de vie... par ces images me restant... toutes les dives, les verres en pogne ! Si ça trinque, liche... et puis les faciès... les châsses imbibés... une confrérie alors de francs buveurs... taste picton tous brevetés ! Les boutanches... leurs culs par rangées dans le capharnaüm du lanternier, parmi ses trésors, ses lithos, ses bustes, ses coquillages, ses machines infernales Modern' Style ! Enfin je vous détaillerai plus loin, plus longuement... que je vous chronique en ordre... prenne par le bon bout, les tout débuts... comment les choses ont commencé.

Il faut que je vous ramène, mille excuses, au ballon, n'est-ce pas... au gnouf, en prison, en carluche ! J'y traînais alors mes guêtres... mon postérieur sur le banc des infamies. Je vous replace... 1950... un bel été qui

s'annonçait... le ciel entre les barreaux sans nuages !
Cellule 206, je me vautrais sur ma paillasse. Deuxième
étage, deuxième division... Fresnes les Rungis, j'y
reviens, j'y fus en quelque sorte en résidence secondaire des années ! Là, on m'accusait de je ne sais quoi,
mais je protestais de mon innocence. Je proteste
toujours... je continue ! Je n'y étais pour rien dans
cette affaire... un trafic de photos, de films pornogra-
phiques... Des choses, des œuvrettes qu'aujourd'hui
en notre République laxiste giscardeuse... on les
projette aux enfants le mercredi dans les patronages du
R.P. Floraison... des galipettes bien ordinaires...
bibite en bouche... en trouducul... des petits plans
coquins à branlette. On m'accusait, moi, de les fourguer, de connaître les auteurs, les actrices... tout un
réseau franco-belge... d'être la cheville, l'ouvrière ! Je
m'étais fait emballarès le même jour qu'Emile Buisson,
si ça peut intéresser mes exégètes, les historiens
littéraires. Lui, Mimile, il avait un sérieux mouron à
s'égréner. Les Borniche's boys le cuisinaient... gentils,
certes, mais fermement... les questions en tir mitrail-
leuse ! Avec mes clichés cochons, mon réseau fellation-
nistes sur pelloche, j'étais tout de même privilégié par
rapport ! Ce que je me dis sans cesse... qu'il y a pire !
Ça me permet de supporter les heurts et cerises et
castagnettes de l'existence ! Là, dans ma cellote 206, je
me cultive donc, je lis Stendhal, m'sieurs dames... sa
Chartreuse... sur ma paillasse. Fabrice s'évade de la
citadelle ! La hauteur qu'il descend cézig ! Il lâche un
instant sa corde... il lui semble... enfin il se retient aux
broussailles... il réveille les oiseaux. La Sanseverina, le

cœur battant, l'attend devant les remparts. Ça y est...
elle le serre ensanglanté dans ses bras. Il est sauf, sinon
sain !

Je n'apprécie pas encore la phrase. Je ne suis pas à
même... le style incisif... les beautés du raccourci... les
arrière-plans psychologiques... le côté opéra-bouffe !
Je lis goulu... savoir la fin... n'est-ce pas, mon côté
tout à fait primaire ! Bon... je ne suis pas seulâbre en
cette cellule. On est deux et on devrait même être trois
dans l'espace prévu d'un seul homme. Les temps sont
difficiles pour l'Administration pénitentiaire... c'est
encore une époque de crise. Toutes les époques,
remarquez bien, sont de crise. Là, c'est la fin de l'ère
collabo. Les prisons tout de même se vident de leurs
miliciens, SS, maréchalistes nous voilà ! Au Quartier
des droit commun c'est les séquelles de la guerre... les
dévoyés, désaxés, déboussolés, par tous ces événements cruels. J'en fus. Ce que Jean-Baptiste, mon cher
avocat, invoquait. Jeune homme marqué par la vie
clandestine... les risques d'aller au poteau voir si les
mausers tiraient juste... mes campagnes lorraines,
alsaciennes, allemandes ! Toute ma gloire dans les
plaines neigeuses sous les mortiers, les 88... devant les
Panthers de la Wehrmacht. Bref, ça m'a prédisposé au
pire... la délinquance... ce réseau de septième artiste
licencieux. Toutefois, je bats... je nie, pour être clair...
je suis victime d'une coïncidence, d'un hasard, d'un
mauvais sort, d'un coup fourré des chats itou ! Mali-
forme mon juge d'instruction, à toute force, il me veut
au chtar ! Que j'y reste à réfléchir, que les champi-

gnons me poussent au cul entre les grumeaux fienti-
ques pour m'apprendre.

Mon codétenu, mon compagnon d'ergastule, c'est
Karl... Karl Bauerfuchs. Pendant que je me lïs ma
Chartreuse, lui il pique le dix, Karl ! Il arpente la cellule
de la fenêtre à la lourde comme vous voyez faire les
tigres au zoo. On enferme quiconque n'est pas ténia,
méduse, limace, assisté social... il se met à tourner... à
piquer... il s'heurte au mur, il revient, repart ! Il
s'étourdit en marchant, Karl, il a de la santé à
revendre. On a le même âge proximatif... vingt-cinq,
vingt-six ! Il est tout muscles, mâchoire et sexe. Il
bouffe comme trois, il fait ses tractions sur le plancher
et il bande du soir au matin. Il va près des chiottes, il se
la sort drue, droite... le gland... le comac morceau, une
sorte de sorbet au cassis ! Il se pogne carrément devant
la cuvette. Il se tourne... moi toujours avec Fabrice
Del Dongo... la *Chartreuse*... la *Sanseverina !* Je l'entends tout de même... han ! han ! il fait. Il se soulage...
asperge le mur de ses spermatozoïdes au-dessus du
robinet parmi les moisissures. Il reste une bonne
minute à savourer sa jouissance, reprendre son souffle... attendre un peu que ça se dégonfle. Il essuie son
foutre avec un vieux bout de chiffon... « J'ai bensé à
Mardine Karol ! » il m'annonce et qu'il l'enculerait
bien si, par hasard, par un coup de braguette magique,
elle arrivait là toute offerte, toute consentante, Mardine Karol ! Moi aussi, certes ! Karl, les privations
sexuelles, ça le complexe folingue, obsédé... il se
branle tout le temps... il s'embourbe tout ce qui
accepte, tous les copains. Je vais vous narrer, vous allez

lire... à peine croyable ! Un homme des cimetières, un
fossoyeur qu'il a réduit mignonne, ce salingue détra-
qué ! Il repique, reprend sa marche, après son éjacula-
tion sur le mur... un bon mètre de jet. « Du m'excuses », il me dit. Il a l'accent de Strasbourg, sa ville
natale. Il met les d à la place des t... les b à la place des
p... Je vais pas vous reproduire comme Balzac, ça vous
deviendrait pénible à me suivre. Pourquoi cette fois il
s'excuse, Karl ?... alors mystère et *poule de comme !* Il
est nerveux, brusque. Il serait dangereux à la castagne.
Comment qu'ils l'ont drivé, entraîné, les feldwebels de
la *Das Reich*. L'éducation spartiate nazie... grenade
sur le casque... énucléer les chats tout vifs... creuser
son trou devant le tank qui vous lamine au cas où vous
n'auriez pas manié la pelle assez rapidos... ramper,
courir, flinguer, riffauder les enfants, les aïeules, les
prêtres, les Israélites... violer les lingères légères, les
dames patronesses, les petites filles modèles ! *Ach !
Kolossale rigolade !* Il s'en est payé, je me goure, ce
joyeux drille en campagne ! Il me jure tous les *gross goti*
que non... qu'il fut embarqué, enrôlé d'office,
contraint *malgré nous !* Qu'il s'est comporté ensuite
tout à fait *korrect*, qu'il a sauvé trois communistes, une
demi-douzaine de bébés sémites, qu'on aurait dû lui en
tenir compte ! En final sa désertion en *bleine pataille !*
N'est-ce pas... il a contribué de la sorte à l'avance
anglo-saxonne sur le sol normand. J'acquiesce, moi, je
veux bien, je veux toujours bien. J'écoute... un rien
m'instruit, tout est bénéfique à qui sait s'en servir plus
tard. Ma vocation chroniqueuse déjà en éveil, sans que
je le sache encore. Il me raconte aussi ce qu'il veut, ce

qu'il peut. C'est, en cabane, le lot commun... chacun
bonit sa petite salade ! Préférable de toute manière de
toujours faire semblant d'y croire. Karl, il est en
maillot de corps... débardeur à trous-trous sous sa
cotte bleue de garagiste. Ses biscottos, il me les roule
sous le tarin... ses mécaniques... ses endosses... sa
fierté ! Il a le serpent sur l'avant-bras autour d'une
épée. Un tatouage d'homme... marque indélébile
débile ! Symbole, je crois, de la vengeance. Baraqué
césarin... musclé, la taille fine. Sa tronche prognathe
dépare un peu l'Adonis ! Coupe de tifs en brosse. Il ne
peut pas cacher ses origines tudesques. De son passage
chez les *Das Reich,* la division SS furieuse, il en a gardé
moult tics. L'allure fauve... cette brusquerie comme
s'il allait à tout bout de champ défourailler à la
mitraillette... au jugé... encaldoçaresse ce qui se présente. Son obsession... toute la journée il en débagoule... ce qu'il a tringlé, ce qu'il tringlera... enfio-
tera... crac ! Il mime ! *Ach !* A l'Infirmerie annexe d'où
il m'est arrivé il y a trois semaines, il s'en est donné,
paraît-il, à bite que veux-tu ! Chambrée de vingt...
vingt-cinq ! Dans le nombre il y a toujours, par-ci par-
là, quelques amateurs de biroute en fion ! Deux trois
tantouses plus ou moins en état de se faire régaler. Aux
chiottards, il se les embourbait Karl... Ran ! Il me
pantomine... Ran ! A la margarine il s'enduit son
instrument comme Marlon Brando dans « Le tango
ultime ». Il me lasse tout de même, à la longue, me
pompe l'atmosphère, me bassine, me les gonfle avec
ses Ran ! ses histoires sordides ! Qu'il se faisait aussi un
ancien combattant unijambiste ! La faim féroce qu'il a

de tringler ! Je ressens moi aussi cette fringale mais je
me contrôle les apparences ! Tout est là, les sauver
toujours, l'édifice tient... tiendra peut-être. Je me
poignarde de nuit le chibre sous la couvrante et la
journée je n'y pense plus. Je me laisserais aller, certes,
j'irais aussi à la course au schbeb. Je suis fait d'os, de
chair, l'impulsion. On a beau s'affirmer d'âme, on
cacate tout de même !

Ce qui le rend si nerveux, ce matin, mon compagnon... nous attendons notre troisième homme. Le
réglementaire qu'on doit nous cloquer pour éviter les
petits ménages. Précaution vaine ! A trois ça favorise
plutôt les enculades. Durant les ébats du couple, le
troisième lascar gaffe à la lourde, l'oreille collée, si le
maton rallège. Qu'il n'y compte pas, Karl, s'il veut
s'enfiler le nouveau, je reste hors du coup... sur le lit,
moi, je pionce. Il se le suppute, suppose, subodore tout
angelot, un mignon blondinet bouclé... la miche
pulpeuse... de longs cils... la bouche à sucette ! Il s'y
voit déjà... qu'il lui fera avaler de force la fumée à ce
nouvel... l'embrochera... vlan ! ran ! margarine ou
non... d'un coup sec... crac ! Il tient la rampe deux fois
sans faiblir, il m'explique. Il en rebande dans son
calcif. Ça m'empêche de suivre sérieux mon héros... ce
Fabrice de Monsieur Beyle dit Stendhal. Ça me
traverse que s'il l'apercevait Karl, le Fabrice, il lui
arracherait vite fait son bénouse gris perle... crac ! et
ran ! et vlan ! et han ! Enfin, là, il s'impatiente de son
minou, qu'il a du retard, *merte !* Il a entendu sonner dix
heures. D'habitude les arrivants sont déjà là à dix
heures ! Il a recommandé au comptable, le gros

Jacques, de lui en parachuter un rose et frais... un
Eurasien, si par hasard il s'en présentait un exemplaire. Il lui a promis une récompense, un ballot de
pipes. Le gros Jacques, il promet n'importe quoi... il
grogne dans sa graisse... il s'en fout. C'est le bedeau
d'une cathédrale qui a détourné les offrandes à la
Sainte-Vierge. Un malhonnête, comme nous le sommes tous ou presque... puisque, moi, je suis zinnocent.

Je referme mon volume. Fabrice est donc libre... en
territoire piémontais, tout est pour le mieux ! Ça va
bientôt être la soupe... des épluchures dans l'eau de
vaisselle. Deux fois par semaine un morceau de
charogne, de nerfs, une chose informe, gluante... un
morceau de méduse ! Ce qu'ils nous baptisent pom-
peux *viande sans os*... les administrateurs pénitentiaires... ceux qui veillent sur notre bien-être. A la
galtouse, on peut crever. Sans supplément, sans cantine, on se buchenwaldise. On ressort, six dix mois de
ce régime, tout à fait inapte au labeur. Déjà qu'on n'est
pas excessif porté ! D'attente lasse, il s'est recroque-
villé, Karl dans son coin, sur sa paillasse pliée en deux.
Il se morfond... il s'est pris la tête... il murmure des
trucs en allemand. Le comble que je sois obligé de me
le transpirer ce quasi Teuton, moi qui fus, mes lecteurs
fidèles le savent, barricadier, maquisard, héros des
ombres... combattant des neiges... vengeur de la
France outragée ! Ils s'en tapent bien, les magistrats,
qu'on se promiscuite, mélimélange avec toutes sortes
d'énergumènes boches ou pro et obsédés en sus du
tafanar... sodomistes furieux forcenés !

Enfin il se calme un moment, il réfléchit Karl. A

quoi ? je n'ose imaginer. Il a dû rêvasser à mes miches, certain. Je suis à cette époque jeunot. Peut-être pas l'Apollon superbe Belvédère... Antinoüs berger d'Arcadie ! Les gonzesses, et c'est mon plus profond regret, ne se retournent pas sur ma silhouette en pleine rue. Cependant, vu l'endroit, l'ensemble du cheptel au Rungis Hôtel, le Karl il m'en glisserait bien une vigoureuse si je lui faisais des signes favorables avec mes meules. Il s'y est pas frotté, je l'ai prévenu avec une lame de lit bien affûtée... sa merguez, s'il s'approche trop, moi je la lui tranche net ! Mieux vaut tout de suite les affranchir les pointeurs... mettre les choses limpides ! Ici, n'est-ce pas, le moindre faux pas, on vous catalogue... vous n'êtes plus digne du nom d'homme... c'est le mépris, on vous glaviote ! La stricte morale du milieu. Je reste à l'écart des effusions. Mon principe, ma règle de conduite. Dussé-je rester plusieurs piges en calèche maudite. Toutes ces suçoteries dégueulasses... dans la voiture cellulaire... à la messe ! Autant se rêvasser de belles gonzesses, pine en pogne nocturne ! Foutre les princesses lointaines !

Sur la coursive, dehors, j'entends marcher... peut-être enfin notre arrivant ! Je vais frimer un peu à l'œilleton. Je ne vois d'abord qu'un dos. Un dos massif, ça me paraît... une veste bleu marine. Le gonze est perché à la rambarde, il regarde vers le rez-de-chaussée. Il se retourne, et c'est ma première vision du lanternier Auguste Brétoul. Entre ce gros plan, là juin 50, et l'époque, quinze ans plus tard, où je vais vous conduire... la photo que j'ai sous les yeux... Auguste, s'il a bien changé ? Ça me paraît pas tant. Il devait être

juste un peu moins couperosé... le pif moins fraise...
moins piqué. La tronche qu'il m'offre là... son crâne
dégarni... une grosse trogne rouge... la lèvre avachie...
le pli d'amertume. Il n'a pas son clope... sur la coursive
c'est interdit de fumer. L'œil morne, tristouille, il gaffe
la lourde. Loin à cet instant d'augurer la suite... qu'il
va devenir le grand ordonnateur des réjouissances
lorsque je serai enfin reconverti littéraire. Je me marre
juste de la gueule que va faire Karl quand il va
l'apercevoir notre nouveau ! Question schbeb, il va être
servi coquin ! Il s'est bien gouré de quelque chose
cézig... il fonce.

— Il est gomment ?

Il me bouscule mais juste Auguste s'est déplacé sur
la gauche. J'ai pu voir son énorme bide de profil...
maintenant il n'est plus dans le champ. Karl il s'excite,
il m'interroge fébrile encore...

— Du l'as vu ?... Il est cheune ?

Que lui répondre ? Au pifomètre il pèse cinquante-
cinq, soixante balais. Je n'ose l'affranchir... La tronche
que j'ai entr'aperçue... ça va être la déception ! Il a
beau *panter gomme un durk,* le Karl, ça m'étonnerait
qu'il s'y attaque à celui-là. Coulardier le fossoyeur tout
de même il était moins vioc. Il a l'appétit, je sais féroce,
mon compagnon d'infortune... mais ce gros bon-
homme... le peu que j'ai pu l'entrevoir, ça serait
monstrueux qu'il l'attaque à la braguette... qu'il se le
calçonne ! Certes, tout est possible question sexe... j'en
verrai d'autres... d'inouïs coïts... des enculeries de
pandémonium ! Il reste cloqué à l'œilleton... il a hâte
de le voir son girond, son minet minou mignon ! Il va

déchanter ! En fait de girond, ça va être Géronte. Un instant, n'est-ce pas, ça m'amuse... interne je me marre. Il se dégage l'SS... me demande encore... s'il est consommable ce lascar d'outre-lourde. Il va voir tout de suite. On entend les pas du maton qui s'approche... le bruit sec de la clef dans la serrure. Cette façon bien spéciale qu'ils ont, ces pédés, d'ouvrir les portes... que ça résonne dans le navire... la coque... une sorte de fracas ! Et le voilà, le voici notre néo-co-cellulaire ! En pied avec son balluchon. Il pénètre poussif... son ventre important. On a pas le temps de quoi ou qu'est-ce ! Le gaffe, il referme violent... vlan ! nous reboucle. Ça y est, Auguste est entré dans ma cellule, dans mon existence. Vlan ! d'un coup de lourde. Il souffle phoque... laisse tomber à ses pieds sa malle à quatre nœuds.

— Salut, les amis.

Ce qu'il nous dit... d'une voix fatiguée. Il me tend la pogne. Karl, alors, s'il est dépité, déçu, chagrin, ce nave ! Il est retourné dans son coin, il a son air des mauvais jours. Le gros le regarde, sans comprendre la raison de cette mauvaise humeur... cet accueil rogue. Il traîne un peu les panards... ses yeux injectés... son costard marine croisé est fripé bien sûr après les quarante-huit heures de dépôt, de cellule d'attente. Je ne me souviens plus bien de nos premiers échanges verbaux. Je l'ai fait asseoir sur mon lit... offert une pipe. Toujours il fumait sans se sortir la cigarette du bec, jusqu'à ce que la cendre tombe sur son plastron. A la fin le clope était jaune, baveux. Sur une photo grand format prise à « La Lanterne », il l'a sa cibiche en

lassitude. Tous ceux qui l'ont connu, c'est la première chose qu'ils remarquaient, sa gauloise constante aux badigoinces. Elle s'éteignait, il la rallumait de temps en temps avec un vieux briquet... une énorme flamme qui lui grillait parfois les sourcils. En jactant il se pressait jamais le débit pour pas déranger sa cigarette.

Sur le bord de mon lit, il reprend ses esprits, réalise peu à peu qu'il est cette fois vraiment en prison. Je peux me le reconstituer... essayer aujourd'hui de me mettre dans sa tronche... puisque je connais les grandes lignes de sa carrière. Ça l'étonnait cette descente au chtard ! La baraka qu'il avait eue jusqu'àlors ! Toujours il avait échappé... passé à travers les mailles à partir avec la police ! Pourtant s'il était cloqué sur des embrouilles pas possibles... depuis l'après-guerre... la première, la grande, celle des tranchées, des baïonnettes ! Une fois sorti de la fournaise, il était monté sur les arnaques les plus vicelardes et ça lui avait souri longtemps. Sa trogne, là, couperosée, rubiconde... sa brioche... on pouvait déduire que c'était pas l'homme qui s'était privé de chambertin, de bordeaux... de gras-double... foie gras truffé... caviar de la Baltique ! Les apéros qu'il s'était jetés derrière le faux col, ça lui remontait tout larmoyant dans les châsses.

Un sérieux vivant, on pouvait dire ! Que les bons vivants meurent comme les mauvais, ça me paraît l'injustice suprême du ciel. Auguste le Lanternier il aurait dû être immortel. Il me manque aujourd'hui... et pas qu'à moi... à toute une tierce d'ivrognes sublimes... farceurs poètes... tous pris de boisson...

écrivassiers... génies méconnus des médias... état social d'ébriété... avinés philologues... gastronomes imbibés... narrateurs titubants! Toute la bande des vrais Pieds Nickelés, les Fricotins chair et os! Vulcanos le mage! Le major Hild! Farluche! Le gros Bobby! Je vais tout vous dire. Toute cette lanternerie ce que ce fut! L'épopée avec Auguste dans sa boutique alibababesque. Les tonneaux que nous vidâmes... toutes nos lichotteries, nos intempérances! Son tarbouif à bourgeons... déjà en 1950 on aurait pu, en l'essorant, obtenir en pur jus de la treille un bon verre plein à moutarde! Que je vous mélange déjà pas tout! Il est donc sur le bord de mon pieu ce nouveau personnage, assis, pensif, mélancolique. Il considère le décor... nos murs à graffiti... les obscénités. Au-dessus de la porte, inscrite en grosses lettres, cette déclaration étrange quasi surréaliste! Je vous la reproduis texto... *Latrine de Médicisse je t'ancule sens vazeline.* Il braque, le gros, le nouveau... Auguste... son regard sur ce texte. Il en reste tout de même bouche bée. Il se lève pour mieux lire. Il se sort ses lunettes de la poquette du veston, les ajuste. S'il est bien sûr ou quoi... s'il rêve pas tout éveillé?

— C'est marrant ça... C'est vous qui?

Il m'interroge si je suis l'auteur. Hélas non! je n'ai pas ce talent inventif encore dans l'orthographe... la graphie. Son instinct, au Lanternier, ne le trompe jamais... de collectionneur, chercheur d'étrange dans les objets, le langage, la musique, les couleurs... toutes les dingueries... les onirismes! Il admire. Il se demande sûr, tel que je vais le connaître, comment il

pourrait emporter la pierre, le morceau de mur. Karl
dans son coin, dans sa bouderie... il borgnotte tout de
même un peu en lousdoc... il gamberge. Décidément il
pourra pas se l'offrir ce gus. Il est bite d'acier chromé,
certain, mais pépère là on aurait beau le couvrir de
dentelles, perruque poudrées, les lèvres au carmin...
talons aiguilles... et froufrouteries... porte-jarretelles... guêpière !... il ferait à toutes pompes fuir les
Khirghizes... les Tabors... les Kalmouks... tous les
plus féroces Asiates... l'avant-garde de l'Armée rouge
libératrice des opprimés. Il est loin de se gourer,
Auguste, comment qu'il est jaugé, là... l'œil obsédé
sexuel de Karl. Avec Coulardier déjà que c'était
l'accouplement abominable... je vais vous y revenir en
flache-baque, vous gâter un peu, mes clients, que vous
ne vous sentiez pas lésés du lazingue... de votre achat
de cet ouvrage. Trop souventes fois, vous allongez
votre bonne fraîche, vos piécettes pour des lectures
d'accablement... des descriptions de tuyaux à gaz, sous
prétexte d'élévation artistique ! Dernier cri structura-
liste !

Il soupire donc, je l'entends. Il a pas fini de
groumer, ce con de Karl. Le gros Jacques ça va être
son jour férié s'il l'aperçoit sur une coursive, en allant à
la promenade. Sa parole, il l'a fait exprès, nous
expédier ici le plus blèche, le plus ventru, le plus vioc,
le plus poivrade ! Moi, dans un sens, ça me réjouit
l'avenir immédiat. Qu'il recommence ses chatteries,
glouglougtages, sodomiseries dès que le jour s'enfuit...
toutes ces salades que ça provoque ! En cas de dèche,
que le maton les repère à l'œilleton au plein de

l'orgasme, je descends aussi sec au prétoire avec eux.
Je suis considéré complice. Le point de vue du
directeur... qu'on doit dénoncer à l'administration
tutélaire les actes contre nature. Sinon on est présumé
en croquer, on est marqué à l'encre rouge, définitif,
sur la liste des homosexuels. Inutile d'invoquer les
profondeurs du sommeil.

Au moins avec ce vieux je suis peinard. Beau avoir
l'œil morne, la cigarette avachie, ça ne paraît pas le
genre, comme Ernest, cave bouseux sale con veule qui
s'est fait embrocher à sec, telle une vieille pute, par
l'autre voyou SS braqueur !

— Alors, on ne boit rien ici ?... Que de la flotte ?
Il s'est affalé Auguste. Je dis Auguste, je ne sais pas
encore son nom, mais ça facilite. Il zyeute le robinet
au-dessus des gogues. La consternation alors dans sa
pupille, l'iris, la sclérotique ! Si Karl c'est les gonzesses... leur absence qui le rend foldingue, Auguste ça va
être le manque de picton qui va lui briser le moral. Je
lui explique, je comprends les choses, qu'on ne peut
cantiner qu'un quart de rouge chaque jour... une
vinasse dix degrés souvent aigrelette et c'est class ! Ça
le laisse pensif douloureux le dab avec son mégot.
Question picolo, il écluse à même la barrique depuis
son âge tendre.

— Je suis Bourguignon, vous comprenez...
S'il a appris à lever le coude, les bonnes manières
bien de chez nous. Oh ! la la ! la désespérance ! Je me
suis rendu compte plus tard, lorsque je l'ai bien
pratiqué, qu'on est devenus potes. Le comble de
l'inhumanité de lui faire ça... son juge d'instruction...

l'ordure ! Il est ici en prévention pour escroquerie, abus de confiance. On l'accuse dans sa galerie d'art d'avoir fourgué des Utrillo, des Matisse, des petits Renoir, des Max Ernst frelatés... tout un trafic depuis lurette... des années ! Il en a, les mauvaises langues disent, même vendu pendant l'Occupe à un envoyé spécial du Feldmaréchal Gœring. Bien sûr, on y va bonne mesure ! Maintenant qu'il est à terre, Auguste Brétoul... ils arrivent tous à la curée. Ils se trouvent tous, clients et clientes, filoutés ! Ça défile à la Préfectance... les plaignants, depuis qu'il a eu droit à la une de tous les journaux. Sa photographie dans *France-Soir, Le Parisien libéré, L'Aurore !* Les titres qu'ils lui ont confectionnés ! « *Brétoul, le roi de la barbouille !* » « *Le caïd du gang des faussaires* ». Ils en rajoutent dans la presse, ils y mettent toujours le pacsif pour aguicho-ter les lecteurs. Moi-même, tout petit gardon de ruisseau, ils m'ont grossi en pornocrate d'envergure... laissé entendre que j'enjambais tous les modèles... les dames turluteuses du réseau. Le beau schpile que ça m'aurait fait ! A cette époque, pour les cinocheries cochonnes, on dégauchissait que de la pute blécharde pour frimer... de l'ancienne combattante d'avant la fermeture des claques... d'ex-petits rats croqués jadis par Degas ! Mais je vous ai dit mon innocence dans ce commerce. Juste on m'enchristait sur des présomp-tions, des hasards malencontreux, des ragots encore de flics et de concierges. Auguste aussi, tout de suite, il nous a affirmé qu'il était victime d'une odieuse machi-nation... que c'était lui en quelque sorte qui aurait lieu de se plaindre... qu'on lui avait fourni de faux

certificats... un malhonnête courtier qui s'était enfui.
Où ça ? il n'en savait fichtre rien ! Un homme bien sûr
qui marchait sous des balourds... une identité d'em-
prunt... de taille moyenne, châtain, le nez moyen...
trente-cinq ans ! Un de ces signalements qu'ils enten-
dent si souventes fois, les enquêteurs, les lardus, qu'ils
ne prennent même plus la peine de le relever.

Le reste de la journée... le déroulement... la mono-
tonie taularde ! Il me semble bien pourtant qu'on a
commencé déjà à sympathiser sérieux avec Auguste.
Tout de suite, je me suis rendu compte qu'il était d'une
autre engeance que la plupart des pensionnaires de la
crémerie. Il s'intéressait à tout ! Il avait tout lu, tout
vu, connu vraiment des gens de toute sorte... pas que
des malfrats et des tapineuses. Le temps qu'on allait
passer là... en 206... deux mois de voyage immobile...
il va me bonir presque toute sa vie... de croustilleuses
anecdotes... m'ouvrir un peu aux choses de l'esprit. Ça
tombe justement que j'en ai soif... que je me suis mis
aux grandes lectures... cette *Chartreuse,* je vous ai dit.
Il a beau être ruffian comme pas un l'Auguste, retors,
vicelard, — à la coule de toutes les embrouilles, les
fraudes les plus sophistiquées... ça l'empêche pas
d'être fin lecteur ! Stendhal, il le connaît dans le coin
des pages... sa biographie... l'exégèse de *la Chartreuse.* En cul-de-basse-fosse un tel précepteur... l'au-
baine !

Aujourd'hui on parle, on imprime des revues entiè-
res à propos de la culture. Qu'elle doit être mise à la
portée de tous les croquants... ouverte à tous... tous les
carrefours... aux balayeurs comme aux femmes ! Le

Lanternier, il était l'exemple parfait du véritable
homme cultivé. Il s'intéressait pas qu'aux chochotte-
ries du monde des Belles-Lettres... gueule fine, il était
aussi... connaisseur affuté, bien sûr, en pictons grands
crus. Rien qu'au pif il vous redressait un château-
latour, un meursault, un chablis... l'année ou presque ! Question cuistance, il avait pratiqué toutes les
meilleures tables. Il parlait de musique, de meubles...
tout ça mélangé avec des anecdotes qui ne s'inventent
pas. Depuis que déjà je roulais mes endosses dans
l'univers cerné de barreaux et de hauts murs, des
menteurs j'en avais entendu de tous les calibres... de
ces mythomanes qui ne reculent, alors, devant aucun
sacrifice de détails extravagants. Je savais tout de
même faire le tri. Auguste, il ne racontait rien pour se
vanter, se mettre en valeur, bien au contraire ! Ça
venait comme ça... ses relations avec les peintres, les
poètes. Je fus à même plus tard de me rendre compte.
Tu et à toi, il était avec des maîtres incontestés, des
surréalistes, des barbouilleurs super-cotés, des vrais et
faux papes de ceci cela en *isme*. On venait le voir dans
sa lanternerie, — d'un peu tous les coins du monde.
Des Italiens, des Espagnols réfugiés, des princesses
russes... des rescapés de la Loubianka... des anarchos
de la Belle Epoque encore vivants. Il avait des relations, des copains... il ne faisait pas de distinction...
d'idéal... de race... d'âge... de classe. Tout de suite il
était de plein panard ! Inouï marle, il entravait toutes
les coupures. Déjà sur mon page, il avait pas encore
bougé son cul qu'il avait déjà fait le tour de bien des
questions. Simplement, il pouvait pas imaginer la

déception de Karl à son endroit... son envers pour être
exact. Il m'a dit par la suite... il l'avait jaugé simplement primitif borné bovin avec son crâne carré, ses
cheveux en brosse.

Karl se purgeait vingt pigettes de réclusion consécu-
tives à toute une série de méfaits. Des braquages au
flan, quasi instinctif. Ça le prenait comme l'envie de
pisser en apercevant une banque, un comptoir quelconque... hop ! il extirpait son calibre. « Que bersonne
ne pouge ! » Avec une équipe d'arcandiers ruraux, il
avait écumé toutes les petites villes, les bourgades,
toutes les cambrousses des Bas et Haut-Rhin ! Tout à
fait comme au cœur du XIXᵉ siècle, ils chauffaient les
paturons des paysans pour leur faire sortir la cassette
de sa planque, leurs bénéfs du marché noir pendant la
guerre, leurs lessiveuses de biffetons ! Lorsqu'ils ne
trouvaient rien de mieux, ils emmenaient du bétail
dans un camion. Toute une activité infernale qui ne
pouvait qu'aboutir devant la cour d'assises de Strasbourg. Les jurés, dans le secteur, ce n'était pas des
tendres... avec vingt ans, il s'en était sorti pas si mal, le
Karl. Ce qui lui avait valu tout de même des circonstances atténuantes... sa désertion de la *Das Reich* ! En
44, il avait été incorporé d'office d'après son groupe
sanguin dans les SS au temps où l'Alsace était annexée.
Qu'il se soit fait la paire de l'armée allemande, c'était
pas si courant, ça présentait le risque suprême s'il se
faisait cravataresse. Ce qui lui était arrivé. Condamné à
mort... sauvé par l'avance alliée la veille de son
exécution. Une équipée ensuite avec de drôles de
FFI... des activités mi-patriotiques mi-truandes. Enfin

une existence de loup... de renard... toujours aux
aguets, à l'affût... les fuites par les fenêtres... toujours
les pandores au troufe ! Jamais de répit, de vrai repos.
Tout à fait capable de tout. Petit à petit, il se racontait
lui aussi comme tous les détenus. A travers le récit de
ses exploits, où il se donnait invariable le joli rôle,
j'entravais la réelle poloche. Une certaine crémière de
Haguenau, il prétendait que seuls ses trois complices
l'avaient violentée... que lui c'était pas dans ses
principes ! Pourtant à l'observer là, son comportement,
tout le temps la bite à la main... vous avez vu... se
paluchant au-dessus des chiottes... *panter gomme un
durk !* ça plaidait pas tant la thèse de son innocence. Et
puis ce fossoyeur, je ne vous ai pas encore narré menu.
Coulardier avec son accent de la Beauce, sa dégaine de
plouque. Difficile d'imaginer celui-là qu'il en croque.
Nullement l'allure fiote folle chochotte ! Rougeaud de
faciès... esgourdes écrasées... les pognes calleuses... la
démarche lourde terrienne ! On sentait l'homme de
grand air... le coup de rouge au goulot... la pelletée
d'un rythme soutenu ! Loin de me la donner lorsqu'il a
débarqué ici, tout gauche, ahuri avec son barda, qu'il
allait se faire pointer par Karl. « Coups et blessures »,
le motif sur son bulletin d'écrou. Il avait satonné son
épouse, sa mémère à coups de tisonnier ! A l'époque,
n'est-ce pas, c'était bien souvent encore le chauffage et
la cuisine au charbon, au poêle dans les appartements.
Le tisonnier rouge, c'était plutôt tentateur pour les
phallocrates énervés, avinés, haineux. D'après lui,
juste il l'avait effleurée un soir pour lui faire peur.

— Quelle s'arrête de gueuler, la bon dieu de vache de fumelle !

Elle avait, la charogne, ameuté tout le voisinage. En chemise, la courette dans les rues de Thiais. Une de ces histoires somme toute banales... du tout venant cabane, n'était la suite... le peu de temps qu'il est resté là, ce triste nave... hop ! la fête à son fion ! Karl m'avait affranchi dans l'après-midi. En lousdoc avec des termes d'argomuche mêlés verlan... que cette nuit même il allait le sébro, césarin pelleteur... le brosser ! Je vous explique : quand on brosse ça reluit, n'est-ce pas. Admirez la subtilité de l'idiome truand. Il me désignait sur l'étagère son paquet d'Astra, sa réserve... la bonne margarine de nos publicités. Je me figurais, naïf jeune homme, qu'il me chambrait, s'amusait de mes répulsions... mes mimiques de profond dégoût. Le regard lousdoc sur Coulardier. Il avait quoi ?... un âge incertain entre trente-cinq et quarante-cinq ! La frime pas tellement avenante... rien de féminin avec ses gros sourcils, ses mâchoires saillantes, ses tifs plantés bas... sa barbe de trois jours.

Et cependant... l'ombre descendue dans la cellule, notre 206... la nuit. Alors que je commençais à m'endormir avec mes pensées d'outre-écrou...

— Ben, qu'est-ce qui te prend, toi, donc ?

Probable, le chleu, avait-il glissé sa paluche fouineuse vers les miches du fossoyeur. Une approche de ce genre, sans aucune ambiguïté. Karl, pour toute réponse, il a fait « chut ! » d'une façon impérative. Je peux dire, témoigner, j'ai tout entendu ! Au début, le plouque, il a poursuivi ses protestations... « Laisse-

moi donc tranquille !... Ben, ça va plus ! » Tout de
même c'était pas si ferme, assez résolu. Il aurait dû
bondir, se préparer à la castagne. Ce que je me suis dit
immédiat. Tout le contraire, c'est Karl qui s'est fait
méchant, agressif... « Tais-toi ! ici tout le monde y
passe... tous les nouveaux... Pas vrai, Alphonse ? » Il
m'interrogeait, me demandait en sorte d'avaliser son
acte contre nature (comme dit le règlement et même, je
crois, le Petit Larousse). J'avais plutôt intérêt à mimer
le sommeil... un léger ronflement ! S'étant mis à
discutailler, dialoguer... le croquant, alors il était
foutu. Exactement le loup et l'agneau. Qui te rend si
hardi de troubler ma braguette ? Karl était le plus fort.
« Mais j'ai jamais fait ça, moi !... T'es un dégueulasse ! »... « Tourne-toi et ferme ta gueule ! » Tout ça
avec leur accent respectif... Beauce et Alsace, une
union furtive inter-régionale. Je vous passe les
détails... soupirs... les aïe ! tu me fais mal ! Des choses
que vous pouvez vous douter, que je laisse aux bons
soins de votre imagination. Tout un remue-ménage
immonde dans les ténèbres du cul-de-basse-fosse. Je
dominais, j'étais sur le lit moi... le plus ancien
occupant de la cellule 206... pris entre l'envie de me
marrer tout de même du grotesque de cet accouplement et puis le tracsir que le matuche s'amène. En
lousdoc en charentaises ils se glissent, ces fumiers,
pour mieux nous surprendre. Clac ! ils appuient subito
sur le commutateur... toute la scène éclairée soudain.
On n'y coupe pas alors du prétoire. Karl et le fossoyeur
descendus tout de suite au mitard... et peut-être moi-
même comme complice, non dénonciateur, etc. En

tout cas, un sac d'emmerdes que je n'avais aucune raison de m'attirer. S'ils recommençaient toutes les nuits, ces tourtereaux, à la longue, fatal qu'ils se fassent aligner en pleine galanterie... si l'on peut dire ! Fallait donc que je trouve une combine pour démurger de là... me faire muter ailleurs... que je trouve un prétexte. Pas eu le temps d'aboutir... l'homme au tisonnier, deux jours plus tard, ils l'ont relargué en provisoire... toutes ses affaires. Liberté immédiate, le veinard ! Déjà il était devenu le schbeb docile de Karl. Il lui rangeait ses petites affaires, briquait la cellote... astiquait ses pompes. J'avais pas tellement à être surpris, d'après Karl question bagouse, le fossoyeur Coulardier, il était pas arrivé vierge au placardos. Bel et joyeux, il en croquait depuis sans doute sa tendre jeunesse. En tout cas de nombreuses années en cachette de son épouse... derrière les tombes du cimetière peut-être... dans les petites chapelles funéraires devant de pieuses épitaphes. On peut dire que je m'instruisais chaque jour davantage en prison... j'en finissais plus ! Une université peu ordinaire ! Je me cultivais avec *la Chartreuse*, l'allégretto stendhalien et aussi, voyez, pour ainsi dire sur le tas... aux travaux forcés pratiques !

Si j'avais voulu en tâter, du fossoyeur, moi aussi, lui en glisser une petite paire, Karl n'y aurait pas trouvé prétexte à jalmincerie, il était d'un naturel partageux. A la promenade, il me l'a offert sans chichis.

— Si d'en as envie, Alphonse, de gêne surdout bas !

J'étais pas assez vigoureux bandeur, faut croire, je n'avais pas envie du tout. J'osais même plus le zyeuter son girond… tout de suite ça me faisait gambergeailler dans les horreurs.

Ce que je revoyais souventes fois au temps de la Lanterne… cette première journée de cabane avec Auguste et l'autre groumeur acerbe dans son coin. Je l'ai rencardé seulement quatorze quinze ans plus tard le vieux. A la longue, dans la cellule, deux trois jours plus tard, ils étaient devenus potes avec Karl. Celui-ci s'était fait une raison, il avait repris ses palucheries. Il nous expliquait le matin… « *J'ai engulé Tanielle Tarrieux !* ». Ou bien la princesse *Markared… Bichèle Borgan…* Elles y passaient toutes, les vedettes, les reines… A l'époque, heureux, il n'y avait pas encore de dames ministresses.

On se les remémorait avec Auguste dans sa Lanternerie… la bande de soiffards autour, nos souvenirs du lazaro. Ça nous faisait l'équivalent d'une campagne guerrière… un bout de Verdun… une complicité bien à nous ! Karl, il n'y était que provisoire dans nos murs, son véritable castel c'était Fontevrault, l'Abbaye dans le Maine-et-Loire où il purgeait sa peine. Il n'était qu'en transit à Fresnes, venu se faire opérer d'une hernie. A la 206 il attendait sans enthousiasme de repartir vers sa centrouse où régnait alors une discipline de fer… règle du silence… boulot obligatoire aux ateliers de fabrication de chaises. Pas question alors de perm, de sport dans la cour… de télévision suivie de débat. Quasiment, c'était l'antichambre des enfers. Si le sujet vous intéresse, il existe un témoignage, une chronique sur la vie à Fontevrault à cette époque de

René Biard... *Maffia en taule*. Un ouvrage tout à fait documenté de première main.

Karl nous a donc quittés au bout de trois semaines, je ne sais plus exact. Avant de partir Auguste lui a fait cadeau d'une photographie de sa maîtresse d'alors... une charcutière en maillot de bain. Il aimait lui les femmes bien en chair... les grosse, comme Dédé Hardellet le poète.

Dédé, je l'ai conduit justement à « La Lanterne », je savais que l'endroit et son propriétaire allaient lui nourrir son inspiration. En outre, avec Auguste, ils se sont mis à parler de leur goût pour les gravosses. Ils trouvaient l'époque actuelle décadente avec ses gonzesses sacs d'os, ses échalas mannequins Saint-Laurent. C'était la mode alors Paco Rabanne, les robes métalliques... des choses qui ne leur plaisaient ni à l'un ni à l'autre pourtant artistes novateurs. Le Lanternier, dans ses tiroirs, il avait toutes sortes de photos... une collection unique de la Médicolégale à ses débuts vers 1890-1900, juste l'époque d'Alphonse Bertillon. Des clichés pris sur le lieu des crimes... les cadavres tels qu'on les avait découverts. Tout un stock aussi de photos pornos style Armand Fallières... les bandeurs en supports-chaussettes, moustagaches en croc, la raie au milieu... les dames en corset, la taille bien prise ! mais alors de ces mamelles, de ces popotins qui les laissaient, mes deux petits camarades, dans des silences

respectueux contemplatifs. Dédé il en mouillait ses
bacchantes à la salive.

— Ce que c'est beau !

Auguste il acquiesçait d'un petit coup de clope éteint
au coin de la bouche... l'œil avec la paupière descendue
en capote de fiacre ! Ce qui a séduit surtout le poète à
« La Lanterne »... cette promenade dans le passé à
travers les objets... le côté fantastique des trouvailles
d'Auguste... l'hétéroclite... le biscornu... les excentri-
cités de ces petits créateurs maniaques. Il avait souvent
des références extraordinaires qui accompagnaient ses
collections. Toutes les bottines de femmes Belle Epoque... le petit musée particulier d'un général célèbre.
Une fois à la retraite il s'était enfermé tout seul dans un
grand appartement au milieu d'innombrables chaussu-
res féminines. Une série aussi de guillotines miniatures
qui lui venait d'un procureur de la République ! Un
aiguisoir ayant appartenu au bourreau Deibler ! Et
toutes les lanternes, les bibelots étranges tarabiscotés.
On pouvait rester des jours dans sa boutique à fouiner,
fouiller partout. On ne cessait plus de découvrir,
s'émerveiller.

Hardellet, on ne l'a jamais reconnu pour ce qu'il
était, pour ce qu'il reste... Un écrivain infiniment
précieux, un chercheur proustien du temps perdu...
un ange fourchu du bizarre. Dans les belles lettres
comme partout règne l'injustice la plus évidente. On
adule plusieurs générations de pauvres plumitifs à
l'écriture fade... faux penseurs, poètes pacotilles !
Certains, dès leur apparition, leur premier bout de
texte. Un pâlichon roman gallimardeux, toute la

coterie, les affectés spécieux, les salons, les petites
revues vous le proclament grand tauteur... celui qu'on
attendait. Ça se discute plus ultérieur... c'est admis
une fois pour toutes. Il peut pondre n'importe quel
pensum, faribole... on étudie ses pauvres fientes en
faculté, on ensnobe les garnements... on le traduit dans
toutes les langues. Il est le messager de la France.
D'autres pourront produire, pendant ce temps, des
choses sublimes, des petits joyaux ciselés d'émotion,
d'expérience, de goût... personne, mis à part quelques
amateurs obscurs sans influence aucune, ne parle de
leurs œuvres. Ce qu'il faut faire je crois, beaucoup de
schproum, de salades, de proclamations, de scandale,
un exercice pour lequel Hardellet n'était pas doué.

Nous voici donc en Lanternerie, nous sommes à
présent en 1964. Auguste, ses affaires de faux tableaux
sont class. Il a morflé deux ans de cabane. Avec ses
titres de la guerre 14... ses croix, ses étoiles, ses
palmes, il a obtenu une grâce. Seulement, il est scié
dans la barbouille. De temps en temps, en lousdoc, il
glisse sur le marché une petite toile... un petit Corot de
rien du tout... une esquisse de Degas. Un matin,
tenez, je me rappelle, là dans sa boutique... à son bar...
N'est-ce pas, il a installé un bar au fond de « La
Lanterne »... un joli comptoir... derrière il a toutes ses
boutanches... un tonneau, je vais vous raconter. Il
débute au Calva, Auguste, après son café... il l'arrose
comme en Normandie. Je suis là... savoir la raison...
me souvenir ? Bref, un jeune homme entre, un petit
coursier, l'air timide. Il s'approche.

— Je viens chercher le Renoir, dit-il.

De sa voix traînasseuse, Auguste le coupe.

— Il est pas sec.

Tout est dit, résumé d'une courte phrase. Le môme n'a plus qu'à revenir ce soir, il emportera en même temps un petit collage de Hans Arp, une autre bricole, une petite esquisse. Il existe comme ça, Auguste... d'expédients multiples. Il est jamais en mal d'une idée... il se retourne toujours. Ses collections, ses antiquailles de « La Lanterne », il ne veut pas les vendre... au mieux il les loue pour le cinéma... les tournages. Parfois, en voyant un vieux film à la téloche, je tombe sur une trouvaille du vieux... un mannequin... un squelette en bronze... une lampe astragale... quelques tableaux démoniaques... des verroteries bizarres... des bibelots tout à fait curieux... d'étourdissantes petites sculptures... l'insolite derrière chaque vitrine ! Ça me reporte, ma douce tendance, en arrière... toujours ce passé qui vous remonte, qu'on voudrait saisir, qui vous glisse dans la mémoire... qu'on retient le plus possible. Je m'y efforce ici. Auguste, je le replace bien vivant dans sa boutique, sa tanière. Toujours elle avait le rideau de fer moitié baissé. On pouvait tout de même apercevoir son étalage... s'aguicher les châsses de tous ces trésors mexicains, russes, arabes... des grenouilles incrustées de pierreries... bimbeloteries... les jouets du Prince impérial Napoléon IV !

Pour enquiller dans le saint des saints, on est donc obligé de se courber. On distingue mal tout de suite l'endroit, il faut s'accoutumer. Il est là, le dab... dans la pénombre. On se guide à la lueur de sa cigarette... il

a plus souvent le verre en pogne. Il sirote en connaisseur. C'est pas le genre, lui, à engloutir n'importe
quoi... cul sec, le coude levé rapidos! Il hume
auparavant, il lape un petit coup... garde un peu de
liquide dans la bouche avant de le laisser descendre. Le
matin, faut tout de même qu'il ait déjà sa dose pour
être en train, l'esprit plus clair... qu'il puisse vous
entretenir d'art et de belles lettres... de combines
aussi... de ses dernières idées pour faire remonter les
biffetons. Ça, on s'entendait aux projets, on rivalisait
d'invention... on se lançait sur des coups fumants. On
était tout à fait complices, ça vous améliore l'amitié. Je
le saisis donc, mon lanternier, ce matin du Renoir pas
sec. En tout cas, le blanc lui l'était... un bourgogne
aligoté... quelques boutanches qu'on lui avait offer-
tes... une dame riche admiratrice... un cadeau. Il en
laissait toujours une au frais dans un bac avec des
glaçons... un en-cas qu'il arrive des petits camarades.
Et, bien entendu, il en arrivait toujours pour trinquer.
Ceux qui passaient par là... le hasard! Ceux qui avaient
quelque chose d'important à lui dire... ceux qui ne
cherchaient même pas de prétexte. Ça rallégeait d'un
peu partout. Moi-même je lui en avais ramené tout un
contingent dans mon sillage... André Hardellet, je
viens de vous dire... bien d'autres recrutés n'importe
où sans préjugé aucun. Jo Dalat, dit « Coups et
Blessures », dit « Musique » aussi, dans sa jeunesse,
lorsqu'on chouravait ensemble les vélos teutons! Milo
des Lafs dont j'ai raconté la vie dans *Cinoche!* « Fier
Arsouille », un camarade encore de zonzon, avec son
pébroque, son chapeau Eden, son style gentleman!

Antoine Farluche, dit « Le « Mikado »... sa petite tronche pointue, fouineuse, un homme aujourd'hui, hélas, sous les ponts ! Bobby le Stéphanois qui fut bagnard en culottes courtes, puis en culottes longues et maintenant tout à fait rénové, chevalier du Mérite social. Bien d'autres, des silhouettes ceux-là. Je n'aurai guère l'espace ni le temps de vous les croquer tous, mais surtout je vais vous apporter sur la page blanche, plus loin, le mage Vulcanos... le voyant, l'extra-lucide... le prophète... personnage comme on n'en voit pas deux par siècle. Peut-être Raspoutine comparable... Cagliostrogoth... Nostradamumus !

Ils arrivaient, les uns les autres... et puis tous les amis d'Auguste, ses clients, fournisseurs... ses compères... ça faisait un va-et-vient constant... tout un cénacle pour ainsi dire. On finissait tous par se retrouver à « La lanterne », on y complotait contre tous les régimes, on y préparait l'avenir incertain, on refaisait les comptes, on additionnait les bévues... on y montait nos affaires. J'y donnais mes interviewes aux mutines journalistes des hebdomadaires. Toujours Auguste à son comptoir ou sur son fauteuil qui finissait par avoir raison... d'un mot, d'une sentence... tirait la morale des histoires... les marrons du feu, les vers du nez, les conclusions !

— Cet Ap'Felturk, quel con alors !

Ça, on pouvait dire... Ap'Felturk, la quintessence de toutes les formes les plus variées d'imbécillités. On avait du mal à croire qu'un seul homme puisse en contenir autant ! Un record ! Une prouesse ! Hors tous les concours d'idiotie ! J'avais reniflé tout de même la

gâche avec cézig... qu'on pouvait en faire quelque
temps notre tirelire. Il se lançait, à cinquante piges
passées, dans l'édition... Félicien son petit nom pour
les dames et les bons amis. Au physique plutôt le
notaire de province... l'œil rond ahuri... le cheveu
triste et rare... sapé costard à gilet... presque la chaîne
de montre encore sur le bide. Ce qu'il me voulait, un
matin au bigophone... me rencontrer absolument. Il
avait lu mes ouvrages... j'étais l'homme qu'il recher-
chait. Mystérieux, il ne pouvait rien me confier au
téléphone. Il avait peur de Foccart, l'éminence grise de
De Gaulle... ses tables d'écoute ! Nous nous vîmes
donc... tête à tête... le grand restaurant, la douzaine de
belons... Cristal brut de Roederer pour l'arroser...
chevreuil sauce grand veneur ensuite. Il me traitait
d'emblée royal... pour en venir à son propos... ce qu'il
me voulait exact... me confier le lancement de *Bibi
Fricotin* ! Il avait lu quelque part, dans un article, que
je m'étais nourri toute mon enfance aux aventures de
Bibi, le héros de Forton. Les droits de la réédition de
Bibi Fricotin, il les avait... il me le chuchotait catimini tout en dégustant un pommard cuvée 59... que
personne surtout ne nous entende. Il allait faire un
boum !... il me mimait avec les joues une explosion.
Voilà, il me demandait de participer à un événement
littéraire sans précédent ! *Bibi Fricotin* complet... sur
papier bible... reliure pleine peau ! Son intention que
je lui fasse toute une étude, l'exégèse approfondie de
l'œuvre... que je lui donne enfin ses lettres de noblesse.
Il m'expliquait la bouche pleine... il engloutissait les
victuailles... l'appétit féroce ! Son petit bide sous le

gilet. Il me zyeutait rond... une sorte d'étonnement il
avait, de candeur toujours, dans le regard. Moi, *Bibi,*
j'avais plutôt dit ça histoire de meubler, nourrir une
interview. Je cherche des bricoles comme ça pour
séduire les journalistes... des blagues, un peu n'importe quoi... ils barrent facile au quart de tour... ils
gobent... en font leurs feuilles de chou gras. « Je
prépare une étude psychologique et structurale de *Bibi
Fricotin*... Un essai... » L'autre, l'œil rond, Félicien il
avait lu et bien retenu mes propos dans *Arts... Les
Lettres françaises.* Ça me revenait en boomerang d'y
avait peut-être deux ans... lorsque j'étais encore au
sana-château des Larsangières parmi les poivrades
phtisiques galopants. On m'envoyait sur place les
reporters... mes premières armes littéraires. Je me
payais un peu de paradoxes, sophismes... je déconnais.
Après toutes ces années de chtourbe cabaneuse et
hospitalière, ça me défoulait. A présent, il me mettait
au pied de mes propos, Ap'Felturk. Il n'y avait que
moi pour lui écrire l'ouvrage essentiel... l'essai unique
pour ainsi dire sur le *Fricotin*... dégager un peu le
message de Forton. Tous les fans de la B.D. ... la
bande dessinée... m'affirmait-il, attendaient mon livre
piaffants impatients. Où ça devenait plus vague avec
cet Ap'Felturk... dès qu'il était question de monnaie...
de pépettes, d'espèces trébuchantes. Il éludait la
question... glissait, oui, qu'on allait faire un contrat...
que j'aurais d'ailleurs un à-valoir substantiel. Et puis
surtout je pourrai aller à Trouville pour travailler dans
son castel, sa villa au bord de la mer.

Ce que j'allais apprendre par Auguste qu'il était

bourré cézig, l'héritier des Ap'Felturk... une famille
alors de grossiums... des Libanais dans les tissus, les
tapis... une immense fortune ! Félicien était le dernier
rejeton vivant de la tribu... les chevaux de courses, la
collection d'impressionnistes... les terres, le yacht, les
rentes... le coffio en Helvétie... qu'il ne savait que
faire de son oseille. La raison pour laquelle il se lançait
dans l'édition de *Bibi Fricotin* sur papier bible. L'avis
d'Auguste... que j'étais tombé sur une mine d'or, le
fabuleux cave à essorer, qu'on pouvait, si on manœu-
vrait correct, avec le minimum de doigté, se la faire
crapuleuse à ses croûtes. Ça lui semblait tout à fait
l'entreprise de velours... une affaire à mener rondo. Il
ne le connaissait pas personnel Auguste, ce Félicien...
juste il avait des rencards sur la famille, la fortune... le
train de maison. Il suffisait que je le lui amène, il me le
testerait... se faire une idée de la manœuvre à suivre.

— On lui fera d'abord casser la graine au « Canard
sauvage ».

« Le Canard sauvage », c'était plus souvent notre
cantine, un bouchon rue du Cherche-Midi. Le patron
Arthur Kerdoubec avait tenu avant-guerre une taule
d'abattage à Lorient. Il nostalgiquait celui-là dans les
dessous féminins... les fausses fillettes à socquettes
blanches... les veillées des bordels, l'heureux temps
des grands numéros au-dessus des lourdes.

On se l'est donc cerné, l'héritier Ap'Felturk, au
« Canard sauvage », certain soir. Auguste il le pré-

voyait fatal porté sur le folklore... aguiché par les trucs
un peu malsains comme tous les fils de famille. Le hic,
Félicien il était lui d'un autre genre, mais bien difficile
à définir. On savait pas au juste à quelle sauce se le
mitonner ce pigeon. Tout de suite Auguste s'est rendu
compte derrière les volutes de la fumée de sa cigarette
qui se consumait jusqu'à ce que la cendre tombe toute
seule, comme une feuille morte, sur son bide... son
chandail fermeture éclair. Son impression après cette
première soirée... que ç'allait pas être tout à fait du
mille feuille...

— Quand ils sont trop cons, c'est plus difficile de
les mettre au four, ils ont des réactions imprévues.

Ça, Félicien, pour l'imprévu il mettait la gomme, il
nous réservait, l'air de rien, des surprises, des pièges
qu'il tendait sans même s'en rendre compte. Son
affaire de *Bibi*, on allait avec le vioc s'en occuper
sérieux. Mon texte de présentation, mon étude, ça
tombait sous le sens que ce n'était pas suffisant pour
créer un mouvement spirituel et littéraire autour du
Fricotin. Auguste s'est proposé pour tout organiser...
le lancement... les relations publiques... qu'il fallait
préparer tout ça minutieux, trouver des trucs pour
remuer l'opinion, avoir l'occase de passer aux télévises,
à la radio. Félicien était tout à fait d'accord, il en avait
lui aussi des idées... de telles, on allait s'apercevoir,
qu'il fallait plutôt lui ralentir l'imagination... l'empêcher de nous flanquer tout par terre. Il venait déjà de
publier un fort bel ouvrage sur la Gestapo... un gros
bouquin relié, doré sur tranche... « *Toutes les pires
atrocités de la Gestapo en couleurs... un magnifique*

album »!... Son slogan, sa pub, il en avait placé dans
tous les journaux... d'immenses et coûteux placards,
sans se rendre compte du grotesque de sa formule. Il
s'étonnait de ne pas les vendre par centaines de mille,
ses albums ! Le surprenant, lorsqu'on connaissait Véra
son épouse... qu'elle n'ait pas du tout d'influence pour
le modérer un peu dans ses entreprises... le retenir de
balourder dans tous les décors ! Mais il était têtu
Félicien, enfermé dans ses raisonnements biscornus,
persuadé de ses talents de promoteur artistique. Véra
devait en fin de compte s'en foutre. Une grande femme
d'origine polonaise... la cinquantaine bien conservée,
bien entretenue aux soins d'institut esthétique. Les
avantages tout de même du fric, du luxe, pour
retarder, monsieur le bourreau du temps, l'échéance...
les outrages de l'irréparable ! Auguste tout de suite il a
subodoré qu'elle devait encore se faire régaler de cinq à
sept par de joyeux coquins bandeurs de choc... deux
trois fois par semaine ! Elle allait peut-être au dancing
de « La Coupole » où Edmond Clancul, un de mes
anciens associés en malfaisance de l'époque de *La
Cerise,* allait naguère se chercher des dames sur le
retour à enjamber... avec, bien sûr, la préméditation
de leur secouer la bijouterie, leur renverser sur le tapis
de l'hôtel le contenu de leur sac à main. Madame
Ap'Felturk peut-être qu'elle s'offrait des bagatelles de
braguette, mais pour lui quimper ses parures, ses
cabochons, ses pendants d'esgourdes, c'était pas à la
portée d'arsouilles style Edmond Clancul. On la sentait
attentive avec ses châsses fendus amandes, couleur
tigresse... jaune vert. Ça ne faisait pas un pli que le

Félicien, elle l'avait enserré, enveloppé corps et surtout biens. Elle ne s'occupait que de choses sérieuses, elle ! *Bibi Fricotin,* elle en devisait avec un certain sourire. Elle achetait des toiles, des meubles anciens... elle faisait les ventes. Auguste l'avait repérée depuis longtemps. C'était elle le gros morceau, l'os peut-être de notre entreprise. Enfin, je m'explique plus clair... ce qu'on complotait, nous... dans nos discussions de « La Lanterne »... que ça nous arrangerait les fins de mois, le tiers provisionnel, les beuveries... les franches lippées, si on s'annexait un bienfaiteur, un mécène en quelque sorte. La race tend à disparaître, on en parle, on en voit rare ! N'allez pas croire qu'on lui préparait un travail à ce Félicien... une escroquerie quelconque... c'était plus notre genre. On était devenu tout à fait respectueux de la légalité. Juste on se le projetait à notre pogne... son carnet avec des chèques signés presque en blanc. On se voyait déjà se prélassant la bedaine dans son appartement de Neuilly... sa villa de Trouville... son bateau de plaisance ! Ce qu'on oublie souvent à propos des mécènes... que les artistes doivent se les appliquer sur la soie... les écouter un peu... rondejamber... se mettre en frais de clowneries adéquates. Avec Félicien, on ne savait pas au juste ce qui le faisait reluire, ce fromage. Il barrait facile dans de filandreuses théories. Il voulait de la bonne franquette, sans façon... socialiste ! Il laissait sa bonne l'insulter... une grosse baba importée d'U.R.S.S. Elle avait suivi un feldwebel jusqu'au bout par amour... toute la retraite de la Wehrmacht... et elle avait abouti là, chez les Ap'Felturk, après moult péripéties. Depuis

vingt piges qu'elle était à leur service, elle s'était pas
dégrossie, Ludmilla. Elle jactait petit nègre... toujours
sapée comme au kolkhoze... un fichu sur la tête, des
grandes jupes bariolées... les molletogomes violacés.
Elle venait nous ouvrir.

— Quoi tu es toi ?

Ça surprenait la première fois... après le hall de
l'immeuble... le tapis dans l'escalier, le standing... on
s'attendait pas à cet accueil ! Elle vous introduisait au
salon parmi les toiles de maîtres... les Dufy, Picasso,
Juan Gris... les petites esquisses encadrées... les vases
de Chine... les porcelaines de Copenhague... les ivoiri-
nes. Votre blase, pour vous annoncer, ça devenait tout
à fait autre chose.

— Ponce Oulard...

Félicien, lui, il comprenait sa jactance, c'était l'essentiel. Elle le rudoyait sans égards. C'était ça son
socialisme, son côté égalitaire, que Ludmilla ait le droit
de le traiter en clébard. Ça participait sans doute aussi
d'une sorte de masochisme. A table, quand elle repassait
un plat, qu'elle arrivait à lui... invariable elle le punissait.

— Toi assez mangé... souffit !

Il se fendait... Ha ! Ha ! d'un gras gros rire, le
Félicien. Il acceptait bien les choses, les vannes sévères
pourvu que ça entre dans le schéma vaguement
humanitaire qu'il s'était édifié dans la tronche... des
résidus de pensée à la mode... ce qui lui parvenait par
les médias... les débats du petit écran... le vent qui souf-
flait sur la bourgeoisie en pleine décadence... presque
au terme de son parcours... déjà bien gâteuse en 1964.

C'est l'heureuse époque... le moment où tout barre
en testicules, l'édifice se lézarde, la corvette prend
l'eau de toutes parts... pour les arcandiers, les petits
malins... les individualistes épicuriens. Pour peu qu'on
sache se driver, manœuvrer habile parmi les récifs...
on peut se régaler, piller les épaves, encaldosser les
évaporées mignonnes en mal de conscience. Avec
Auguste nous étions à l'œuvre en quelque sorte, très
lucides, nous, de la bourrasque qui allait s'abattre.
Seulement il y a souvent une marge, des impondéra-
bles entre les plans et leur exécution... la réalité finale.
On se berlure toujours un peu... les châteaux en
Espagne au pillage sont tout aussi illusoires que les
autres, ceux à bâtir. On se perd dans les intrigues, les
machinations... on s'arrête pour rigoler, jouir du
spectacle. Les vrais vainqueurs ne sont pas ironiques,
eux ils *croient,* et la foi, ça vous bouscule les montagnes
mais ça ne rit pas. Nous on croyait qu'au jour le jour...
au fur et à mesure des bouteilles... des gueuletons... du
petit chèque qui viendra demain pour la régalade ! Le
théâtre qu'il nous offrait, Félicien Ap'Felturk, ça
valait, j'avoue, d'y perdre un peu de ce temps... jamais
perdu au fond pour l'observateur plumitif... Il récu-
père un jour ou l'autre... les tronches lui reviennent,
les esquisses sur la page blanche. Ça valait, oui, oui,
d'y flâner un moment... surtout que la table était
somptueuse de victuailles, gorgeons, liqueurs. On
caviardait à la louche, champagnisait... on pouvait
ensuite nous aussi péter des bulles de richesse.

— Elle prend soin de ma ligne... ha ! Ha !... Pas
vrai, Ludmilla ?

Ce disant, floc ! au passage, il lui envoyait une
grande claque sur le cul.

— Toi gros con ! Ha ! Ha !

Elle se marrait aussi la baba ! Elle y allait de sa
bouche édentée. Tout baignait, en somme, dans l'huile
d'olive, n'était la dabuche, Véra avec ses yeux de
tigresse. Elle dévorait tout ça... une lueur métallique
au fond de la pupille... un sourire ambigu aux
babouines... aux commissures. Certes, elle était elle
aussi d'avant-garde, d'idéal... socialo-surréaliste. Elle
aimait bien André Breton et Karl Marx, seulement elle
avait tout de même gardé un peu d'instinct, elle res-
pirait sans doute la vape. Par moments elle n'était pas
tant à l'aise mais son Félicien chéri fallait qu'elle se le
respire. Il avait les clefs du coffre... le stylo du testament.

— Toi fini ?

Ludmilla vous interrogeait brusque pour desservir.
Elle était pressée d'aller voir la fin d'un feuilleton à la
téloche. Ça faisait partie, ça, des conquêtes normales
du peuple, qu'il puisse aller se divertir. Là-dessus
Félicien il expliquait... « C'est du simple bon sens ? »
Je l'approuvais bien sûr... D'extraction modeste, tout
à fait incertaine... j'acquiesce aux avantages octroyés...
pas faire le bécheur. Si je peux je les attrape au vol, je
les gobe. « Oui, oui ! » Moi aussi je dois me distraire,
me détendre en sécurité. En tout cas, je le coince, j'ai
pigé, l'Ap'Felturk, sur le message progressiste évident
de *Bibi Fricotin*. Je me lance, par moments comme ça,
j'ai soudain la pêche verbale... je développe, j'argumente... je respire l'interlocuteur, ce qu'il attend... je
lui flatte, l'air de rien, la marotte. Félicien, l'emmerde,

c'est qu'on avait l'impression que rien ne le touchait vraiment. On ne savait pas trop où il plaçait sa vanité. Les idées, il les répétait... enfin des bribes... qu'on est tous égaux, tous nus à notre naissance... qu'y a pas de raison que ça ne continue pas. D'où que Ludmilla pouvait l'interpeller aussi cordial, le tancer, lui bousculer son repas. Tout de même il allait pas jusqu'à lui faire partager son compte en banque...

— Je vais mettre la Licorne sur le coup.

Ce qu'il m'attaque Auguste, le lendemain... il a gambergé pendant toute la nuit. Il m'expose... la Licorne c'est Astrid, une chineuse dans l'antiquaille, une de ses vieilles amies... une copine dévouée. Une fille forte en fesses, une solide jument qui vous déculotte les hommes du premier regard... vous jauge... sait d'avance ce qu'elle peut en attendre... question biroute, le coup s'il est raide et volumineux... ou alors le portefeuille s'il s'ouvre facile... laisse s'échapper les talbins. Rare qu'elle se trompe... elle a le pif, pas croyable... une seconde vue à la Vulcanos, un instinct de bête... toutes ces armes de gonzesses qui vous les rendent invincibles.

Enfin la Licorne, je la connaissais pas tellement à ce moment précis, j'avais dû l'entrevoir à « La Lanterne » deux trois fois. Elle bombarde sapeur, liche itou... s'esclaffe des salaces plaisanteries. Elle y va dans la jactance tout à fait comme un adjudant d'infanterie coloniale, cependant corrigé de je ne sais quelle

distinction de grande dame. En verve, elle soulève ses
jupons, nous montre ses porte-jarretelles... « Bandez,
chiens ! » Il se marre lousdoc le daron... juste, il m'a
expliqué... elle lui laisse bouffer, de temps en temps
lorsqu'ils sont seuls dans la boutique, sa cramouille,
son greffier velu. Elle a, paraît-il, le fameux tablier de
sapeur ! Auguste maintenant septuagénaire, ses érections se font de plus en plus rares... il lui reste le goût
de la moule. Elle se juche sur un tabouret, là, il me
montre... elle se trousse. Voilà, il s'occupe un
moment, le dab... il la fait reluire et ça lui fait ce plaisir
incomparable de faire plaisir.

— Ce vieux salaud, il suce mieux qu'une femme !

Ça lui a échappé, l'aveu à Astrid, un jour où on est
tous imbibés, en liesse... en mal de toutes les confiden-
ces libidineuses. Le projet d'Auguste de la brancher
sur Ap'Felturk, nous le mettre un peu en condition, ça
me paraît assez judicieux. Les femmes, dans les
grandes affaires, il en faut au moins toujours une. Il
suppose, le prince lanternier, qu'il doit être faiblard de
ce côté, notre futur mécène. Les nanas, il a pas le genre
à les intéresser autrement que par ses piécettes... son
compte en banque. Je vous l'ai dépeint un peu premier
abord, il s'améliore pas le moins lorsqu'on le fréquente. L'œil dénué de toute expression... la démarche
lourdingue, les pieds palmipèdes... sa bedaine... son
sourire idiot. Il a raison, Auguste, sa joyeuse luronne
c'est une excellente idée. Seulement je m'inquiète si
elle va pas nous le court-circuiter notre nave... se
l'accaparer. Elle doit, elle aussi, avoir des faux frais,
des notes en souffrance. Auguste me rassure, il a un

plan... qu'au début il ne va pas l'affranchir son Astrid.
Il sait qu'elle a dans ses tiroirs un manuscrit... une
étude sur la bestialité... la zoophilie ! Des histoires de
bergers qui sodomisent leurs moutons... de dompteu-
ses qui sucent les fauves... de dames pénétrées par des
ânes, des clébards... des avaleuses de sperme cheva-
lin... enfin des choses qu'on voit aujourd'hui filmées
dans les sex-shops pour cinq francs... une petite
projection à la jumelle de trois minutes. A l'époque où
je vous ramène, on grattait encore les pubis dans les
revues de femmes nues. Donc son ouvrage à la grande
Astrid n'était pas facile à éditer... ça courait le risque
des foudres pénales... Articles 282, 285, 287, 289,
290... du Code... les 59 et 60 pour faire bonne mesure !
D'ailleurs elle avait presque renoncé... surtout qu'elle
voulait faire illustrer son œuvre de pointes sèches d'un
artiste ami... encore un joyeux frapadingue obsédé
sexuel graphique. C'était donc l'occase, le prétexte de
leur rencontre. D'après Auguste, une fois qu'elle
aurait emballarès le micheton, on pouvait se le rôtir
ensemble, y en aurait des tranches pour tout le monde.
Ce qu'on n'avait pas prévu... que ça a tout de suite
tourné vinaigre entre Astrid et Félicien. Le phénomène de rejet... il lui a mis le physique en pelote, elle
s'est hérissée la grande.

— Tu te fous de moi, Auguste... C'est une mauvaise plaisanterie ! ce gnome qui m'a mis directement
la main au cul ! Il se prend pour qui ?... Je lui ai
retourné une baffe à ce vieux chnoque !

Un éditeur pareil, même cousu de biffetons grand
format, elle n'en voulait pas Astrid. L'entrevue entre

eux... tout à fait orageuse, dès les premières minutes.
On avait cru bon, pour que les choses aillent vite, de
dire à Félicien que la Licorne était une sorte de
nymphomane... que tous les coups de chibre, n'importe lesquels, la ravissaient... qu'elle adorait les
brusqueries à la hussarde... etc. On lui avait brossé à
nous deux un portrait libertin féerique... des choses
dont on rêve en guise de paradis. Du coup, il avait
foncé... dans son bureau... d'autor... tandis qu'elle lui
montrait une eau-forte de son artiste... *La jeune fille au
bélier*... une petite merveille de précision érotique.
Avec un tout autre gus que Félicien Ap'Felturk,
l'incident nous eût sciés définitif... on s'y attendait. Il a
pas compris notre duplicité... ça vous donne un aperçu
de sa vive intelligence.

— Une connasse sans envergure !

Son diagnostic. Notre manœuvre, on s'est rendu
compte, était parfaitement superfétatoire, il était entiè-
rement acquis à nos idées quant au lancement de la
réédition de *Bibi Fricotin*. Pour mon étude, ma présentation, il m'offrait le gîte et le couvert à Trouville
pendant deux mois. Je pouvais emmener ma famille,
recevoir mes amis... la crèche m'était ouverte toute la
belle saison. On était fin juin. En outre, bien sûr, il me
signait tout de suite un chèqueton. Là, sur une petite
table Napoléon III biscornue, à « La Lanterne ».
Voilà... trois cents bardas... un à-valoir ! Pas énorme,
mais ça tombait que j'en avais un besoin pressant. Ça
tombe toujours qu'on en a les besoins pressants, des
chèques d'éditeur, lorsqu'on professe de la Bic ou du
feutre. D'un autre côté le fisc vous suce, vous tire à

mort sur les tétines... ça fait des vases communicants.
Faut se dépêcher de détourner un peu le courant, de
s'offrir quelques réjouissances entre deux ponctions...
le prélèvement de l'E.D.F., du téléphone, du loyer.
Enfin, là, je n'instruis personne... on est tous saignés
pareil.

Une fois mon essai écrit, il fallait lui promotionner
son *Bibi*... lui propulser dans les éthers artistiques. Là
qu'Auguste intervenait. Il exigeait que Félicien lui
fasse confiance, lui donne carte blanche avec un petit
budget de fonction. Le plus duraille, à cézig, lui faire
extirper de la fouillette les espèces sonnantes. Je vous
ai affranchis... les trois cents sacs qu'il m'avait avancés
déjà, ça l'avait fait souffrir terrible. On n'a pas entravé
tout de suite qu'il était le genre à se ruiner pour des
fiestas démentes, mais qu'il se méfiait alors féroce dès
qu'il était question d'envoyer directement la soudure.
Ça, ça nous a fait perdre un temps précieux... quand
j'y repense, que j'analyse sérieux cette aventure. Faut
avouer aussi que le Lanternier, il gambergeait à un tas
d'autres choses en même temps... ses affaires... achat,
refourgue. Il partait tous les jours dès les aurores voir
les chiffortins à Biscaille, Vanves, Saint-Ouen. Là, il
était dans un élément où il savait retenir son souffle,
nager sous les eaux les plus bourbeuses, les plus
polluées. Je m'excuse d'encore cette parenthèse. Eté
pluvieux comme hiver de glace, il était à pied d'œuvre
entre chien et loup. Dans un bistrot, il attaquait sa
journée au café calva, rhum, cognac. Il s'éclaircissait le
trognon avant l'attaque. Sur le terrain, c'était merveille
de le voir à l'œuvre... comment qu'il repérait le bel

objet... faisait semblant de s'intéresser à autre chose de
plus clinquant. Il y allait sec en diversion... il arrivait à
se faire fourguer la petite lampe qu'il convoitait,
l'encrier 1900 en bronze, la petite locomotive... presque en supplément. Il cédait sur le prix d'un rogaton
dont il se foutait éperdu...

— Bon... Je te file tes trente sacs... mais donne-moi
cette saloperie pour faire le compte.

Je l'entends encore, sa voix traîne-savate...
pesante... sourde... imbibée. Il embarquait une chaise,
une potiche quelconque... mais en cadeau son encrier,
un livre rare... une petite barbouille qu'il allait enca-
drer, éclairer adéquate... attribuer peut-être à... fallait
s'attendre à tous les miracles. Les jours fastes comme
ça, où il avait réussi une belle affaire, on allait becter
un couscous au « Canard sauvage » chez Kerdoubec. Il
avait ses boutanches à lui, sa réserve spéciale dans la
taule... un vin de pays gouleyant à souhait, un coteaux
de Saint-Christol, si ma mémoire est encore bonne.
Tous les rades qu'il fréquentait c'était du kif... le
patron lui sortait de derrière les comptoirs un kilbus...
tout à fait autre chose que les cuvées Bercy de la
clientèle ordinaire... des blazes qui vous chantent au
gosier... Renaison-Côte roannaise... Marmandais...
Roussillon Dels Apres... Roussette de Savoie... Cor-
bières... Vivarais ! Avec Félicien, ça a été notre
première conquête... un vin d'honneur pour arroser le
Fricotin... l'album papier bible. Ça se faisait toujours,
ce qu'Auguste a argumenté, ce gorgeon pour mettre en
bon état réceptif les gens de la Presse. Ils ont toujours
la dalle en pente, les petis courriéristes de la Commère,

les grouillots, les pigistes à l'artiste écrasé. Auguste, il
les ensorcelait tous au guindal...

— J'ai là une petite merveille... votre langue m'en
dira des nouvelles !

Il la sortait... c'était tout un cérémonial. Une messe
de Monseigneur Lefebvre, je ne peux pas mieux vous
comparer. Il débouchait soigneux la bouteille. Il
versait. Son verre, il le tenait toujours à la base. Là, il
frimait l'aspect, la couleur. Un vin, c'est pas comme un
homme politique, rare que ça vous trompe à l'appa-
rence. Il reniflait ensuite et déjà il savait *tout*. Plus rien
à apprendre. Enfin il poursuivait son office... dodeli-
nait, tournait le liquide précieux dans le guindal.
Voilà, la haute technicité du lichailleur d'élite... le
coude fixe, la pogne preste, hop ! la première gorgée...
il la laissait couler... qu'elle prépare la route... la
seconde, celle-là, il se la gardait dans la bouche. Si
c'était un bon petit cru, ça se lisait dans ses yeux. Il
avait un certain sourire qui lui... je peux pas dire
enluminait la face, elle y était déjà... rubiconde,
éclatante... toutes sortes de rougeurs... sur les joues, le
pif, jusqu'aux esgourdes. C'était pas l'hypocrite alcoolique, il annonçait ses penchants en effigie.

— Alors ?

Il interrogeait Félicien. A propos, là, d'un picrate
dont il avait reçu deux trois bouteilles. Un petit vin de
la Drôme... d'un producteur modeste de ses amis... un
vieux copain de l'avant-dernière. Ils avaient fait ensemble les Eparges en 1916... je ne sais plus quelle autre
bataille...

— Fameux !

Félicien s'y connaissait quand même question bibine, tututerie. Il avait grandi dans une ambiance où on s'humectait pas au pousse-au-crime de terrassier. Il se flippait aussi la langue contre le palais. Voilà, la manœuvre d'Auguste, doucettement... c'était de l'amener à nous en commander une barrique entière de ce picton de la Drôme. On l'installerait derrière le comptoir, sous le dieu aztèque. Pour les gens à circonvenir, c'est plus commode de les arsouiller sur place...

— Et c'est plus économique.

Il pense à tout Auguste. Au tonneau, ce vin, ça lui fera moins cher à notre mécène. Ce soir-là il se laisse convaincre tout à fait facile. Il est même heureux de cette perspective en forme de barrique.

— C'est plus dans l'esprit de Forton.

J'envoie la remarque, je participe de mon mieux à l'investissement de la position. Ça fait mouche ma phrase. Ap'Felturk, sans qu'on sache pourquoi, il part d'un grand rire aux éclats. On suit le mouvement par complaisance. Il écluse un nouveau verre de ce vin de la Drôme... Coteaux de Tricastin... le nom exact me remonte. Je gaffe Auguste en lousdoc, il est attentif à ne pas lui laisser son godet vide à notre hôte... ras bord ! L'affaire s'emmanche royale... sans vaseline elle glisse... Et puis toc !... s'apporte un intrus... quelqu'un qu'on n'attendait pas... Farluche... Antoine Farluche dit le Mikado... un rescapé de nos palaces pénitentiaires, un pote de geôle. Mais lui alors mitigé politique... ex-partisan de l'Europe Nouvelle en même temps tout de même porté sur l'arnaque... et puis aussi sur le jinjin... un homme riche de multiples expériences ! Il nous surprend le verre en pogne, impossible de lui bonir qu'on est en conférence de presse. S'il repère une source de picton, alors il s'incruste sur les roches autour. Il se fait lichen, il pompe la fraîcheur, le Mikado ! On le redoute un peu avec Auguste. Il a tendance à déconner une fois son blair léger piqué... il barre dans des théories... des déclarations souventes fois inopportunes. Il refait un peu l'Europe... « *Heil !* » il salue ! Il se revoit à sa belle époque, déguisé je ne sais plus comment... en bleu ou en brun... avec Doriot... *P.P.F. vaincra !* Ça lui a valu de plonger dix piges... il a frôlé ses douze bastos... ça ne l'a pas guéri pour si peu ! Il s'y croit encore... il poursuit son rêve d'hégémonie sur l'Occident... le régénérer. « Je ne plie pas le genou »... sa formule ! Ça ne plaît pas toujours à tout le monde ses tirades. Il se fait parfois satonner dans les bistrots par d'anciens du bord adverse. J'en suis, mais moi je me suis dégagé... j'ai pris depuis belle bite mes distances. Je ne me sens plus concerné du tout. J'écoute les uns, les autres... ils boivent tous... ce que je remarque. Là, ils ont le même idéal... un moment ils font la trêve, ils lèvent le coude à l'unisson. Avec Auguste nous sommes en quart, on se la donne de ses sorties au Mikado Farluche... qu'il aille encore nous raconter ses exploits. « *Heil ! Doriot !* » Le grand Jacques qu'il idolâtre autant qu'un fan feu Claude François... son Cloclo à lui le grand Jacques... celui qui a dit le premier merde à Staline ! Un vrai communiste... national et raciste, donc valable... C.Q.F.D. ! Les Anglais l'ont tiré, ces salauds... mitraillé sur une

route d'Allemagne ! Toute une escadrille spéciale pour
se débarrasser du seul homme politique d'envergure
que la France ait connu depuis Napoléon. Que s'il
avait vécu... ça se serait certain passé tout autre. Il
aurait attendu en Espagne son heure et il aurait pu
reconquérir le pays. Et lui Antoine Farluche il serait
ministre de la Culture ou des Beaux-Arts au lieu de
fourguer des petits bouquins, des photos pornos aux
touristes à Montmartre le soir. Simple à déduire.

Il se pointe... déjà il a liché des choses en route.
Depuis ce matin il a fait le tour de ses chapelles. C'est
sa femme Joséphine qui turbine dans son ménage. Elle
est à une chaîne en usine la malheureuse. Ils ont quatre
lardons. Je vous expliquerai... un à elle d'un premier
lit, un à lui d'une femme décédée et les deux autres
bien à eux deux... des enfants de l'amour certes mais
aussi un peu du Ricard, du Postillon, de Pernod fils...
toutes marques excellentes, notez bien... des mômes
nés sous de bons hospices ! Il serre ferme la paluche
d'Ap'Felturk... son style. Il se tient raide. C'est un
petit secco... la frime pointue, la tignasse brune bien
aplatie gominée comme Tino au temps des guitares...
la raie presque au milieu... ses yeux un peu bridés d'où
son surblaze d'empereur nippon.

— Enchanté.

Il se présente lui tout seul... sa profession... *intermé-
diaire !* Ça étonne en général, sauf Ap'Felturk. Il se
contente de sourire béat. J'ai le tracsir maintenant qu'il
se lance encore, Antoine Farluche, dans ses « *Prosit !* »
suivis de « *Heil !* »... accompagnés du salut adéquat.
Maintenant avec l'autre, notre mécène, on ne peut pas

savoir. Il nous a tenu des propos de gauche... il se dit
progressiste... *Nouvel Obs.* Seulement chez cézig tout
ça n'est pas net... ça se mélimélote dans sa tronche avec
d'autres choses bien difficiles à cerner. Il est pas fixé...
il flotte au gré... Véra lui souffle... il entend mal,
interprète et répète traviole. Pour l'instant il est
braqué, hypnotisé sur son *Fricotin*. Il s'est farci des
articles sublimes sur les bandes dessinées rebaptisées
en Sorbonne... *Littératures d'expression graphique !* Il en
est tout ébaubi... il n'en finit pas d'en revenir. Jusque-
là il croyait n'œuvrer que pour les enfants, les minus...
et puis la révélation... *Bibi Fricotin* élevé au niveau du
Caravage, de Fra Angelico... Piero Della Francesca...
Rembrandt ! *La quête d'un art pour son langage !*
Structure de Bécassine personnage proustien ! Tarzan ou
la nécessité homosexuelle ! Il regrette que son père n'ait
pas gardé les planches originales de Forton. Enfin,
avec ses albums papier bible, il va réparer un peu. Il se
préoccupe pas des « *Heil !* » de l'autre folingue, ses
allusions au grand Jacques. Il n'a retenu qu'*intermé-*
diaire... sa profession ! D'emblée il lui propose une
affaire. Dans une remise il a un stock de journaux
enfantins d'avant-guerre... des invendus... Avec le
renouveau de la littérature d'expression graphique, il
pourrait peut-être s'en charger... s'occuper de les
refourguer bon prix... sous ce nouvel éclairage tout à
fait intellectuel.

— Y a bien des fondus qui te les achèteront...

Ce que pense le cher Auguste tout en caressant une
nouvelle bouteille. A quatre, une seule ne peut plus
nous suffire, surtout qu'Antoine il pompe sévère. Il

doit évacuer rapidos vu son gabarit sac d'os. On se
demande où il garde tant de liquide... ça lui fait ni
bide, ni trogne.

— Tu pisses tout... T'es pas un véritable artiste !

Le vanne d'Auguste... tout ce qui touchait au
picrate, il y mettait une sorte d'affectation. Il finissait
dans ce domaine par être doucement mégalomane. Il
n'y avait que lui au monde... son coup de langue-
touse... son *clap !* contre le palais... sa science infuse
des cépages... son docte glouglou. Mikado-Farluche, il
le jugeait piètre alcoolique, buveur triste de Gévéor...
pas du tout les raffinements de la dive... Doriot, là-
dedans, n'y changeait rien. D'ailleurs, Doriot,
Auguste l'avait bien connu. Il nous le révélait, on ne
sait pourquoi, juste ce soir-là alors qu'on préparait
l'opération *Bibi Fricotin* avec Ap'Felturk. Ce que ça
venait foutre ! Antoine n'en avait même pas encore
parlé de son grand Jacques... ni « *Heil !* », ni « *Prosit !* », ni régénérer l'Occident, ni rien... il était tout à
fait peinard. Juste Auguste trouvait qu'il savourait pas
à sa juste valeur son Coteaux de Tricastin... qu'il se
l'éclusait comme une bibine de patronage... comme le
coco de l'abbé Daviel, moi, quand j'étais môme.

Il me surprend, le dab, d'habitude il se contrôle
toujours, il dévie pas les sujets. Doriot... c'est précisément le terrain qu'il ne faut pas...

— Tu l'as connu, toi, le grand Jacques ?

— Parfaitement... T'étais pas né que je le connaissais.

— Et pourquoi tu me l'avais pas dit ?

Elle est bonne ! Auguste, il a pas à dire ceux qu'il

connaît ou ne connaît pas... qu'il a connus ! S'il nous
révélait tout, le nom de ses potes ou ex, on serait
certain au comble sur le cul ! Il prend à témoin
Ap'Felturk. S'il connaît, lui, Marcel Dassault, les
Rothschild, Schneider ou Beghin des Raffineries, ça
regarde personne... en tout cas pas Antoine Farluche
qui marche à côté de ses pompes... qui traîne les
clopes, les fonds de chopine... les fonds de tiroir
caisse... les fonds de ses frocs sur n'importe quelle
banquette malpropre. A présent qu'il est parti,
Auguste il s'arrête plus. Oui, il l'a connu son Doriot et
dans des salades pas si nettes... qu'il était vénal,
jouisseur, arriviste forcené. A Saint-Denis, où il était
maire, il détournait les finances... il touchait des fonds
secrets... de Laval... s'il veut tout savoir.

— Et alors ?

Ça ne l'indigne pas spécial, Antoine, ça lui débande
pas son admiration éperdue. Il ne lui apprend rien. Le
grand Jacques, s'il se désaltérait à la Veuve Clicquot...
sabrait les girls de « Tabarin »... s'empiffrait à « La
Tour d'Argent », « Chez Maxim »... il avait cent mille
fois raison. Un homme de sa trempe, sa valeur, ça a des
besoins hors du commun, voilà tout !

— Pendant que tu le croyais en Russie avec la
Légion des volontaires contre le bolchévisme... pas si
con, il était dans sa villa au bord de la mer... au Val-
André, ton héros, dans les Côtes-du-Nord, je te
précise ! Tu peux te rencarder.

Il désarme pas Auguste. Il a décidé aujourd'hui
d'aplatir Farluche. Il y va dans la polémique, tranquillos de ton, pachyderme. Il s'assoit, tout son énorme

poids, sur les arguments de l'adversaire. Je voudrais
bien, moi, qu'on en revienne à *Bibi*... au tonneau, à
notre littérature d'expression graphique. La nouveauté
dans le Landerneau... la naissance du huitième art ! Il
écoute, Félicien Ap'Felturk, le débat... il y entrave
pouic.

— C'était un traître, Doriot !

Ce qu'il affirme... malheur à lui ! Le Mikado alors
l'argougne à la cravate. Qu'il répète un peu... traître ! il
a dit... traître !... ça, il admet pas ! Le pognon de la
caisse à Saint-Denis, il y voit pas d'inconvénient...
c'était une municipalité communiste, Saint-Denis, à
l'époque. Entre salopes y a pas de doublures ! L'adage
voyou s'applique ici... mais traître ! Oh ! c'est plus du
même !

— Parfaitement, traître... et toi aussi, t'étais qu'un
traître !... Un traître qui ne sait même pas boire !

Auguste, de toute sa superbe, son autorité, intervient en faveur de notre mécène. Antoine, ça le
désarçonne un peu, il ne sait plus où donner de la
hargne. Il lâche Félicien... fait front vers Auguste...
vers moi...

— T'es un traître et on s'en fout ! Ça devrait te
suffire.

Il a résumé, le daron, l'exacte vérité. Ici, tout le
monde peut venir... les assassins, les satyres, les
félons, les escrocs, arcandiers de tout âge... tout poil !
On ne bêche personne, c'est ce qui fait le charme
incomparable de « La Lanterne ». Doriot lui-même
pourrait se ramener... son bide avec son baudrier... il
aurait son verre sur le comptoir... son gouleyant coup

de vin de la Drôme... le Coteaux de Tricastin! Il
pourrait trinquer avec nous, avec Ap'Felturk pourtant
lui tout de même d'origine levantine. On l'écouterait
attentif, on s'instruit toujours à rencontrer des personnages de ce gabarit. Et puis Félicien, il conclut d'une
drôle de façon, vu le problème... qu'il s'en balance de
Doriot... que tous les hommes en définitive sont
égaux... sont tous frères! Ça, ça fait ricaner doucettement le Mikado... frère de qui? des Zoulous et des
Canaques?... et puis quoi encore, merde! Tout de
même Auguste lui remplit son verre, il n'oublie pas...
ça domine nos basses querelles, ça met du liant dans les
rapports humains. En tout cas, avec ses histoires de
Doriot, nous voici maintenant sur la piste du diable.
L'autre, le secco facho fâcheux, il embraye... il passe
en seconde! Sa vie, il va encore nous la bonir, nous la
détailler menu, se la magnifier. Sa triste enfance à
l'Assistance... les paysans qui le faisaient marner... à
coups de sabot dans le postérieur! Et puis Doriot... le
grand Jacques chéri!... la révélation. D'abord avec lui
au Parti communiste jusqu'à ce qu'il voie clair, le
chef... qu'il entrave où le Petit Père les envoyait...
l'erreur bolchevique... tous en camp... à la schlague...
à l'Archipel... l'impérialisme soviétique. Tout baigne
dans l'huile pour Antoine, je vous résume, jusqu'à
l'Occupe... les verts Teutons dans nos prairies avec
leurs Panzers, leurs fifres et leurs bottes. Il se mit à les
acclamer... les véritables libérateurs. Il aurait bien été
jusqu'à Moscou avec son Jacques en uniforme feld-
grau... seulement il n'était pas apte... déjà réformé
pour son poids, sa taille roquet par l'armée du général

Gamelin. Pensez alors s'il s'est fait jeter de la L.V.F. !
Il a insisté pourtant en de vigoureuses bafouilles de
protestation... explicatives, détaillées. Et l'os !... qu'un
jour on les retrouva ses fameuses lettres... les F.T.P.
du XIIᵉ arrondissement... de drôles de pièces à conviction ! Son amour éperdu pour le Führer Adolf Hitler,
sa foi en un avenir gammé... affirmés noir sur blanc !
Ils lui ont fait jouer alors des castagnettes, les F.T.P.
du XIIᵉ arrondissement... avaler ses propres glaviots...
ses ratiches brisées à coups de crosse... ses caillots de
sang... jusqu'à des étrons de chien fumants !... Fusillé
à blanc six fois, à l'aube dans la cour de la caserne
Reuilly. La rigolade qu'ils se payaient de le voir
blême... vert... de trouille... s'effondrer... crier tout
de même « *Vive Doriot !* » Ils le ramenaient ensuite
pantelant dans la salle de garde pour le dérouiller
encore... punching-ball... ils se l'offraient par désœu-
vrement et toujours les crachats ! A terre, ils venaient
lui pisser dessus. On le faisait ramper sur des tessons
de bouteilles... l'horreur chaque jour... la torture
immonde jusqu'à ce qu'un certain capitaine Valéry
s'occupe de son sort. Un homme tout à fait humain...
sans son intervention, il serait mort Antoine Farluche.
Ce capitaine Valéry l'a sauvé, soigné... entrepris
l'instruction de son affaire légalement pour ainsi dire.
Et la scoumoune encore, le rebondissement ! A cette
époque, monnaie courante, Valéry c'était un faux
blase. A son tour le capitaine lui-même alpagué...
balluchonné à la Santuche ! On a découvert sa véritable
identité... Marcel Petiot, docteur en médecine !

Il raconte toujours son histoire, le Mikado, en

ménageant l'effet de surprise... qu'on le coupe, l'interroge haletant... le Petiot de la rue Le Sueur ? L'assassin ? Celui des chambres à gaz ? Lui-même, et Antoine
ne peut nous l'évoquer sans une larme d'émotion... de
reconnaissance. Un souvenir... la façon si douce dont il
lui parlait... ses blessures soignées ! sa protection
efficace contre les tortionnaires ! Ap'Felturk, enten-
dant ça, se réveille. Il sombrait dans une douce
torpeur... les paupières lourdes... la tête dodelinante...
l'effet du pinard. Petiot ! ça, ça l'intéresse ! Il l'a
toujours cru innocent... une intuition. Ce que raconte
notre Mikado, le renforce dans son intime conviction.
Il le coupe, il a une idée... une idée qu'il qualifie lui-
même de géniale... un éclair !

— Pourquoi n'écrivez-vous pas un livre pour réhabiliter le docteur Petiot ?

Antoine Farluche il y pense. Réhabiliter son cher
docteur, il considère ça comme un devoir, une dette
sacrée. Seulement il se demande si Monsieur Ap'Felturk ne se méprend pas, s'il n'y a pas comme une
ambiguïté entre eux. Il ne croit pas à l'innocence de
Marcel Petiot. Il est certain qu'il a bien et bel
trucidaresse vingt-sept ou soixante personnes, peu
importe ! Ça n'empêche qu'il mérite sa statue, un
boulevard extérieur à son nom avec les maréchaux
d'Empire. Il trouve qu'il a eu raison de buter tous ces
métèques... ces apatrides... ces profiteurs de la défaite
de la France.

On s'enfonce... le marais gluant ! la dinguerie !
Ap'Felturk n'est plus d'accord. Il s'attendait pas à
entendre des choses pareilles vingt ans après la mort

d'Hitler. Ça alors !... il en avale une gorgée de picton de travers... par le mauvais canal. On est obligé de lui taper dans le dos pour le remettre. Il larmoie, tousse, crache dans son mouchoir. On le requinque. Auguste encore engueule Farluche... qu'il le trouve odieux, affreux jobard. Mais Félicien le coupe... il a récupéré et réfléchi en même temps. Il va nous surprendre... il a la réaction prompte. Voilà, il trouve ça parfaitement ignoble, aberrant mais, après tout, ça peut faire le sujet d'un livre. Tope là ! il passe illico commande... qu'Antoine Farluche se mette au travail dès le lendemain. *Pour une réhabilitation du docteur Petiot...* Il exige ce titre. Il voit déjà la couverture... une jaquette avec la photo de l'hôtel particulier de la rue Le Sueur, la tronche du joyeux praticien en surimpression.

Le cours de la rivière se détourne... on n'en croit plus nos oreilles avec Auguste. Il se fouille, Félicien Ap'Felturk, il sort une liasse... on devient drôlement attentifs, sérieux. Voilà... cinquante sacs, il compte... d'avance pour le Mikado, qu'il puisse acheter les fournitures... une rame de papelard... des pointes Bic... le carbone pour sa machine à écrire. Il a confiance, il ne demande aucune signature, aucun contrat... comme à la foire chez les maquignons... il tape dans la pogne de l'autre siphoné. On publie l'ouvrage pour Noël... en même temps que *Bibi Fricotin* sur papier bible. On organise ici la fête... un cocktail monstre. Il aime que les choses soient somptueuses le père Ap'Felturk... que les pierres brillent... le champagne coule dans les chagattes... les diam's en bagouses aux dames... qu'on se vautre dans le vison, la

peau de lynx... c'est son côté oriental. Il s'en tape des
opinions folingues assassines d'Antoine.

— Après tout, je m'en fous que vous ayez été à la
Gestapo ! L'essentiel c'est que vous m'écriviez un livre
qui se vende bien.

On ne peut pas être plus libéral-laxiste... l'esprit
vaste. Ça lui suffit pourtant pas à notre fanatique. Il
repart en arguments pour nous prouver qu'il a raison...
toujours raison comme tous les convaincus, les mili-
tants, les disciples. Seulement lui il est vraiment dans
le mauvais sens de l'Histoire. Les vrais maudits depuis
45. Le mal absolu ! Le diable de notre nouvelle religion
humanitariste marxiste. Adolf avec sa mèche et sa
bacchante... tous ses suppôts, ses résidus aux gémo-
nies... la géhenne. Nul pardon... traqués jusqu'au-delà
de la tombe. Ils l'ont cherché, il faut dire, ils ont mis le
pacsif dans le délire, l'atrocité... l'exécution indus-
trielle, mais enfin on s'aperçoit aujourd'hui que les
Soviets s'en sont donné eux aussi, au nom des lende-
mains qui chantent... qu'ils leur rendent bien le double
six ! Antoine Farluche, ce qu'il n'a jamais pu comprendre... la parole de l'Ecclésiaste... *Vae victis... Malheur
aux vaincus !* Et qu'en outre il est un tout petit,
minable. Il aurait dû, depuis belle taule, en tirer
quelques conséquences, s'assagir un peu !

Déjà, là, il est pas si reluisant... son costard élimé,
ses pompes, les talons en biais... sa serviette carton
bouilli, sa chemise douteuse, la cravate un peu ficelle.

Il va encore dégringoler, les années qui viennent,
jusqu'à ce que je l'aperçoive place Pereire, un jour.
C'est presque hier... deux mois peut-être. Je me gare...
chez l'oto-rhino, j'ai rencart... des laryngites qui n'en
finissent plus. Avec les embouteillages, je suis à la
bourre ! Je me presse... et là, devant une terrasse, il
m'apparaît brusque. Je le reconnais sans le reconnaître, le Mikado. Plutôt par sa silhouette que par sa
frime. Il se tient toujours aussi raide, droit... un port
de tête bien à lui... légèrement en arrière. Ses cheveux
noirs sont devenus tout blancs. Il est en hardes à
présent. Il a atteint le bout du rouleau. Un kilbus
dépasse de la poche de son imper... enfin une sorte de
gabardine américaine tout effilochée, tachée de
vinasse, de cambouis... trouée de brûlures de cigaret-
tes. Ses tatanes, cette fois elles bâillent carrément...
chaplinesques. Il est là, donc... il pérore devant les
buveurs... les guéridons. Il a pas fini, il poursuit sa
déconnante. C'est un soir de printemps ensoleillé. Je
m'arrête, j'écoute. Il parle encore du grand Jacques. Je
suis planqué derrière les journaux d'un kiosque.
    — S'il revenait, bande de lopes ! bande de Juifs !...
de déballonnés !... il vous ferait mettre au garde-à-
vous... le petit doigt sur la couture du pantalon !...
Garde-à-vous !
    Il mime, il ricane. Les gens font semblant de
l'ignorer. Il s'avance vers un couple. Un instant, ça m'a
traversé d'aller le reconnaître... l'emmener boire un
verre... lui glisser tout de même un biffeton dans la
fouille. Oh ! mais ça tourne à l'algarade ! Le jeune
homme devant sa nana, celle dont il convoite le

derrière, il ne peut se laisser comme ça insulter par ce
clodo... se faire traiter de pédale, de dégénéré rasta-
quouère à cause de sa chevelure brune, longue,
bouclée, une vraie perruque Louis Quatorzième. Il se
redresse, il va lui montrer qu'il a des couilles ! Oh ! il va
lui faire voir ! Flac ! l'emplafonne comme au bon vieux
temps... le coup de boule... que je n'imaginais pas que
les jeunots le pratiquent encore ! Il est tombé sur un
teigneux, le pauvre Mikado... il valdingue... s'effondre... entraîne avec lui la table voisine... les verres...
une carafe ! Badaboum ! Ça fait un schproum de tous
les diables... une cascade ! Je ne tiens pas à en voir
davantage. Des gens s'interposent, retiennent le chevelu... relèvent Antoine. Moi, faut que je file chez mon
médecin. J'aurais peut-être dû, je m'en becte les sangs,
intervenir... l'embarquer cet obtus con... jouer les
nounous... les saint-bernard... merde !... En souvenir,
je me dis, de nos cellules de jadis et de cette « Lanterne ». Ça vous traîne comme un boulet ces potes à la
sauce scoumoune, tous ceux qui ont raté le parcours,
les laissés-pour-compte, les ringardos de l'arnaque, les
idéalistes d'à côté de la plaque, les lichetronneurs des
aubes sales. Je m'estime chaque jour heureux de mon
sort avec mes visites à l'oto-rhino, chez le percepteur, à
toutes les administrations sordides. J'en ai laissé combien en route ? Sans doute y ont-ils mis du leur pour se
retrouver là, à s'écrouler sous le coup de boule rageur
d'un chevelu, dans les guéridons... à croupir sur les
grilles d'air du métro... les violons parfois... le fond
des Bastilles de la République ! Difficile de se rendre
compte !

Au moment où je vous le situais à « La Lanterne »,
avec Ap'Felturk et Auguste, c'était déjà rousti depuis
belles couilles pour Farluche dit le Mikado ! Il était
déjà descendu trop bas, mais on ne s'en rendait pas
encore bien compte. Il sauvait un peu la face, la
surface. Fallait tout de même être au parfum de sa vie
privée, sa Joséphine qui turbinait dans une usine de
produits pharmaceutiques... à une chaîne... la poin-
teuse pour sa pomme, les trois huit... que sais-je ?
les amusettes prolétariennes ! En tout état de cause,
c'est elle qui faisait bouillir toutes les marmites, la
malheureuse, les maigres ragougnasses, la sousoupe
des mômes. Pour les deux plus petits, payer la
nourrice. Les grands allaient déjà à la communale,
ils se démerdaient en rentrant le soir tout seuls.
Plus souvent ils traînaient dans les rues, ils chapar-
daient sans doute... que les traditions ne se perdent
pas.

Pendant qu'il était dans sa longue période placar-
deuse, le Farluche Mikado... à Poissy... Fontevrault...
Riom... il avait eu, paraît-il, une belle marraine par
correspondance. Une institutrice dans ses idées, une
ancienne jeune fille maréchaliste, une sorte de chef-
taine, à ce que j'avais compris. Trois piges ils ont
échangé des lettres de plus en plus tendres et, à sa
décarrade du bigne, ils s'étaient mariés d'amour
comme dans un livre édifiant. D'où ce premier lardon
dont je vous ai parlé plus haut, prénommé Philippe à
cause de l'illustre vieillard. Seulement le drame... la
maman était morte en accouchant... la jolie institutrice... des choses qui arrivent surtout aux déveinards.

Farluche il était gâté dans ce domaine. Veuf, comment se consoler si ce n'est en s'accoudant sur tous les zincs du parcours. On y rencontre des oreilles complaisantes, peut-être même compatissantes, allez savoir ! Pour se sustenter avec son fils en bas âge, nous allons le retrouver, je vous résume, frôlant les infamies du banc... la correctionnelle. Des truandages pas possibles ! Pas le temps, c'est pas notre sujet, de vous les détailler, chères et douces lectrices. En tout cas, comme ça... dans une période d'embellie où il redressait un peu d'oseille, il rencontra tel Bonaparte sa Joséphine. Celle-ci n'était hélas point de Beauharnais. Son patronyme ne vous avancerait à rien. Une serveuse dans un restaurant... un routier sur la Nationale 7... et puis fille-mère pour tout arranger, rendre le tableau plus naturaliste. A l'époque, on ne disait pas encore mère célibataire. Voilà. Baoum ! Le nouveau coup de foudre. Elle aurait pourtant mieux fait d'attraper une pleurésie le jour où Antoine est venu becter dans son auberge. Chacun leur môme de leur côté, ça faisait une espèce d'équilibre. Patins roulés, coussins sous le cul... parties de jambes en l'air... toutes les voluptés... encore ! encore ! Sans doute quelques perniflards en sus ! Bref, il avait fait tout de suite le premier soir un carton, Antoine Farluche ! Il ne devait pas être des plus adroits au tir à la chatte. Bing ! Joséphine en cloque. Que voulez-vous qu'il fît ? Qu'il réparât... Son devoir, rien que son devoir, ce qu'il affirmait. Pas question d'avortement, c'était pas dans ses principes. Le Maréchal, sous son règne, les avorteuses il leur faisait carrément couper la tronche. Aujourd'hui ça paraît

une époque antédiluvienne, on intente, au contraire,
des procès aux médecins qui refusent de délivrer les
dames. Donc, il se remaria Farluche avec Joséphine
pour lui sauver la réputation. Toujours est-il qu'ils ne
furent pas si longtemps heureux et qu'ils eurent quand
même un second môme, une fille cette fois. Ça faisait
donc quatre têtards à l'addition exacte. Entre-temps,
notre héros, sûr il a eu soif... il a fait chaud, il a levé le
coude à la mémoire du grand Jacques, toujours son
idole puisque son honneur s'appelle fidélité, la devise
bien connue. *Meine Ehre hiess Treue !* Fallait bien qu'il
se console de tous ses déboires... ses années perdues en
des geôles si sombres, si tristes, si humides que
l'homme en ressort pour toujours un peu cloporte ! Et
puis son veuvage... et aussi toutes les affaires mirobolantes qu'il entreprenait et qui tournaient, fatal, caca et
vinaigrette et reines des Cours d'Appel !

   « A la tienne, sale con ! » Nous sommes, n'est-ce pas
chez Emile Zola, à un siècle près. Farluche-Coupeau
avec sa Gervaise-Joséphine vaillante. C'était une fille
forte, elle, de bras, de poitrine et de la tronche... une
gaillarde rieuse de nature. A l'étroit dans notre univers
de bureaux, d'hygiène, de statistiques. Je la voyais
plutôt en Bruxelloise... bière et frites et... alleye !
alleye ! pousse-toi Charles que je mette là mon cul !
Avec le Mikado ça faisait tout de même un drôle de
couple. Elle avait réagi prompt au début du naufrage
lorsqu'elle s'était aperçue que la barcarolle prenait la
vinasse de toutes parts. L'usine, ça lui a paru l'ultime
ressource avant la prison ! Son homme cependant
pérorait toujours avec le fantôme de Doriot... refaisait

l'Europe dure et pure... nous sauvait de la ploutocra-
tie. Bref, tout ça ne pouvait que pis aller en se
dégradant.

Depuis « La Lanterne »... sa fermeture... la mort
d'Auguste... je le fuyais Farluche-le-Mikado. Dès que
je l'apercevais, je prenais la tangente. Il appartenait à
l'espèce qui vous tire les pieds, le bas du froc vers sa
chtourbe. Arrivé à un certain degré de déchéance, ça
devient chez eux comme un réflexe. S'ils vous rencon-
trent le petit camarade qui se défend un peu, qui a l'air
de briller dans de jolies pompes, le costard à sa mesure,
la limace changée du matin, ils n'ont de cesse, pour
peu qu'on leur tende la paluche, de vous attirer vers le
banc du square avec le litron... les propos vengeurs...
les divagations... dégueuler tripes pour lui éclabousser
la veste. Déjà au temps de « La Lanterne », il en
fréquentait toute une tierce de clodos comme ça... des
anciens de je ne sais quelle légion... palabreurs hoque-
teux... presque parvenus à la ronflette sur les banquet-
tes du métro. Il en avait ramené quelques-uns à
Auguste... des ex-héros du Front de l'Est, des derniers
combattants dans les ruines de Berlin... soi-disant tels.
Tous ils se présentent, malgré les ans, le pinard, les
fringues élimées... droits, la poignée de main dure...
presque au garde-à-vous. C'est le signe de reconnaissance de la secte. S'ils avaient retapissé à « La Lanterne » la bonne taule ! une véritable buvette ! Surtout,
je vous y ramène... au moment du tonneau... ce vin
des Coteaux Tricastin. Pour une fois Auguste avait pris
le coup de sang... tout de suite en quart ! Il se gourait

pas tant sur les hommes. Il avait fait une exception à son principe d'accueillir n'importe qui... dérogé pour confirmer la règle.

— Je veux tout de même pas devenir l'Armée du Salut ! Ils me font tartir ceux-là alors ! Ils vont me faire fuir ma clientèle.

Certain, les amis du Mikado... leur tenue et surtout leur jactance... sur le bord du trottoir des proclamations racistes.

— J'ai beaucoup de copains juifs. Des acheteurs, tu penses, des grossiums. Ça ne leur plaît pas d'entendre des trucs pareils.

Il me raconte... les casques à pointe du Mikado qui sont arrivés hier soir. C'est comme ça qu'il les a baptisés, le vieux... un souvenir de sa guerre 14. Le tonneau derrière le comptoir s'ils l'ont repéré, les ordures ! Ils sont combien ?... quatre, cinq... des potes de potes. Farluche les a connus dans divers trous... Poissy, Fontevrault, Fresnes... rien à redire... Ça lui paraît plutôt, à Auguste, un brevet élémentaire de joviale conduite. Qu'ils sifflent, lichent, éclusent, tututent, lui, vieil alcoolo... amoureux de la dive, il risque pas de leur adresser le moindre reproche. Seulement leur *Heil !*... toutes leurs conneries... les chants à tue-tête en allemand ! Tout de même, il se remémore qu'il a été aux Eparges... qu'en sa belle jeunesse, ils lui ont fait becter du schrapnel, les Teutons à pointe de Guillaume. Il les a virés... toute la clique. Il n'est plus très alerte, fringant castagneur, Auguste. Il lui reste tout de même une sorte de force

pachydermique... il les a poussés tous en groupe vers la
lourde. Il a bien averti Antoine qu'il ne lui ramène plus
ces engeances !

Ça lui rappelle, comme ça tout à trac, un souvenir de
l'Occupation pendant qu'il est lancé sur les Chleus.
Dans une rue... sur un trottoir étroit, il aperçoit un
officier de la Wehrmacht qui vient à sa rencontre. Il
sortait, le dab, d'une pissotière. Il venait de se payer
une ardoise... se secouer la goutte ! Merde, misère ! ça
le débecte d'avoir à descendre du trottoir sur le passage
de ce Boche. Il se sent humilié. Ça lui remonte en
tricolore à la gorge... le Fort de Vaux... la tranchée des
baïonnettes ! Paraît qu'il faut laisser le trottoir au
vainqueur, descendre sur la chaussée à son passage. Il
va pas s'abaisser... il ne pourra pas ! Clac ! Clac ! les
bottes... l'officier approche... la résolution d'Auguste
mollit. Il se sent moins ferme patriote fur à mesure, il
bloblote un peu des miches ! Tout de même, il trouve
une sorte de compromis entre sa pétoche et son cœur
de vrai Français. Il s'écarte au moment où le Fritz
arrive à son niveau... un peu... il se colle contre le
mur... juste lui laisser de quoi passer. Ils se frôlent,
l'officier ça ne paraît pas le moins le déranger. Il se
penche vers Auguste... « Ferme donc ta braguette, hé,
patate ! »

Il lui glisse à l'oreille, l'air goguenard, en français
tout à fait de Belleville, des Gobelins avec l'accent... la
voix traîne-lattes ! Il est resté saisi, alors, le Lanternier.
Le réflexe, il a constaté, il s'est rendu compte, il avait
bel et bien oublié de se reboutonner en sortant des
pissoires ! Il s'est retrouvé tout à fait ahuri... incapable

de lui rétorquer quoi que ce soit à cet étrange officier boche. Il en déduisait qu'il avait sans doute eu affaire à un de ces fameux lascars de la Carlingue... un malfrat de la rue Lauriston.

— Y avait des drôles de surprises à cette époque !

Sa conclusion. Nous sommes là dans sa boutique... le tonneau derrière. Je vous ellipse... il est parvenu... il est bien là... une forte barrique... deux hectolitres, il m'a semblé ! De quoi se désaltérer un instant. Nous arrivons dans les préparatifs du coup d'envoi de *Bibi Fricotin*... l'album de luxe doré sur tranche... relié pleine peau de mouton bleu de nuit, décoré de fers gravés spéciaux... rehaussés d'argent et d'or véritables... des lettrines F.A. ... les initiales du maître d'œuvre.

Mais il s'est déroulé quelques événements depuis cette scène de l'arrivée du Mikado à « La Lanterne ». J'ai été écrire, chez mon mécène, mon texte immortel. Une escale à Trouville... la vie de champs de courses, de casino avec Véra flambeuse flamboyante. Tous les cigares que j'ai fumés ! Caviar en toast... langoustes... Chambertin... Mouton Rothschild ! Ap'Felturk s'il m'a dorloté... présenté à ses amis... promené au large sur son yacht ! On n'a pas eu un bel été... la pluie normande sur nos silhouettes en imperméable le long des cabines. Ça m'a permis d'œuvrer sans remords... pénétrer vraiment le *Fricotin*... le sens caché derrière les petites phrases... les ballons... le leit-motiv : « J'ai une idée ! » Le côté anarchiste, dynamiteur de société de ce *Bibi*... qu'il remet tout en question, comme Jean-Paul Sartre et sa Simone... nos institutions bour-

geoises ! Je me suis appliqué... j'ai soigné le balan-
cement de mes phrases. Au fur à mesure de mon turf,
il venait zyeuter par-dessus mon épaule, Félicien, se
rendre compte si j'avançais. Il voulait pas me sustenter aux ortolans pour que fifre. On se relisait les
aventures de notre idole, le soir à la veillée, avec
Madame. Par moments, je me serais bien fait la
valdingue.

J'avais rêvé d'autre chose tout de même... n'est-ce
pas, vous vous souvenez à la cellule 206, l'été 1950,
comme je lisais ma *Chartreuse* bien soigneux... attentif,
appliqué... dans une ambiance pas très feutrée, recon-
naissez. Avec Karl sodomiseur exaspéré, fallait en plus
que je fasse gaffe à mon troufignard ! Les galtouses
aussi qu'on se déglutissait... des choux-raves flottant
dans l'eau de vaisselle. J'en arrivais, moi, au régime
morceaux de sucre et pain... mes cinq six sucres par
jour avec ma boule et puis l'eau du robinet pour me
désaltérer. Stendhal, je le recevais donc direct... sans
être gêné de digestions douloureuses, d'échappements
de gaz... que ça vous trouble le grave de la lecture,
l'effort de pousser les perlouses. Comme ça, à l'eau, au
pain et aux six morceaux de sucre, je me suis bien
cultivé, on peut dire. Ce qui gêne le plus les efforts de
l'esprit... nulle gourance, je réponds : la mangeaille...
le douze degrés... peut-être aussi les folies braguette...
les enjamberies de folles maîtresses. Vous vous disper-
sez... les facilités de la vie vous dénaturent le message
de nos grands artistes ! Ainsi protégé, je me suis mis à
capter les ondes... des choses me sont parvenues de
temps très anciens. A la longue, on finit par se

délecter... je ne sais pas... des *Oraisons funèbres* de Bossuet. Ceci est une autre aventure... celle de l'intellect, de l'âme... je ne vais pas vous ombrager les esprits avec ça.

II

Vulcanos

J'ai repris un paquet de photos du temps de « La Lanterne »... dans une grande boîte en carton... de petits et grands formats... clichetons d'amateurs ou professionnels. Ça devrait m'aider dans mon récit, me remettre en tronche quelques détails. Je vous ai coupé, là, pendant mon séjour trouvillesque chez Ap'Felturk. Ça ne vaut guère, je crois, d'y rester. Par souci d'être à la franquette, super-sympa, Félicien à table il vous lançait le pain, les tranches de jambon, les biftèques à travers la table. « Attrape ! » Ça surprenait les invités, même pas spécial bourgeois guindés. Il se fendait alors la prune, le maître de céans. Il se sentait tout à fait alors anarcho... presque prolétaire... en tout cas bohème artiste !

Donc mes photos... mais diables ! Je me gratte, m'interroge. Qu'est-ce qui me fait tout le temps revenir dans le passé, les choses mortes ? Cette manie d'essayer de faire revivre ceci cela... les uns les autres... maintenant le Mikado et Auguste ? Ça tourne viceloque, je m'y pogne mental. Enfin, puissent ces

fariboles, tous ces fantômes vous divertir, mes chers
lecteurs, de vos tristes fiscalités, vos fibromes, fistu-
les... vos huissiers... vos enfants pervers... mon seul
but ! Je n'arrive pas à retrouver le tonneau dans ce
fatras. Ça voudrait dire alors qu'on ne l'a jamais
photographié ?... un comble ! Je ne l'ai pas rêvé. Il était
énorme, bien ventru au fond de la cagna. Voici
Farluche entre une lampe et une bouteille de scotch.
Au premier plan, sur la droite, c'est Félicien. Ça paraît
net, évident, lui, qu'il a pas sucé la tour Eiffel pour la
rendre pointue, d'après sa trombine prise au flash.
J'oubliais sa tenue. A présent qu'il nous fréquentait, il
donnait dans le genre décontract... costard sport, laine
chinée... toujours en polo... super cool, on dirait
aujourd'hui. Bon, la lampe montée sur un globe
terrestre. Il trouvait des objets tout à fait insolites,
Auguste, pour ses calbombes. Il est là, lui, sur la droite
avec sa sèche... la longue cendre... elle va choir dans
quelques secondes... une cravate bariolée sur une
chemise de couleur. Je lui trouve l'air, comment dire...
un peu morbide. Il est à trois ans de sa mort. Intuitif,
la sent-il peut-être qui s'approche, rôde parmi ses
trésors, ses cannes à pommeau, ses orgues de Barbarie,
ses tableaux naïfs, ses crânes en sucre de fête mexi-
caine ! Il avait quoi à ce moment... soixante-dix ? Le
jour de mon anniversaire, mes quarante piges au
« Canard sauvage »... je me souviens exact de ses
paroles... le verre en pogne, tandis que nous trin-
quions.

— Maintenant, tu vas voir, ça va passer vite...

Elle m'est restée sa petite phrase. Je suis à présent

déjà en mesure de constater sa prédiction... douze piges ont passé, se sont déroulées sans que je puisse les retenir, arrêter un court instant la projection. Je fouille toujours dans cette boîte ! Difficile de choisir... ça ne rend pas tout à fait le vrai du faux. Les visages sont fixés un peu au hasard... des inconnus... ceux qui ont changé, ceux qui ne sont plus. Est-ce le gala *Bibi Fricotin* ou bien le soir du triomphe de Vulcanos... sa biographie par Farluche éditée chez Ap'Felturk ? Tout se mélange, c'est la leçon de l'histoire. On s'efforce de faire durer son personnage et puis, peu à peu, il se confond avec les autres... s'estompe... on devient plus rien !

Après ce déjeuner gargantuesque chez Roberto... à notre retour... on est resté juste entre potes jusqu'à deux heures du mat... donc on n'a pas pris de photos. Tout ça s'imbrique dans les hiers... s'embrouillent les invités... la Presse... les télévises !

Fallait donc que j'en arrive un jour à parler de Vulcanos. Il s'en gourait, il voulait lui-même contrôler son portrait comme un roi de France... que je l'améliore... le magnifie. Sa biographie, il me suppliait de l'écrire.

— 500 000 exemplaires garantis, merde ! Tu veux me croire ? Tu seras milliardaire ! Pan !... Dans ton thème astral ! Si tu l'écris ma vie, Françoise Sagan pourra aller se resaper !

Il se propulse... éructe dans ses prédictions, Vulcanos ! Ses paluches... la dimension ! Il me fait son geste de la main gauche sur le poing droit. Pan ! Dans le baba ! Il voit... Il est pas question de contester... dire

que ceci... 500 000 que c'est vraiment le tirage
énorme... le miracle ! Pour lui c'est du quotidien, le
miracle ! Brang ! Il se détend... son immense énorme
carcasse. Qu'on vienne pas le faire rire ! Il les attend les
contradicteurs ! Il les prend à n'importe quoi... la
jactance... au scotch... à la longueur de bite !

Je ne sais trop par où le prendre, mon prophète... le
mage Vulcanos... comment vous l'entamer... tout dire.
Ça représente, mesdames et messieurs, pour l'artiste
un effort considérable. Je vous prie de bien vouloir être
un peu patients, attentifs surtout. Vulcanos... je joue
ma réputation... que j'aille pas louper mon esquisse ! Il
arrive, là, une photographie... sa carrure imposante...
sa démarche mi-orang-outan mi-fauve. Dans cette
bluette il me parvient juste à point. Le projet de
réhabilitation du docteur Petiot par Antoine Farluche
était complet à la dérive. Ça tournait plutôt vinaigre
avec Félicien Ap'Felturk. Le Mikado lui avait tiré un
maximum, peut-être trois cents raides pour ses préten-
dus travaux... se documenter... les enquêtes. Au bout
de six mois il n'avait pas écrit une ligne. Ses investigations, il les faisait avec ses petits potes « *Heil ! Heil !* »
dans les rades. Tous les comptoirs leur étaient bons,
toutes les occases. Ça, il en jactait du docteur Petiot si
bon, si généreux, si formidable, à qui il devait
quasiment la vie. Tout Saint-Germain-des-Prés, Montparnasse, les Gobelins... toute la Mouffe étaient au
parfum. Son ouvrage... il précisait... au moins sept
cents pages. Il obligerait la Chancellerie à réviser enfin
le procès.

— A la bonne vôtre !

Ap'Felturk tout de même a perdu patience. Il l'a menacé de la justice... encore un tribunal... une nouvelle fois devant les guignols. Je me devais d'intervenir puisque ce Mikado c'était une connaissance de schtilibem. Il était avec sa Joséphine et ses lardons dans une situasse de fiente fumante. Le gaz coupé... l'électricité... les papelards d'huissiers, les petits bleus, ça s'accumulait ! Et cependant, lui, toujours à attendre le sursaut de la vraie France... ses compagnons du baudrier en complot. Auguste il désespérait qu'on puisse l'extirper de son cloaque.

— Faut plus t'en occuper de ce con !

Sans doute avait-il raison, le vieux sage, dans sa lanternerie. Chez moi c'est une sorte de vice, trimballer dans mon sillage toutes sortes de gueux, latteurs, mi-traîtres, mal rasés, torgadus... savoir pourquoi ? J'en rencontre dans tous les coins de la capitale. Bref, l'opération *Fricotin,* ça avait eu, on pouvait dire, un franc succès. Ap'Felturk il aurait dû pavoiser, seulement de nature il était jamais satisfait. Il escomptait, disait-il, mieux. Son album bible relié mouton... le premier tome des aventures de *Bibi Fricotin...* il en avait fourgarès au moins vingt mille. A quinze sacs du bout, ça lui laissait un sacré velours à ce mondain enfifré sagouin. Dans l'opération, avec toute notre science voyoute, nos entourloupes montées en délicatesse, on lui en avait pas griffé lerche de sa marge bénéficiaire. Le tonneau était à sec maintenant. Toute la bande, tous les soiffards littéraires, artistiques et repris de justice réunis, ils l'avaient lichaillé allegretto deux coups les gros ! Je vous passe le récit détaillé de

nos libations. On cherchait un nouveau travail.
Auguste, ses ventes, ça marchait pas si fort. Question
barbouille... ses Renoir... il préférait attendre maintenant qu'ils sèchent bien... il les planquait, le diable
seul savait où. Un de ses artistes, un petit faussaire
barbichu, était tombé. Un garçon doué pourtant, mais
dispendieux de ses picaillons. L'amour, paraît-il,
d'une perverse aux yeux de biche, l'avait mené où il
était... au 42... je vous précise, rue de la Santé.
Auguste tenait pas à y retourner boire de la flotte tiède.

    Arrive Vulcanos sur ces entrefaites... l'extra-lucide,
le devin ! Sur les coups de onze heures. Vulcanos de
noir vêtu. Il fait carillonner la lourde... il déplace
toujours beaucoup l'air. Il vient du froid. On est là,
avec Auguste, avec un grog... on est grippé... on
rajoute du rhum ! Voilà. Il nous veut quoi le mage ?...
Il s'emmerdait dans son cabinet de consultations. Pan !
Bing ! Il a tout largué... il s'est mis son bigophone aux
abonnés absents. Il arrive. Il veut qu'on aille se taper
une tête chez Kerdombec. Se marrer un peu. Il nous
invite. Il a des façons de se distraire, tout à fait à lui. La
descente ! Il s'écluse sa bouteille de whisky... comme
ça... glou-glou ! dans la matinée. Son gabarit... il peut
se le permettre ! Un mètre quatre-vingt dix, douze...
cent kilos d'os, de muscles, de poils... il en est
recouvert. Tous d'identique dimension sur les guibolles, la poitrine, le dos... ça remonte sur la tête... ça lui
fait une sorte de frime à la Chéri-Bibi... une tête de
bagnard tondu le mois précédent. Il est saboulé, je
vous ai dit... noir... les pompes fines, ritales, poin-
tues... la boucle en argent... son bénouse tuyau de

poêle cassé sur le dessus de la chaussure... la chemise
ample échancrée sur les poils. Toute saison, il est en
limace... parfois, juste, il met un blouson, lui aussi
noir et de cuir... ça lui donne un genre redoutable. Un
des rares hommes sur lesquels j'ai toujours vu les
passants, surtout les passantes, se retourner dans la
rue. Il évoque quoi ? qui ?... la bête... le monstre... il
est étrange... un côté mystérieux mêlé gorille. Ce qui le
différencie, le dégage du simiesque... ses châsses...
bleus très clairs, fendus oriental... avec la pupille
aiguë. Il transperce le client éventuel, le chaland qui
passe. Il se gonfle les épaules en marchant... signe
d'agressivité, selon Konrad Lorenz. Il se déhotte
chaloupé matelot. Il le fut, je vais vous dire plus loin,
héros de la France libre, le 19 juin 40 déjà enrôlé, dès
les aurores, chez de Gaulle. Il se sent depuis des droits
sur le reste des Français. Tous ils ont, d'après lui, des
clochettes au cul... tous ils ont sucé les bibites
boches... se faisant... vrout ! il nous les mime, encaldossarès par le premier feldwebel venu ! Il fait le va-et-
vient... de la bouche il fait les bruits... cloc ! floc ! tout
haut ! dans le restaurant... « Le Canard sauvage » !...
Les gens le regardent... il s'est levé de table...
personne ne moufte... n'ose ! Certain, tel que je le
pratique, qu'il va parler maintenant de sa biroute... le
morceau, si je puis dire, de choix... sa monstrueuse
chopotte de cheval ! Il menace de la sortir. Il éclate
dans la marrance ! Il imite une mignonne, une tante
affolée par la vision ! Vlan ! Pan ! Bing ! Il proclame
qu'il a des grandes dames, des cantatrices, des mondaines qui arrivent à sa consultation le slip à la main. La

notoriété double de son membre phénoménal et de ses
dons de voyante extra-lucide... A son cabinet à
Auteuil, si ça défile... les célébrités du spectacle, de la
science... les hauts fonctionnaires... les amiraux...
académiciens... industriels... le Gotha... les ministres,
tout le *Who's Who* ! Il les fait attendre s'il a mieux à
s'occuper... s'il a un pote pour boire un coup. Je fus, je
le jure, témoin dans le salon d'attente, je n'en croyais
pas mon œil fixé au petit viseur. Un personnage
responsable de nos finances... il était là, avec son
pébroque, il patientait comme une concierge. Vulcanos
allait lui dicter la politique économique de la France
pour les dix années à venir. Pan ! Bing ! Dans le cul !...
toujours la main gauche qui claque sur le poing droit.
Il m'en parle de ce ministre comme d'un minus, un
loquedu. S'il le veut... flac ! il lui en glisse une paire !
Toute cette longueur qu'il lui enfile ! Il ne demande
que ça, le ministre... *il en est* sans le savoir depuis
toujours... il attend la révélation. Mais Vulcanos ça lui
dit rien de sodomiser un ministre. Il aime seulement
s'imaginer en pleine action. Il donne dans le vide des
grands coups de rein.

Auguste, ça le fatigue un peu vu son âge... cette
exubérance du prophète... tous ses gestes intempestifs.
En grande forme, il nous fait les pieds au mur. A
cinquante piges, il exécute dix tractions comme ça, les
jambes en l'air. Avec ce qu'il a éclusé, la boutanche de
scotch presque à lui tout seul, ça représente une jolie,
faut dire, performance. On l'applaudit dans le restau,
comme sur la place publique. Il en profite pour
distribuer ensuite ses cartes de visite. « *Vulcanos*...

extra-lucide... L'astrologue des grands de ce monde !
L'homme qui dit toujours la vérité ! »

Je le connais, ce monstre, depuis des lurettes... la
nuit des temps de la maladie ! Ce ballèse à dix tractions
les pieds en l'air fut phtisique tout comme Chopin...
poitrinaire... que ça dérange l'image du tuberculeux
frêle, crachoteux diaphane. Encore des idées très
reçues, le glavioteur de bécas rachitique, les épaules
rentrées. Tous mes sanas, centres hospitaliers, j'ai pu
constater la même variété que dans une rame de métro
aux heures de pointe... des gros, des petits, des très
faiblards, mais aussi des armoires normandes, des gras
du bide, des tronches de marchand de bestiaux, du
prolétaire franchouillard pas si forçat de la faim que la
chanson voudrait nous le faire croire. Vulcanos, sans
doute qu'avec son gabarit, ses muscles, son gros
chibre, ses poils, il se croyait invulnérable. Il menait
dans sa jeunesse une vie diurne et nocturne intensive...
la gobette... les mignonnes tringlées à la chaîne... son
coup de sabre tellement réputé... en volume, raideur...
puissance de tir... qu'elles l'assaillaient... il arrêtait
plus. On dit, n'est-ce pas, que le poitrinaire creuse sa
tombe avec sa queue. Lui, il y allait... le trou
profond... il soulevait la terre autour comme un chien
qui cherche son os ! La timbale au bout, je vous
résume... ce colosse foudroyé... l'hémoptysie qu'il s'en
gourait pas le moins. En pleine tringlette ça l'avait pris,
il égoïnait une vedette ce jour-là... une que vous iriez
pas, fans admirateurs, imaginer qu'elle puisse s'offrir
un tel gorille. Enfin, toujours d'après ses dires, ses
affirmations... Pan ! Bing ! avec la gesticulation... elle

était cette romantique évanescente, interprète des
auteurs les plus édifiants : Claudel, Mauriac, Péguy,
les vrais chrétiens... portée sur l'instrument de Monsieur. Surtout par l'escalier de service elle se faisait
monter la joie. Ran! et Ran! Vulcanos il y allait
sadique. Il se revanchait, je déduis, de son enfance
abandonnée... l'Assistance publique... Pan! il mettait
les ardeurs doubles. Donc, le coup du sort... le raisiné
en gerbe sur la croupe de la dame... en plein orgasme!
Ce cri qu'elle pousse! Lui non plus il ne s'attendait
pas. Patatrac! il valdingue en tubarderie... dans le
monde des crachatoriums! Ça va permettre notre
rencontre historique. Il ne sait pas encore qu'il est
mage à cette époque. Il voit bien de temps en temps
des choses... il a des lumières qui lui viennent... des
clichés. Il ne comprend pas ce qui lui arrive. Jusque-là
il se débattait contre lui-même... il ne se savait pas
extra-lucide...

Ça va me conduire, sa biographie, encore à un flash
dans le flash-back. Vous décrire tout de même l'endroit où nous nous connûmes. Une maison de cure tout
à fait bien pensante celle-là, avec des religieuses, des
sœurs de Cluny pour nous piquoûser, nous perfuser le
P.A.S. Ça me replace juste après *L'Hôpital*... en
quelque sorte le chapitre suivant, Sanatorium des
Colombes à Rusigny... dans la vallée de Chevreuse.
Nous étions là-dedans, je ne sais plus... deux cents
hommes peut-être... une cinquantaine de dames, mais
en pavillons séparés par un double grillage... toute une
frontière gardée sérieux, un rideau de fer... qu'on

n'aille pas copuler... mélanger nos bacilles de Koch !
N'importe... c'est Vulcanos que je vous narre...

Le soir où il nous parvint, je ne vous mens pas... un
orage justement éclate. Je vous restitue fidèle les
circonstances. Il entre dans le réfectoire simultané avec
un coup de tonnerre. Dire si toute l'assistance se
détronche... ce ballèse que je viens de vous dépeindre.
Là, il avait trente-sept trente-huit ans... la force de
l'âge malgré ses éponges mitées. On s'attendait pas à
voir entrer un colosse tel ! Il est en polo grenat... ses
futals étroits... les miches bien prises. La mécanique
qu'il se développe ! C'est sœur Arsène qui nous le
précède... quasi centenaire cette sœur Arsène... sourdingue, moustachue, édentée... vaillante cependant...
elle trottine devant cézig. A notre table il y a une place
libre... un petit pote nous a largués dans une flaque de
sang voilà quatre jours. On l'a enterré aujourd'hui...
Vladimir, un fils de Russes blancs... j'ai fait la quête
pour sa couronne. Son remplaçant, il fait le triple en
viande, muscles, os, toison... sexe ! (ça, on ne le sait
pas encore... ça va venir !) Sœur Arsène, elle nous le
présente.

— Un nouveau petit camarade, soyez gentils avec
lui.

On aurait l'intention inverse, ça serait pas beau
schpile pour nos matricules. Au premier abord, Vulcanos, on se respire qu'il vous démolit, défonce cinq six
lascars de normale corpulence. Toute la table on s'y
mettrait, l'abbé Morlane, Face d'Ange, Alex le poinçonneur de Réaumur, le brigadier Trébouze de la
Préfecture de Police... on aurait du mal à le retenir au

sol ! L'impression qu'il vous laisse d'un King-Kong
rapide comme un tigre. Il s'assoit... la place est étroite
pour lui. Il nous adresse un vague salut du doigt sur le
côté du front. Ça nous coupe à tous la chique, nos
conversations hautement éducatives... toujours des
discussions entre Alex et l'Abbé... sur l'existence de
Dieu. Alex, il est athée total... il croit que ce qu'il a vu,
et ça fait pas lerche ! Dans sa station de métro, il n'a
pas des visions panoramiques, métaphysico-spirituelles
sur le monde ! Je m'en bats la gaule, moi, je le dorlote
Alex. Il m'achète des ouvrages pornos pour se palucher
le soir. Une consommation fantastique... presque toute
sa paye y passe... ici il touche son mois entier comme
fonctionnaire de la R.A.T.P. ... il fait partie des riches.

Donc Vulcanos est là, devant moi. Plus tard ça sera
le célèbre mage... l'homme envoyé des astres ! Celui
qui va bouleverser les sciences occultes... le roi de la
prédiction ! l'unique, le grand Vulcanos ! Cette
mâchoire qu'il a... une rangée de dents bien blanches,
de fortes canines ! On lui passe le plat, aimable... des
tranches de rosbif... il en reste dix douze... certains ont
l'appétit de piaf, comme Face d'Ange qui file une
tangente, on dirait, vers le cimetière.

— Vous pouvez prendre tout...

Ce qu'on lui dit... Alex ou le brigadier ! Il se le fait
pas répéter... toutes les tranches, il les attrape à la
pogne dans le plat... il les dévore tel un chien-loup...
chaque tranche une bouchée... hop ! Comme phtisique, il a de quoi surprendre. On le verrait mieux dans
un cirque, une baraque foraine. Il renifle un peu, je
remarque... entre les bouchées. On ne sait trop

comment l'aborder, engager la conversation. Mais, lui,
il va rompre, plutôt pulvériser la glace... Bing! d'un
coup de poing. Il se met à se marrer tout à coup.

— Vous devez tous avoir des petites bites?

Il nous affronte, goguenard. Comme ouverture de
dialogue... vous avouerez... une drôle d'attaque!
Aujourd'hui que je l'ai pratiqué, le Vulcanos, ça ne me
surprend plus... je connais sa marotte... sa pointe
numéro un d'orgueil... avant même ses dons de
prophète. Alex du métro, l'homme de la R.A.T.P., la
surprise avalée... il conteste, il ose! Il ne voit pas
pourquoi ce Monsieur suppose qu'il n'est pas monté
convenable... il bafouille... il s'indigne! Vulcanos,
brusque, se recule sur sa chaise, se penche en arrière.
Tenez... à travers son froc, il nous montre le long de sa
jambe gauche... la forme sauciflarde... que ça paraît
bien sûr énorme et ça descend jusqu'à mi-cuisse!

— Touche un peu, pomme cuite!

Il invite ce contestataire... lui attrape la pogne...
incrédule Thomas! Il résiste Alex... il n'est pas de
taille!

— C'est pas des manières!

Il a beau se branler sans cesse en s'aidant de mes
livres cochons... ça le choque d'aller tripoter comme ça
devant tout le monde la quéquette de ce King-Kong!
Presque arrivé au but, celui-ci le lâche soudain... éclate
d'un vaste rire.

Les débuts tels quels... racontés scrupuleux. Une
scène pareille, vous vous la remémorez longtemps, je
vous assure... ça vous marque... l'inhabituel de la
chose. On n'a pas fini maintenant d'en entendre parler

4.

de la grosse bébête à Vulcanos ! Tout bout de champ...
tout et hors de propos, il va nous menacer de la sortir...
nous la promettre à toutes les sauces... comme une
gâterie... un objet rare ! S'il est ultra-phallocrate...
super, on dirait aujourd'hui... mais phallolâtre serait
plus juste... le terme plus approprié.

Il déambule dans l'existence, mains dans les poches,
aucun bagage. Il peut débarquer n'importe où... rien
qu'en exposant son outil, il peut faire la manche
ensuite. Il est certain de se prélasser le soir même dans
le lit moelleux d'une mignonne. En cas d'urgence une
pute quelconque... une serveuse de bar... une bonni-
che... parer au plus pressé ! Il en vit de sa matraque
sexuelle... tout son charme sans discrétion... Il a des
dames qui subviennent à ses besoins... le logement, les
frusques, la nourriture, les boissons alcoolisées. Il
égoïne de la femme du monde... des stars de cinoche,
je vous ai narré. C'est un don du ciel, du Seigneur, un
engin pareil. Il sait au moins lui faire fête... chanter ses
louanges. Il a la reconnaissance du bas-ventre.

Mon côté amateur de gonzes exceptionnels, de
louftingues... tératologiste en quelque sorte... tout de
suite il me captive, ce spécimen... je suis tout châsses,
tout ouïes... il me fascine. Ma technique alors pour
l'avoir peu à peu à ma pogne, l'étudier, me le savourer
à loisir... j'abonde plutôt dans son sens... ses marot-
tes... je me fais tout admiratif, approbateur. J'applau-
dis... je le trouve bel et fort. Je subodore aussi, chez le
lascar, l'arcandier. Il arrive de la patrie malfrate, ce
colosse... sa tronche... sa façon de jacter... Il n'a pas
appris certains termes, certaines expressions, roulures

de phrases au petit séminaire de Conflans-Sainte-
Honorine, à Sainte-Croix de Neuilly, au collège.
L'utilité première de l'argot, qu'on s'y retrouve... le
royaume des marles. Il m'accapare, Vulcanos, s'apercevant que je m'intéresse à son cirque. Il est futé pas
croyable... vif, il entrave le pourquoi du comment. Son
arme absolue, ça... une intuition fantastique... de
sauvage, d'animal. Elle lui tient lieu de tout... d'intelligence, d'instruction, de culture. Avec elle, et bien sûr
ce boudin, cette énorme bosse le long de sa cuisse,
provocante, moulée sous son futal, il peut partir à la
conquête de l'univers. Il va le faire d'ailleurs... je vais
le suivre dans son irrésistible ascension. Je vais vous en
faire en quelque sorte la chronique. Entre cet instant...
ce dîner au sanatorium des Colombes et le moment où
je vous l'ai amené plus haut à « La Lanterne »... au
restaurant « Le Canard sauvage »... les pieds au mur...
n'est-ce pas, il s'est propulsé pour ainsi dire dans les
étoiles. Il est devenu celui que les puissants de ce
monde consultent. On vient se l'offrir des Améri-
ques... d'Afrique, des empereurs nègres, des nababs
californiens, sidérurgistes rhénans, pontes sucriers,
caïds pétrolifères... jusqu'à des secrétaires généraux
pourtant marxistes ! Il te les garde cinq dix minutes...
pas davantage... les traite de toute sa hauteur. Il jouit,
bien sûr, d'une conjoncture favorable... puisque les
curetons abandonnent l'irrationnel... les mystères...
les Trinités... le paradis... lui laissent leur domaine...
privilégié... l'Avenir !

— Et j'ai de toute façon l'avantage sur le cardinal

archevêque puisque j'ai une grosse bite à lui mettre
dans le cul s'il n'est pas heureux !

Il conclut ainsi une discussion sur ses mérites
comparés à ceux de notre Sainte-Mère-l'Eglise. Ça
aboutit toujours comme ça, les dialogueries, dans sa
braguette ! Vous allez me dire qu'il relève de la
pathologie... qu'il faudrait le psychanalyser... que,
sans doute, il n'a pas reçu dans son enfance l'image du
père... qu'il compense par cet exhibitionnisme pué-
ril... que malgré les apparences il serait complexé, lui
aussi, d'une certaine manière, etc. Remarquez bien, si
plus personne n'avait de complexes... d'anomalies,
névroses... on baignerait dans l'huile sans doute...
seulement l'insipide du déroulement... tous heureux,
égaux, interchangeables... toutes les queues au même
moule... calibrées au pied à coulisse... on s'ennuierait à
ne pas se dire du mal les uns des autres... sans
vantardises ni mensonges... sans, je vais jusqu'à dire,
coup de surin au coin des rues... sans faits divers les
meilleurs journaux sont fades. Mais il me semble que je
l'ai déjà dit dans un autre ouvrage...

— C'est tout de même pas des arguments !

Une voix m'arrive, me revient, me parvient d'outre-
cimetière. Celle d'un authentique marquis. Un homme
tout à fait d'un autre âge... autres coutumes... costumes... rescapé d'on ne savait même plus quoi. Déjà sur
la fin de son existence, ses mois ultimes au sanatorium
des Colombes, il était devenu un peu irréel, transparent, Tranche d'Hérécourt, ce marquis... surnommé
par un vain peuple Tranche de Gail, comme il se doit.

Il était au bout de table jusqu'alors. Il se rapprocha

de nous pour quelle raison... plus au juste ?... un
partant sans doute ! Enfin il est là, mince, long du
tarin... le crâne dégarni... toujours son costume de golf
à carreaux... des cols roulés... le style clubman...
Rotary. Il jacte pointu... s'indigne. On peut dire, lui
c'est un homme du monde, distingué... pas du pour !
Au doigt il a sa chevalière avec ses armes... *contre-vair*
pointées... flanc dextre... rabattements à vergettes. Vous
dire précis, je ne suis pas à même. En science
héraldique... les émaux du champ, les fourrures...
haussés, meublés... je me paume, ça m'indiffère il faut
avouer. De toute manière, Tranche de Gail c'était pas
l'aristocrate bidon d'Estaing-de-mes-deux sur blason
de catastrophe. Donc il me remonte sur le faffe, ce
marquis... sa voix un peu suffisante tout de même pour
peu qu'on sache prêter l'oreille. Il trouve ce garçon au
demeurant fort sympathique... ce malabar insensé qui
exhibe pour ainsi dire ses attributs virils à propos de
n'importe quoi... de religion, de politique. « Mon cher
ami », il vous entame toujours de la sorte. Il n'est pas,
tant s'en faut, contre la saine gaillardise que diantre !
Ses ancêtres, au cours de leur longue histoire si
glorieuse, ne se sont pas privés de trousser les bergères.
Il lui souvient même... heu ! heu ! il tousse et crache,
tout en narrant, le pauvre marquis. Question éponges,
il est attigé, il sent le sapin... Je dis bien le sapin, vu sa
ruine, sa décrépitude financière finale, sa famille
n'aura pas de quoi lui offrir la caisse superbe en
acajou... poignées d'argent... le *Requiem* de Mozart à
Saint-Eustache. Il va décarrer avec les manants. De
ceci peu lui chaut ! Pour tout dire il s'en tamponne

l'écusson, tous les rabattements ! Un Tranche d'Hérécourt fait fi... fait face... contre mauvaise fortune...
haut les cœurs ! Il n'emportera que sa bagouse, sa
chevalière. Bon. J'anticipe encore... il lui reste quelques mois à finir dans notre vallée larmoyeuse... à
encore expectorer, pérorer, faire face à l'adversité.
Avec cette sorte de monstre, notre nouveau petit
camarade, il ne peut guère en placer une... juste ses
« Cher ami, permettez ! » L'autre, il ne permet presque jamais rien. Il débagoule... Pan ! il ponctue. Beau
être tubard, il va de la gueule ! Il se raconte... sa
guerre, ses conquêtes féminines... son enfance... qu'il
fut berger dans des bergeries pas si arcadiennes... ses
voyages autour du monde. Il vous fait remonter les
embruns, les coups de noroit... bâbord toute ! Il se met
les paluches en porte-voix. Il nous embarque sur
L'Orénoque... son bateau baptisé ainsi... il transportait
du café, des arachides... Rio de Janeiro-retour ! Pas
étonnant qu'il chaloupe de la démarche, Vulcanos... il
était déjà sur le pont à douze piges... avec un équipage
de Brézounecs, de tannés briscards, chiqueurs...
gaste ! Des drôles de loulous de mer... des blocs de
granit ! A la régalade, à l'escale, ils s'humectaient les
amygdales avec des plaisanteries de 65° ... pas des
boissons pour démarcheurs en lingerie de maison ! Il
gesticule tout le temps lorsqu'il raconte, Vulcanos. Il
saisit la carafe de vin... l'élève, penche le bec... ouvre
grand la bouche... glouglou ! à distance il fait couler le
gros rouge, le nectar prolétarien. Tout le contenu y
passe... pas le temps, personne, de s'y opposer... la
ration de la table, glouglou ! Ça lui vaut des inimitiés

sournoises, ce genre d'exercice... tout un chacun n'apprécie pas toujours l'artiste... sa capacité glouglou-tière gargantuesque ! Sauf le marquis, bien sûr... historien et cultivé. Il a souvenance, n'est-ce pas... des choses du terroir.

— Etonnant ! Il est étonnant, je dois dire, cher ami...

Ce côté, en somme, médiéval rabelaisien le subju-gue. Depuis qu'il est aux Colombes, ça fait, mettons, un mois maintenant... (Excusez, je saute dans le temps avant arrière...) il est le sujet de la plupart des conversations ! On l'admire, ou on le hait, il amuse ou il exaspère... enfin il occupe la surface. Tout de suite je me le suis respiré, je vous ai affranchis, un peu malfrat... on s'est vite entravé l'un l'autre. Ce qui nous solidarise... en dehors d'une certaine philosophie de l'existence... qu'on est fleur, sans un tunard espagnol en fouille avec nos éponges aux mites ! A.M.G. ça s'intitule dans les paperasses officielles... Assistance médicale gratuite ! Clodo pour dire vrai. J'ai ma belle qui vient me voir, moi, ma môme d'amour, ma régulière aux yeux de Côtes-du-Nord, mais question artiche elle en remonte pas... c'est pas mon genre... je becte pas le pain de fesse. Une faille, je dois dire... lorsqu'on n'est pas venu au monde le cul saupoudré d'or, on ne devrait pas avoir tant de principes. Lui, déjà, il est moins vétilleux dans ce domaine Vulcanos. Il ferait sans doute pas carrément l'hareng, mais il admet qu'on lui rémunère un peu ses faveurs... ses coups de chizebroque tout à fait sublimes à ce qu'il se vante... il palpe des sortes d'honoraires. Il a une marraine qui vient le voir tous les dimanches, qui débarque sous les ombrages près du portail. Une dame en automobile... une Mercedes avec le chauffeur qui lui ouvre. Elle sort d'un roman de Paul Morand... sa silhouette... l'élégance pesage à Longchamp... le chapeau à voilette. Elle fait jeune d'allure, mais ceux qui l'ont approchée affirment qu'elle atteint les cinquante balais facile. Rapidos il se l'accapare, le monstre... il ne la présente à personne... il n'y tient pas, c'est le domaine de sa vie tout à fait privée. On n'arrive pas à voir sa frime sous la voilette. Si elle a des rides ou quoi... des valoches sous les yeux ! Fissa, il l'emmène dans sa piaule... une chambre à deux lits. Il bordure son voisin, le Chinetoque, l'envoie écouter les oiseaux dans le parc que c'est l'enchantement à la belle saison ! Il se lourde avec sa visiteuse... il tend une couverture devant le vasistas. Quelques petits curieux s'approchent... tentent d'esgourder à la porte.

— Vous allez vous barrer, bande de naves !

A peine à un mètre s'ils sont cueillis ! La voix tonitruante les cloue... les fige sur place... les terrifie. Là, on remarquera tout de même, n'est-ce pas, ce fameux déjà don de voyance. A travers la lourde il les repère... tout de même stupéfiant, comme dit le marquis. A moins qu'il ait une sorte de flair animal. Ce n'est pas facile de le surprendre en tout état de cause... de l'espionner... il se la donne des petits mateurs viceloques... les indiscrets tuberculeux.

Elle reste avec lui deux heures à peu près la dame à l'automobile avec sa voilette noire. Le chauffeur en casquette attend en lisant le journal... *Le Figaro,*

précisent les attentifs ragoteurs nombreux au sanatorium des Colombes. Les deux trois jours qui suivent, il
brille Vulcanos, il a de la monnaie plein les fouilles
pour se distraire. On fait le mur tous les deux, on
traverse des champs tristes de betteraves pour s'arsouiller un peu la tronche à Glaiseron, l'hameau le plus
près.

Constatez déjà donc qu'on est devenus très
copains... déjà complices en infraction du règlement
intérieur du sanatorium. Je m'ennuyais aux Colombes
avant son arrivée. Une sorte de pensionnat... mes
petits camarades crachoteux... des employés de la
R.A.T.P. ... de la Samaritaine... la Belle Jardinière...
et puis, le comble, de la Préfecture de Police !...
d'épais flicards pétomanes, idéalistes du coup de
rouge ! Les échanges culturels, dialogues philosophi-
ques avec ces lascars... inutile que je m'étende. On rit
jamais en même temps, ni aux mêmes choses. Je
m'adapte, certes, je suis capable, on me l'a dit souvent,
de tout... je m'efforce... me prélasse bovin pour être
tranquille. Ne soyez pas trop différent... la règle pour
se faire accepter de tous lorsqu'on n'a pas les moyens
d'être anarchiste. Mon opinion, qu'on ne peut être
parfait anar qu'extrêmement riche ou alors complet
loquedu vautré dans son dégueulis de pinard... dans sa
propre fiente. Bref, me voilà un compagnon. On se
trouve des relations communes en débagoulant. On va
maintenant s'acoquiner, comploter, s'aboucher. Tous
ces caves autour, petits fonctionnaires, ils touchent
leur paye intégrale... par rapport à nous ils sont quasi
nababs. Tout le problème est de leur secouer un peu la

monnaie... jouer aux vases communicants... faire parvenir leur petit pognon dans nos jolies vagues. Sur ce point, sur cette chimie, avec Vulcanos, on a les mêmes vues. Tout de suite on se met en attelage... en parfaite union spirituelle. Déjà, j'ai mes combines avec mes livres cochons, mes photos. Alex, le chef de gare, me rétrocède une partie de son pactole mensuel. Je lui fais parvenir de Paris des petites publications ultra coquines, des ouvrages à tenir de la main gauche. Aujourd'hui, bien sûr, vous trouvez beaucoup plus *hard* dans n'importe quel sex-shop. Mes petits bouquins pour Alex sont devenus, si on compare, comtesse de Ségur, roses délavés, de la littérature audacieuse pour patronages communistes.

A Glaiseron, l'auberge c'est plutôt une buvette-épicerie-mercerie. D'emblée, avec sa découpe, sa grande gueule, sa biroute terrible sous-jacente, Vulcanos séduit la taulière. Une femme dans les trente et quelques, pas si toc à bien détailler. Mieux attifée, sapée parisienne, elle pourrait presque se pointer aux courtines... à Auteuil où il aimait justement traîner ses muscles, m'avoue mon nouveau pote. L'ambiance lui plaît... il flambe pas tant, mais je crois comprendre qu'il emballe un peu au pesage. A moins qu'il ait tapé, à ses débuts dans la vie, le bonneteau. Ça ne me surprendrait pas excessif.

La dame du bistrot donc, elle sert le rouge derrière son zinc. Ses chalands c'est de l'homme manuel... de la grosse paluche calleuse, de la face écarlate... du rire à chicots ! S'ils nous gaffent lorsqu'on se pointe la première fois, je me sens martien, tout à fait venu d'une autre planète. Lui, Vulcanos, il se caille pas tant pour les sournois croquants betteraviers... il a la manière, l'art pour se les mettre en dispositions agréables. La tournée... il offre à la régalade.

— Et ton meilleur, ma grande chérie !

Il attaque ainsi la patronne. Elle en éclate... comme il y va... la tutoie d'autor !

— Faudrait pas croire...

Elle a pas le temps d'achever sa phrase. S'appuyant d'une pogne sur le comptoir, il saute... le voici derrière, près de la patronne. Il est dans la place parmi les bouteilles, le saint des saints.

— J'ai toujours rêvé d'une femme comme toi... d'une reine véritable de beauté !

Les rires alors fusent... les gargues édentées ! Tous ces journaliers de la glèbe, pas si souvent ils ont l'occase de se fendre leur bouseuse terrine. Madame la taulière, elle est désarmée... elle pouffe, glousse... elle aussi il lui manque une dent... ça la dépare, faudrait pas qu'elle se marre, cette conne ! Elle cherche maintenant sa bonne bouteille... un bordeaux d'appellation contrôlée. C'est pas de consommation courante dans son bouge. Ah, la voici... derrière un casier. Vulcanos lui-même la débouche.

— Allez, les hommes ! Et je ne me trompe pas, j'ai de l'expérience !

Il verse, reverse... finit la boutanche au goulot. Il rote un grand coup. Jamais pareil tuberculeux échappé des Colombes ne leur est parvenu... un garçon si généreux, si joyeux, si costaud ! Surtout ça qu'ils admirent. Ils se rendent compte... un outil pareil... un

ostrogoth de cette envergure ! Toutes fourches extir-
pées des granges, ils entravent qu'ils ne se le farciraient
pas si commode à travers leurs champs... leurs bos-
quets... s'ils le prenaient en chasse... une supposition !

Maintenant franco il la lutine, la dame bistrote. Il lui
chuchote dans le creux de l'oreille, je ne sais quoi... des
gaillardises... lui révèle... je subodore... les dimen-
sions de son zizoulou. Elle ouvre des yeux ronds, elle a
l'air d'abord effaré... puis sceptique... elle fait une
moue incrédule.

— Si tu veux te rendre compte, ma jolie.

Il propose... il fait un geste vers sa braguette... elle
le repousse affolée. Ciel ! si mon mari revenait ! Son
Gaston... mais il travaille à Paris, Gaston, chez
Renault. Il prend le train chaque jour. Leur gargote
rurale, pour vivre à deux, ça serait pas du tout
suffisant. Il ne rentre que le soir tard, le taulier, il est
fatigué des boulons qu'il visse à la chaîne. Vulcanos, il
sait tout ça sans qu'on ait besoin de le lui dire. Il lit déjà
dans les astres. Il joue le tentateur sur les arrières de la
mignonne. « J'ai une grosse affaire entre les mains ! »
etc.

Nous sommes en goguette, en java, voyez, en
permission illicite... qu'on se fasse gauler, le docteur
Mouchetouf nous vire. Sur la question des incursions
hors de l'enclos, il badine pas le docteur Mouchetouf.
C'est un homme pourtant affable, paternaliste. Il a un
tic, il se tire sur le col de la chemise, il attrape son
nœud papillon... en même temps il tourne le menton
avec une grimace de la bouche. On dirait que quelque
chose le démange, le brûle dans le cou, Moumouche...

ainsi est-il surnommé par les pensionnaires. On sait
qu'il a fait sa médecine afin de pouvoir succéder à son
papa, le grand Mouchetouf Anatole, le fondateur du
sanatorium populaire des Colombes à Rusigny, mais
que son rêve à lui c'était les planches, le cinéma, le
music-hall, les tournées triomphales ! Le jour de la
fête, l'anniversaire de la fondation du sana... tous les
ans, le 26 mai, il donne aux malades un éventail de ses
talents. Il imite Maurice Chevalier, il danse des
claquettes. Ça le porte à croire surtout à la guérison par
la joie.

Faut tout de même faire gaffe, rentrer à l'heure pour
la cure. Si je me fais borduer, je vais me retrouver
fatal, puisque je suis bacillaire, dans un autre sana
certainement beaucoup plus loquedu. J'ai déjà fait
quelques établissement antituberculeux dans la région
parisienne, je suis à même de comparer. Aux Colombes, somme toute, je me coule des jours à peu près
peinards. Faut que je le fasse rentrer, mon pote
phénomène. Il se complaît dans ce rade pisseux. Il les
éblouit, les péquenots... jamais ils ont ouï pareille
jactance !

A table, le premier soir, il a surpris certes, mais on
n'a pas eu le temps de savourer bien son bagout. Il
embraye... hop ! bing ! boum ! Il vous embarque de gré
ou de force. « Tu me suis ?... » Il interroge, il ne vous
laisse jamais le loisir de lui répondre... Vlan ! bing !
boum ! Il rétorque aux éventuels contradicteurs. Il a
des preuves de ce qu'il raconte... ses exploits... toutes
ses castagnes aux quatre coins de la planète... les
bagarres sanglantes à Hong Kong... bordées à San-

tiago... saouleries à mort dans le Soho. Il jongle aussi
avec le flouse... les billets de mille, les dollars-or, les
millions, les livres sterling ! Pan ! Tout ce qu'on a pu
lui proposer... des affaires mirobolantes ! l'éclat des
diam's ! Hop ! *in the fouillette !* Toutes les divas qu'il
encula après le concert ! et les maharanis aux Indes ! les
stars à Los Angeles ! Les négresses sur un plateau !
Vrang ! il veut qu'on entrave bien... la longueur qu'il
leur enfilait. Ça la choque, juste ce qu'il faut, miss
Glaiseron... elle se pâme tout de même entre les rires,
elle glousse et s'ébaubit ! Il reviendra Vulcanos avant
d'être devenu mage. Il sort un paquet de biffetons
chiffonnés de sa poche. « Payez-vous », il annonce
large. Ça, ça les laisse tous les agricoles, les hommes de
la betterave maudite, pantois... ébahis. Eux autres, les
fafiots, ils les aplatiraient plutôt au fer à repasser...
glissarès sous leur matelas. On les a pas éduqués
magnificents... ils ont toujours caché quatre sous.
Nous quittons la guinguette sous une pluie fine.
Vulcanos, il envoie à l'accorte aubergiste, sur le pas de
sa porte, une dernière bise.

— A bientôt, ma belle enfant !

On se paye un peu d'euphorie bon marché, comme
ça, en s'échappant des Colombes. C'est pas de la
bamboche excessive. A Glaiseron, ils n'ont même pas
de champ'... Ils ne savent pas ce que c'est. Ça le
déprime, il prétend maintenant, mon nouveau pote. Il
dégraine la marchandise... cette patronne qu'il a
pourtant lutinée.

— Elle a des clochettes au cul, moi je te le dis.

Ce qu'il me groume sous la pluie tandis qu'on

retraverse les champs... qu'on s'enfonce encore les
panards dans la gadoue... floc! floc! ventouse! C'est
une de ses formules, ça, les clochettes au cul! Il affiche
ainsi son mépris... qu'il la trouve salingue, la dame
aubergiste. Il ira peut-être tout de même se l'offrir...
s'il y entrevoit un avantage matériel à en tirer. Ce qu'il
m'exposera ce soir. Pour l'instant on repasse le mur. Il
me fait la courte échelle... je saute dans les ronces... on
pénètre dans le sous-bois. On va arriver juste avec la
cloche... Sœur Arsène qui bat le rappel!

Avec ce sanatorium des Colombes, je me suis à
nouveau éloigné, hélas, de « La Lanterne » du cher
vieil Auguste. Ce n'est qu'un détour, nous y revien-
drons puisque ça va être ensuite la biographie de
Vulcanos éditée par Ap'Felturk. Ma dernière sublis-
sime idée de la faire écrire par Farluche! Une entreprise audacieuse si on considère un peu les différents
personnages. Du gâteau point ne fut-ce, vous pouvez
vous en douter. J'avais trouvé cette solution pour
sauver les meubles du Mikado. Il avait l'huissier à la
lourde et son épouse Joséphine, cette fois, elle en avait
sa coupe de son surhomme de l'Europe Nouvelle! Elle
se faisait enjamber allègre par un contremaître de son
usine, un militant communiste pour se changer un peu
les idées. On savait ça par un copain au Mikado... un
des soiffards... un de ceux qu'Auguste avait virés mais
qui revenait tout de même. Qu'il écrive la vie de
Vulcanos, le Farluche, c'était pour lui la bouée de

sauvetage. Il avait qu'à brancher un magnétophone,
laisser son client se confesser... ensuite retranscrire.
C'était pour lui l'occase unique de se sortir enfin de la
fiente. Vulcanos lui prédisait l'énorme succès, le best-
seller garanti. « Pan ! On va être tous milliardaires ! »
Depuis l'époque du sanatorium des Colombes la vie
avait augmenté. Vulcanos qui ne parlait autrefois que
de millions, maintenant c'était des milliards. Dès qu'il
avait vu Ap'Felturk, il l'avait jugé, jaugé... respiré
aussi les arrière-coffres du monsieur. Le grand
numéro... Pan ! Bing ! Il lui avait dansé son ballet... les
astres à la rescousse... prédit des choses pharamineu-
ses ! « Le mouvement actuel de circonstance du tri-
gone... » Un langage pareil, Félicien, il ne savait plus
que dire... Il se laissait emporter par le torrent. Même
sa dame, la Véra aux yeux de tigresse, Vulcanos l'a
enveloppée deux coups les gros ! Aux gonzesses, vous
leur parlez des planètes, signes du zodiaque...
Gémeaux ascendant Bélier... ça vous avance déjà sérieux tous les problèmes. Rare qu'elles mouillent pas
à l'astrologie. Vulcanos, en plus, son physique de bel
animal... et ce qu'il laisse entendre... le splendide
morceau dans sa culotte... il enlève les citadelles les
plus imprenables !

Plus qu'à s'y mettre, dès le premier jour, le contrat
en fouille. Farluche, biographe officiel de Vulcanos...
une nouvelle aventure en perspective ! Beau dire, j'ai
tout de même le goût des affaires à tiroirs... des
explosifs... des lames de rasoir dans la salade ! Mikado,
en quelque sorte, c'est l'opposé diamétral de Vulcanos... ses antipodes. Convaincu, sec, malchanceux,

alors que le mage ne croit qu'en lui... qu'il craque
toutes les lourdes, les fenêtres de la destinée. La force
énorme qu'il propulse... Pan! Bing badaboum!
Jupons! Slip! Tabernacle! Jamais il ne doute de ses
talents... astrologiques, sexuels, intellectuels, physi-
ques... il gagne à toutes les loteries... il fait reluire la
chance!

Ap'Felturk, on l'a encore torpillé d'un chèque pour
Farluche... qu'il puisse un peu attendrir l'huissier et se
mettre au travail. Le magnétophone, c'est du velours
avec Vulcanos... on branche et il part quart de tour! Il
va tout dire cette fois... le grand déballage. Moi, bien
sûr, il ne pouvait plus m'apprendre grand-chose. Il
m'avait déjà, avec moult détails, tout boni pendant
notre séjour aux Colombes. Ce qu'il ne pouvait tout de
même pas dire... n'osait pas pour son *image de
marque*... nos combines, arnarques... comment on se
l'était faite, quelque temps, joyeuse et grasse à Rusigny! Je fais le va-et-vient. Je quitte encore « La
Lanterne »... mais elle est là, elle m'éclaire le bout de
la route... Auguste dans la place, toujours avec son
clope, son costard rayé bleu croisé couvert de cendres,
de pellicules... son verre en pogne. J'ai le sentiment
qu'il y est encore... que je vais y aller demain matin...
qu'il n'est pas mort, que son enterrement c'était juste
un mauvais rêve.

Bref, avec Vulcanos le Grand on s'est mis à la
ponction des lazingues environnants. Des parties de
cartes, des petits pokers... des belotes payantes. En
quinze jours on avait fait le plein. Ça commençait à se
méfier de nous, de nos paluches, de nos manches, dans

le Landerneau. J'ai repensé alors aux loteries. Pendant
le précédent Tour de France, à la belle époque de
Bobet, j'avais monté un P.M.U. dans le sana... des
petits paris... une combine assez bien ficelée avec un
vieux truand arabe surnommé Chibani. Je ne peux pas
vous détailler l'opération... elle reste encore valable
aujourd'hui, je crois... peut-être même pour demain.
Je me la réserve donc pour l'asile de vieillards, le
Goulag, si je dois y finir mes jours. On ne sait jamais,
dit la sagesse populaire... elle a bien raison.

Avec Vulcanos, ça a pris tout de suite de l'envergure... l'envol spectaculaire. Il a ameuté toutes les
populations crachotières. Bing ! Bang ! On a mis en
loterie tous les objets qu'on dégauchissait... des mon-
tres, des stylos, des rasoirs déjà électriques. Quand on
avait triplé ou quadruplé la mise... on faisait le tirage.
Une fois les talbins en fouille, hop ! on sautait le mur.
On allait jusqu'à Montmartre, Montparnasse en taxi se
rincer un peu la dalle. Vulcanos, partout où il passait,
on ne l'oubliait plus. Il ne prédisait rien encore mais il
laissait toujours derrière lui des traces indélébiles de
son passage. Sa façon de ramener, de jacter, de se
déplacer... je vous ai dit, c'était magique... surtout les
dames, ça les marquait... lorsqu'il revenait seul tenir
ses promesses, leur montrer le véritable ciel... le
septième ! Une douleur d'abord puis une joie incomparable !

On en arriva au point qu'on avait mis en loterie à peu
près tout ce qu'on possédait dans nos valoches. Lui,
jusqu'à ses costards, ses pompes ritales à bout pointu.
On s'est retrouvés sans munitions. Ces entrefaites, je

grimpe à Paris. Une permission de trois jours de
détente, on nous accordait par trimestre. J'avais un
double pneumothorax à l'époque... fallait que je me
ménage ma santé, ma vie au bout du compte. J'atti-
geais un peu avec Vulcanos. Cézig, il ne croyait pas à la
médecine, ou très peu. Sa théorie... qu'on ne s'en
sortirait qu'en rejetant la maladie. Vivre à tout prix...
tringler, boire, becter ! N'attendez surtout pas
demain ! Ça lui a, je dois dire, parfait réussi. Six mois
aux Colombes et il est ressorti gaillard. A partir de
cette époque qu'il a eu ses fameux clichés... Bing ! ses
coups de voyance. Je vous expliquerai plus loin, ne
soyez pas trop impatientes, chères lectrices.

Durant mon séjour à Paris j'ai cherché tous les objets
possibles à mettre en loterie... des rogatons, des petites
bricoles, je n'avais pas grand-chose chez moi... à cette
époque c'était la chtourbe encore, on ne gâchait rien.
Tout de même, dans ma cave, sous un amas de
saloperies... j'ai découvert, plutôt retrouvé, un vieux
poste de T.S.F... un modèle 1932... style pour ainsi
dire ogival... sa forme. Un comac morceau qui avait
fait sa guerre ! Celui qu'on écoutait sous l'Occupe...
Les Français parlent aux Français... Londres et puis
tout de même, j'avoue, à présent, Jean-Hérold
Paquis... Henriot sur les ondes de Vichy-Etat... ça
risque plus que je passe pour un collabo. Sans doute
que personne n'en avait voulu, même le brocanteur. Je
l'ai ramené à Rusigny, enveloppé dans un sac à viande,
comme une sorte de trésor. Je me demandais un peu
comment qu'il allait l'accueillir ma trouvaille, Vulcanos. Peut-être allait-il me chambrer, me dire qu'on ne

pouvait pas en soutirer la moindre thunette espagnole !
Dès qu'il a aperçu l'objet... un coup d'œil rapidos...
aussi sec il l'a enfourné dans le sac.

— Planque ça ! Fous-le dans ton placard ! Ne le
montre à personne surtout !

L'ordre chuchoté, mystérieux... il était fébrile...
oui, oui... c'était un excellent lot ! J'avais eu raison de
le rapporter. Seulement fallait que je lui laisse le soin
de la manœuvre... que je lui fasse l'absolue confiance
sur le plan stratégique.

— Un magnifique poste Radiola...

S'il m'a soufflé... le culot phénoménal ! mon haut-le-
corps, merde ! Ce qu'il a annoncé au dîner... au
réfectoire. Comment il l'habillait mon rogaton. Ding !
Ding ! en tapant du couteau contre une bouteille.
« Attention ! Attention ! » Maintenant que ça me
revient, que je me remémore tout ça... le réel talent de
Vulcanos... camelot... vendeur de n'importe quoi...
forain des astres ! Son troisième don de la nature, à ce
protégé du ciel, après sa voyance et son phallus... cette
faculté verbale pour envelopparès les chalands qui
passent et qui s'attroupent. Vous le propulsez dans une
ville inconnue en short, en maillot de corps, une paire
d'espadrilles aux pieds, le lendemain, officiel, il est
costardé, pompé croco... qu'il bombarde un sublime
havane. Entre-temps il a fourgué quoi ? Ce qui lui est
parvenu sous la pogne... son maillot, son calebard, un
fer à cheval porte-bonheur. Il a promis la félicité de son

zob à Madame la Présidente ! Il s'est cloqué au coin
d'une rue... il a lancé des défis qu'il était certain de
gagner. Il éblouit, il envape, triche, tripote... ensor-
celle, métamorphose la fiente en or, caresse les projets,
flatte les encolures, fait accroire, endort l'impatient,
attrape le nigaud, mystifie le tordu, lui dore la pilule.
C'est du grand art... je vous le restitue de mon mieux,
je m'efforce... je vous le décris au plein de l'action.

Nous étions tout de même parmi les plus fleurs au
sana des Colombes... pas un fifretin nous tombait des
assurances, des sécurités. On a trouvé le moyen
cependant de rouler taxi, d'écluser quelques rouillar-
des, de nous offrir quelques repues franches.

— Pour un tel lot, nous mettons exceptionnellement le prix du billet à cinq cents francs.

Bien sûr, il s'agit d'anciens francs. Nous ne sommes
pas encore sous la célèbre Vᵉ République. Ça fait
chéro... il pousse le bouchon, il y va... décrit la
merveille des merveilles... qu'avec, on a pu entendre
tous les deux, au mois de décembre, le Championnat
du monde de boxe poids moyens Langlois-Bodo Olson
retransmis de San Francisco.

— Le dernier cri de la technique !

Il charrie ! Bien bel de se lancer... ce poste, au bout
du parcours, il va falloir le sortir du sac, le donner au
gagnant. Lui, ça le dérange pas, mon compère, il n'y
pense... ne veut !

— On se démerdera bien ! Tu me fais confiance, oui
ou merde ? Si tu ne veux pas me faire confiance, tu ne
seras jamais millionnaire !

Millionnaire, il gonfle ! On va se récolter quoi dans

ce turbin ? Ça me paraît pas encore le coup qui nous
sortira de la mouscaille. Dès qu'on l'interroge sur ce
poste Radiola sublime, il a toute une technique pour
répondre. Il fait des grimaces... des « Chut ! », des
apartés du coin de la bouche. Il assaisonne l'importun
fortissimo, s'il sent la méfiance.

— J'ai l'habitude de mentir, peut-être ? dis tout de
suite que je déconne ! Si je dis un poste ultra-moderne,
c'est qu'il est encore mieux que ça !

Il le prend de haut, le cave en velléité de rebiffe... il
s'offusque. Son gabarit, ses épaules, son coffre, ça
l'aide à imposer le respect. Il ne permet pas qu'on lui
mette en doute sa parole. Nous allons sur les cures,
dans les chambres, vendre nos billets. Je me suis farci
toute la paperasse... la fabrication main de la tombola.
Je note le blaze de tous les acheteurs, les numéros
choisis. On arrive à en fourguer même au personnel...
laveurs de chiottes, filles de salle... jusqu'à l'interne, le
docteur Clouet. On ne parle plus que de notre poste
dans le sana... les frangines... l'Amicale qui trouve
qu'on empiète sur son terrain... qui nous jalouse
d'avoir les idées qu'elle n'a pas. Trois quatre jours
d'activité intense... on arrive à notre plein... cent
cinquante biffetons, le chiffre final prévu. On est si
bien barré que le Grand ne veut plus qu'on s'arrête. Il
lui faut maintenant cent sacs de bénèf. Vu l'époque, ça
fait de quoi se la faire arsouilleuse un moment...
chacun cinquante bardas. De loin notre meilleur score
avec nos loteries ! On y arrive au sprint... le tirage
prévu dimanche. Cependant, n'est-ce pas, je me mou-
ronne toujours. Il va bien y avoir un heureux gagnant.

Comment va-t-il prendre la chose, celui-là ? L'objet remis triomphal ? Il risque de renauder, d'aller au deuil chez la frangine-chef, sœur Dudule… une grande boiteuse qui ne badine que des guibolles. Toutes nos soignantes sont des religieuses, les sœurs de Cluny… un ordre qui s'occupe des lépreux en Afrique. Ici n'aboutissent que celles qui ne supportent pas le climat et les trop viocardes, comme la sœur Arsène. On leur donne à toutes des sobriquets, déformation de leur véritable nom de religieuse. Toujours est-il que leur supérieure, mère Théodule dite sœur Dudule, elle ne nous a pas tant à la caille, Vulcanos et moi. Elle nous a catalogués dans les larrons… les malandrins… les Barabbas ! Elle doit prier, certes, pour le salut de nos âmes… mais elle guette l'occase de nous bordurer… qu'on aille monter nos arnaques dans les ténèbres extérieures.

Vulcanos, lui, l'approche du moment fatidique, ça lui donne une idée, je peux dire géniale. Souventes fois on emploie cet adjectif de nos jours à tout bout de terrain… à lurelure… génial film !… livre, pièce de théâtre, tableau abstrait… génial ! génial ! Super génial ! Le moindre crottin de cheval devenu sculpture ! Là, je peux vous servir le vocable, il convient… génial, tout à fait. Il vient me trouver dans ma carrée, Vulcanos, le matin après le café. Il veut consulter ma liste des acheteurs. Le marquis Tranche d'Hérécourt a bien pris un de nos billets ? Il est raidillard, le marquis, mais pas au point de ne pas nous envoyer lui aussi ses cinq cents balles. On constate… il a acheté le numéro 78… c'est inscrit. Bang ! Il tape, le monstre, de la

paume de la main droite sur son poing gauche ! Bing !
Il a trouvé la solution ! J'ai déjà découpé des petits
papiers pour le tirage... inscrit soigneux chaque
numéro dessus. Il prend tout le paquet, mon compère,
il ne me donne pas d'explications, il ne daigne... sort
de ma carrée... il va les virer dans les gogues, en face,
tous mes petits papelards pliés en quatre. Il tire la
chaîne. Il attend, voir s'il en remonte pas... Vraouf ! il
retire. Je ne pige pas encore... il devient dingue ! Je
vais pas recommencer tout ce fastidieux travail ! Lui il
risque pas de m'aider... il écrit mal... il lit avec peine.
Question instruction générale, son bagage est ultra
léger. Il s'est pas éternisé les fonds de culotte dans les
écoles, il n'a pas eu le temps ! Aucune importance
d'ailleurs, son esprit à lui ne s'embarrasse pas d'inutili-
tés littéraires et métaphysiques.

Sa solution... d'une simplicité extrême... rien que
des numéros 78 à tirer. Oui, oui... que j'inscrive deux
cents fois 78. On replie ensuite chaque biffeton en
quatre. Dans le chapeau du tirage au sort, uniquement
des numéros 78 ! On va faire gagner Tranche de Gail !
Le tour de passe-passe, hop ! Tranche, il râlera pour la
forme. Vulcanos se charge d'étouffer ses gémisse-
ments. Tout de même j'ai encore quelques craintes...
que quelqu'un ait la malencontreuse initiative de
vérifier le contenu du chapeau dans lequel on entasse
les billets.

— Te casse pas ! Puisqu'il y a qu'un lot, y a rien à
craindre.

Il se fait fort... il y est déjà ! Je vous passe la matinée.
Nous voici donc à l'heure de la jaffe. Le dimanche, aux

Colombes, il y a des suppléments… un verre de vin
blanc… du café… le traditionnel poulet. Les petites
sœurs de la cuisine, le jour du Seigneur, elles se
défoncent à leurs casseroles. Elles nous font des frites,
un gâteau avec des décorations religieuses à la crème
fouettée, à la meringue… des crucifix, des anges… des
Vierge Marie en sucre ! Il préfère, Vulcanos, attendre
la fin du repas pour le tirage de la loterie. J'insiste
encore sur l'époque 1955… dans cet établissement de
santé… le niveau social… tous les besogneux, minus-
cules fonctionnaires… du prolétaire encore en casquette. Alors, notre poste, ça représentait un bien
appréciable. Sur les cures il y avait la radio par haut-
parleur… une désolation à mon goût mais, pour la
grande majorité, un divertissement royal. Les posses-
seurs de poste individuel, c'était déjà des sortes de
riches… des économes, des travailleurs sans trop
d'enfants, les rares sobres… ceux qui ne dilapidaient
pas tout aux tavernes et aux fillettes de bibine !

Le chapeau, je l'ai posé par terre près de moi, contre
ma chaise. Il n'est donc rempli que de numéros 78.
C'est le truandage intégral. Vulcanos, ça l'empêche pas
de dévorer ses cuisses, ses ailes de poulet… de finir une
carcasse à pleines dents comme un sauvage… de se
lécher les doigts… roter ! nous entretenir encore des
exploits de sa belle biroute ! Que si quelqu'un n'est pas
heureux… Flap ! il la lui enfonce sans vaseline dans le
fignedarès ! Bref, ses monologues de routine. Au
moment du café, enfin il me demande le galure… on le
pose sur la table. Je tape contre une bouteille avec mon

couteau comme d'habitude. Vulcanos se dresse... toute
sa grandeur... sa masse simiesque.

— Une main innocente, s'il vous plaît.

Il réclame... il en faut bien une. A la table voisine, il
y a un tout jeune Algérien... une sorte de yaouled
qu'entrave à peine le français. Vulcanos le désigne...
voilà... Il exige le silence, bon dieu de merde ! Le
môme s'approche, il se marre, il ne comprend pas très
bien ce qu'on attend de lui. Je le lui explique en petit
nègre... qu'il aille pas, ce con, tirer malencontreuse-
ment deux numéros ! L'instant solennel... le gosse sort
un petit papier du chapeau... le tend à Vulcanos qui,
détendu, souriant, le repasse à l'abbé Morlane. N'est-
ce pas... toutes les garanties morales... la main innocente pour le tirage... la lecture du résultat par un œil
ecclésiastique.

— 78 !

L'annonce de l'abbé... il devient complice malgré
lui, le saint homme ! Chacun cherche... 78 ?... 78 ? Je
gaffe dans la direction du marquis. Manque de bol, il
est le seul à ne pas s'intéresser au résultat de notre
loterie. Il palabre avec son voisin, celui qu'on sur-
nomme « Face d'Ange », un jeunot qui se donne des
airs de poète maudit. En lousdoc, profitant du brouhaha, Vulcanos me refile le chapeau. « Planque-le vite
sous la table ! » Il me glisse, la bouche en coin comme
au bonneteau. S'agit pas à présent qu'un malotru
vienne foutre son pif dans nos numéros... s'amuse,
pour voir, à en tirer un autre. Ce qui nous arrange pas
du tout... personne n'a l'air d'avoir gagné. Une voix
derrière suggère déjà qu'on recommence... que la

paluche innocente se replonge dans le bada. Connard, j'ai oublié d'emmener ma liste ! J'aurais pu la consulter, annoncer moi-même le vainqueur. Il ne s'inquiète toujours pas, Tranche de Gail... il toussote, poursuit sa conversation. Il a des gestes, lui, mesurés... lents. Il se gratte pas comme les autres ici... les trous de nez, les oreilles, les dents avec un couteau à la recherche d'un bout de viande à la fin des repas. Il a été bien éduqué. Il affecte peut-être de ne pas s'intéresser au résultat de la loterie. La précipitation, c'est sans doute un signe de vulgarité. En tout cas il nous fait tartir ! Ça risque de devenir glandilleux si on attend trop. Tant pis, je me lance, je l'interroge.

— M'sieur le marquis ! Vous aviez pris un billet, il me semble ?

— Ah ! oui, oui... où a-t-il la tête ! Il se fouille... sangbleu ! Il ne sait plus où il l'a mis, ce foutu billet. Ça me replonge dans les sueurs froides. Il farfouille dans les profondeurs de son pantalon... son golf à carreaux. « Sapristi de sapristi ! » Enfin il le retrouve son biffeton ! Il était dans son portefeuille avec sa carte d'ancien combattant de 14-18 ! Mais ce n'est pas fini... pour lire, il lui faut son monocle. Il est trop conforme à l'idée qu'on peut se faire d'un aristocrate... qu'y puis-je ? Je ne vais pas vous le changer pour éviter de faire folklore, c'est des idées, ça, de metteur en scène de cinoche... de ceux qui vous confectionnent des emmerderies à longueur de pellicule. Donc... il est un peu beaucoup conventionnel, pépère. Il visse son monocle. Ça ne plaît pas tellement aux prolétaires alentour... ça les excite ! « Où y se croit, celui-là ? » Tranche de Gail, il n'en a cure... tant pis s'il provoque le manant. Il se recule pour mieux lire... il n'en finit plus.

— 78... Mais alors, cher ami, j'ai gagné ! Ça alors, c'est tout à fait extraordinaire !

Pas tant que ça... mais c'est bien la première fois qu'il a de la chance depuis longtemps, ce pauvre marquis. Je vous ai peut-être dit qu'il fut ruiné jadis... plumé naguère par des producteurs de cinéma mégalomanes qui l'ont embarqué, c'te bonne paire, dans une entreprise démente. Une catastrophe financière, mais il a tenu ses engagements en homme d'honneur. Tout y est passé... ses terres... son château dans le Maine-et-Loire... ses tableaux de famille... son haras... ses collections de timbres... ses jades de Chine ! L'essorage définitif par le fisc ! La tuberculose pour tout arranger. Ça le laisse rêveur, cette parcelle de chance subite ! Il n'attendait plus rien du sort... que des piquouses... des perfusions... l'extrême-onction... une mort chrétienne !

— Cher ami... Eh **bien**, je suis très heureux...

Il se lève. Vulcanos donne le signal des applaudissements. Voilà... il va venir tout à l'heure chercher son gros lot dans ma piaule. Il nous explique... la T.S.F., en général, ne le passionne pas particulièrement... toute cette tonitruante publicité ! tous ces chanteurs hurleurs primates ! Toutefois... sur certaines ondes... à certaines heures, on peut capter de la grande musique... quelques petits concertos de Beethoven, Mozart... des cantates de Jean-Sébastien Bach... parfois *Le Messie* de Haendel. Il adore *Le Messie*, Tranche d'Hérécourt. Il explique à l'abbé Morlane... il l'invite déjà au concert… ensemble ils écouteront *L'Art de la fugue* dans sa chambre… *Le Requiem* d'Hector Berlioz !

Le poste, je l'ai bien dépoussiéré, ciré, briqué le mieux que j'ai pu. J'ai réparé un morceau cassé, un pied… avec un bout de liège. Seulement, il reste dans sa forme médiévale pour ainsi dire. On n'en fait plus du tout de ce modèle aussi volumineux. Impossible de le faire passer pour une création récente de chez Radiola. Et, le drame, surtout lorsqu'on le branche, qu'on le met en marche, il pétarade, siffle, grésille ! Pour s'écouter ses symphonies en *ut mineur,* il va souffrir le cher marquis. On s'est arrangé avec Vulcanos pour qu'il soit seul avec nous au moment où il va découvrir son bonheur. Rapidos, à la décarrade du réfectoire, j'ai mis le chapeau rempli de billets 78 dans mon blouson. Fissa, j'ai couru aux chiottes les expulser, tirer la chasse d'eau sur tous les corps de notre délit… qu'il ne reste vraiment rien… aucune preuve. Déjà une bonne chose ! Si nous nous étions fait prendre en plein truquage… la honte tout de même ! Sœur Dudule capable de porter le deuil chez les gendarmes. Avec mon passé, moi, mon papelard à la Tour Pointue, je me retrouvais peut-être, pour si peu de chose, encore dans un box de correctionnelle.

Il est resté coi, le marquis devant son lot. Il se demande s'il n'est pas le jouet d'un sortilège. Il recherche encore son monocle… le rajuste… se recule…

— Il est pas beau ?

Vulcanos lui demande… il a le ton adéquat, dégagé.

Tranche nous regarde... il a envie sûr d'aller au renaud !

— N'est-ce pas... mais c'est un modèle très ancien... Au château, j'en ai eu un... en 1930... un des tout premiers... J'avais un ami qui travaillait... n'est-ce pas... un chercheur !

Une quinte de toux lui coupe l'anecdote. On ne saura jamais la suite. Il se reprend... contourne l'objet posé sur ma table de toilette. Il n'en finit pas d'en revenir. Il ne croyait plus qu'il en existait encore de semblable sur le marché !

— Ils ont repris la fabrication, chez Radiola, au mois de septembre.

Là, tout de même il se fend, le noble dab ! Il trouve ça tellement énorme... ce que vient d'affirmer Vulcanos... par trop farce ! Quel phénoménal culot ! Cependant... Heu... heu... notre entreprise, n'est-ce pas... ça lui semble de l'escroquerie pure et simple. Vulcanos s'indigne.

— Comment ça de l'escroquerie ?... Rien qu'en fil électrique, t'en as pour tes cinq cents balles, alors !

Il tutoie le marquis, il est le seul du sanatorium. Devant une évidence aussi éblouissante, il en reste sans voix Tranche d'Hérécourt... en perd son monocle. Je me propose, aimable, pour faire diversion, de lui transporter le poste jusqu'à sa piaule. Elle est à l'autre bout du bâtiment... à l'autre aile. Il se demande s'il ne va pas me le laisser, m'en faire cadeau. Il le trouve bien encombrant et sa chambre est minuscule.

— On va te l'installer, t'en fais pas. La mise en marche est comprise dans le lot...

La moindre des choses ! Vulcanos déclare que je m'y connais en postes de radio. Il se démange pas, cézig, il bonit ce qui l'arrange au débotté ! A moi de me défendre. En réalité, je n'y connais que dalle question électricité, ondes et voltages ! Pour lui mettre en état de fonctionner, son engin gothique au marquis, de la nougatine point ne fut-ce. A peine branché... les parasites en multitude... la friture infernale... des étincelles plein la cambuse ! Autour, dans les autres chambres, tous les postes brouillés... revenez-y de Radio-Londres pendant l'Occupe ! Vraiment le roga-ton pas possible à remettre en action. Même avec un cadre antiparasite, ça n'a rien donné du tout. Les voisins allaient au schproum. Ils ne pou-vaient plus entendre peinards Zappy Max et Line Renaud.

Je vous résume, vous resserre un peu ma narration. Le dab noble ensuite... son problème... comment s'en débarrasser ? Une véritable pièce de Ionesco. Il en a fait don à un homme de salle, Marcel le borgne, le laveur de chiottes. Beau être fin rond défoncé chaque soir, ce borgne... toutes ces pétarades, ces sifflements, ces bruits étranges, il n'était pas encore assez enculturé à point pour confondre tout ce boucan avec de la musique sérielle ! Deux jours plus tard il le lui a ra-mené son joli poste. Il est resté longtemps dans un coin, sous un escalier... nous, on préférait dans un sens qu'on n'en parle plus du tout.

Dans sa biographie dictée, à Farluche... toutes nos combines, nos arnaques, Vulcanos il me les a mises en entier sur les bretelles. Il s'est donné le rôle d'un bon petit camarade qui me retenait plutôt dans mes initiatives indélicates. Sans importance ! Il pouvait tout me mettre sur l'alpague vu ma réputation littéraire malfrate, mon casier qui me tenait lieu de bagage universitaire. Ces mœurs nouvelles, je fus tout de même un des premiers à pénétrer dans les belles lettres avec des condamnations en guise de carte de visite. Depuis c'est devenu banal... les grands débats sur les questions pénitentiaires se passent de mon témoignage. Je ne suis plus assez phénomène... m'ont succédé de joyeux étrangleurs de rentières rescapés de la guillotine, de fiers bourreaux d'enfants, d'inouïs rôdeurs nocturnes violeurs de rosières, idéalistes cependant d'une société juste et sans classes. Je suis à comparer pas plus voyou que Jean d'Ormesson. On en vient jusqu'à me demander si des fois un fauteuil à l'Académie ne me tenterait pas.

Cette histoire exemplaire de la tombola du poste, Vulcanos, donc il préférait m'en attribuer tout le mérite. Entre-temps il avait eu ses clichés... ses appels de l'au-delà. Pan ! Une grande lumière qui lui arrive. Il ne sait d'où. Enfin il *voit*. Certain jour, il s'est mis, il ne sait plus comment ni pourquoi, à penser à moi ! On s'était quittés depuis les Colombes... on suivait nos chemins respectifs. Vlan ! cette lumière bleutée... il m'a aperçu soudain avec des menottes... derrière de gros barreaux, en tenue de bure... un petit béret sur la tronche. Si j'avais l'air triste ! On peut facile se douter ! Sur la question il n'avait pas tellement besoin des astres

pour me projeter dans le carcéral. Il avait des références. Seulement la suite... là, je dois reconnaître, saluer
bien bas... son deuxième clicheton qui se superpose au
premier. Il me voit alors signant des livres... à une
table... des gens se pressent, des mignonnes, des
mémères, jusqu'à des pédoques... une sorte de cocktail
plein de chochotes. Je suis l'héros de la réunion ! On
me congratule, me photographie... me filme sous
toutes les coutures. Sa première grande prédiction à
Vulcanos... ma métamorphose de cloporte Pied-
Nickelé en homme de lettres des éditions Garancière et
Tartemplon. Belphégor, mon éditeur, qui m'embrasse
devant tout le monde. Il bave un peu, Belphégor... il
repousse du goulot. N'importe, la gloire n'a pas
toujours l'haleine fraîche.

   Je lui devais alors bien cet ouvrage, à mon prophète
pour ainsi dire personnel, tout à fait comme un prince,
un tsar. Farluche il s'est mis à la besogne. Cette fois
cézig il ne pouvait plus se défiler comme avec sa
réhabilitation hypothétique du docteur Petiot. L'objet
de son récit était bien vivant, bien là... ses un mètre
quatre-vingt-douze... cent dix kilos de muscles... sa
tronche de colonel soviétique... ses yeux d'outre-
mer... ses brandillons gros comme mes cuisses ! que le
Mikado déconne, il l'argougne au col... le soulève...
Pan ! pan ! cucul ! A peine s'il aurait pu se débattre.
Ap'Felturk, cette fois, il est tranquille, il le tient son
best-seller. Vulcanos lui a prédit au moins trois cent
mille exemplaires vendus dans les six premiers mois.
En plus, gratis, il lui a fait son thème astral, ainsi qu'à
médème. Il n'augure pour ce charmant couple que des

choses agréables dans le proche avenir... nul ennui de
santé... le pognon toujours veux-tu voilà... des succès
mondains inouïs ! Véra désormais ne voit plus que par
lui. C'en est à se demander s'il ne lui a pas glissé son
gros calibre sous les jupettes. Ce qu'on suppute avec
Auguste... à « La Lanterne ». Ça nous a fait, quelques
jours, un sujet de conversation... une rigolade à
s'imaginer la scène.

— L'Ogre, il en est bien capable.

Ainsi l'avait surnommé Auguste. Ogre, il l'était au
physique comme au moral. Un appétit sans égal sur
tous les plans. Véra, ça l'aurait plutôt réjoui de se la
calcer n'importe où... une table de cuisine, une
encoignure de porte cochère... à la hussarde. Ça lui
était dû la soumission des dames du monde. Ce qui
ressortait de ses propres paroles. Tant qu'il ne s'agis-
sait que de sa bestiole d'amour, c'était somme toute
assez banal... enfantin, dirais-je. Lorsqu'on a vécu un
certain temps dans les communautés de mâles... en
cabane, aux hostos, dans les guerres franco-allemandes
ou coloniales... on est blindé à cet endroit. Les
concours de grosses biroutes y sont aussi monnaie
courante que les émulations pétomanesques. Comme
mes petits camarades, j'avoue avoir cédé à ces primiti-
ves vantardises.

A présent, avec son biographe Farluche à sa disposi-
tion, il se sentait un personnage hors du commun des
mortels. Dans la jactance, il y allait la mesure... le bon
poids. Heureux que je le connaissais suffisamment
pour savoir qu'au fond il ne lâchait pas tout à fait les
pédales. Son côté mariole, pratique, l'empêchait d'être

vraiment mégalomane. L'observateur non averti pouvait s'y tromper.

— Je suis un mec genre Jésus-Christ, tu piges ?

Je pigeais, moi... n'importe ! Tout démarre toujours par un coup de dinguerie, si on veut bien réfléchir. Après tout Jésus-Christ c'était sans doute un lascar genre Vulcanos. Prophète et farceur. Peut-être il avait monté de toutes pièces la multiplication des pains... avec des paniers à double fond. Ayant pratiqué Vulcanos je suis mieux à même d'imaginer la confection des miracles.

En tout cas, ça faisait la queue à sa consultation... son salon d'attente tous les jours plein. Il ouvrait lui-même aux clients... toujours de noir sapé... sa carrure d'ogre, de grand singe... l'encadrement de la porte presque trop étroit pour ses épaules. Il prenait une voix grave, un peu lente, pour l'accueil « Madame... Je vous en prie... Ah ! Vous êtes madame de la Combière... Très heureux... Veuillez m'attendre un instant, chère madame ». J'étais, moi, dans la cuisine avec son clebs... Max, le boxer. J'entendais à travers la lourde... la distinction vocale de la dame... le pointu dans les syllabes. Sitôt qu'il l'avait introduite dans le salon d'attente, il revenait un court instant à la cuistance. Il me jactait en chuchotant... geste du pouce en l'air ! Cette madame de la Combière... en manteau de vison blanc... certain qu'elle est à poil en dessous... juste avec les bas, le porte-jarretelles ! Une noble celle-là, aussi authentique que Tranche de Gail, notre gagnant du poste ogival. Baronne, il croit... très grosse fortune... bagouses, perlouses... couverte de diam's,

d'or... d'émeraudes ! Il m'explique rapidos. Ça n'empêche qu'il extirpe un kil planqué sous l'évier... un
litre de Gévéor... de Postillon... n'importe ! un vin de
table dix degrés. Il se rasade un coup... au goulot...
une sérieuse tout de même, presque la demi-bouteille
d'un trait ! Il s'essuie les badigoinces. Voilà... il a
repris des forces pour visionner mieux l'avenir... se
concentrer... lui prédire, à cette baronne, des choses
exaltantes. S'il la trombine, je m'inquiète, le temps que
ça va lui prendre... je vais rester là avec Max, le
clébard... il faudrait que j'aille à mes affaires. Je suis
devenu, moi aussi, autre chose depuis l'époque cachec-
tique des Colombes. J'œuvre maintenant dans le
septième Art... les scénarii ! Il me rassure, Vulcanos...
il se les tape rare ses belles clientes. Il n'en finirait plus,
n'y suffirait pas. « Qu'elles se branlent, les salopes ! »
Et puis s'il les sabre, les régale, elles ne pensent plus à
ses honoraires, elles trouvent alors inélégant qu'il s'en
inquiète. Il n'a pas ouvert ce cabinet juste pour
s'engourmander la bite. Il referme la lourde... je tends
l'esgourde... il a repris sa voix quasi chuchotante...
comme un roulis du fond de la gorge. « Madame ! »
Montre en pogne, il ne va la garder que dix minutes. Il
aurait le temps de la sabrer... vite fait bien fait sur son
fauteuil... Ran ! Vraoum ! Puisqu'elle est sans slip, elle
n'aurait qu'à s'asseoir à califourchon sur le prophète,
sur son vit nègre ! Il est bien capable de prédire tout en
limant... et aussi de lui demander ses dix sacs à la
baronne... avant qu'elle se remette de ses émotions. Il
se permet tout, lancé adéquat et quelques kilbus
derrière la cravate ! Il vire l'ancien Premier ministre

venu spécial, en lousdoc, le consulter. Difficile, je me
rends compte une fois devant ma page blanche, de
vous le cerner psychologique... il échappe à mon
stylo... il s'évade... il bouffe la cage... défonce la
cabane. Il est à l'étroit partout, on dirait. Tantôt il se
comporte en sauvage, en bête tout à fait primitive,
tantôt il donne le change divin devin. Hop ! Il chansti-
que de ton... il passe du mystérieux oracle dont les
paroles viennent directement du ciel à l'énergumène
hercule de foire à la parade.

— Tout de même, il fatigue...

Auguste, sa conclusion... je la partage. Mais n'est-ce
pas le lot des êtres d'exception qu'ils soient harassants
à la longue. On devient poussif à leur filer le train. Ce
qui arrive, fatal, à Antoine Farluche au cours de ses
travaux rédactionnels. En outre, ce qu'ils éclusent tous
les deux, le mage et l'homme de l'Europe Nouvelle ! Ils
descendent au coin, au tabac, lorsque les flacons sont
vides à la cuisine. Il faut aussi qu'il promène Max, qu'il
l'emmène faire son pipi, Vulcanos. Il est connu dans
tout Auteuil. Dès les aurores, il enfile son blouson de
cuir et il déambule dans les rues. Sa démarche
chaloupée... son clébard... il ne risque pas les attaques
loubardines. Il a près de cinquante balais au moment
où le Mikado entreprend le récit de sa vie, mais il en
paraît... difficile à dire... vingt-cinq d'un gorille. On
ne mesure pas un tel être à l'échelle humaine. Il est en
quelque sorte le maillon direct entre l'animal et Dieu.
Nous autres, les hommes, nous ne sommes que des
erreurs, des accidents biologiques.

Mikado Farluche, au début, il s'est enthousiasmé

pour son modèle, il lui trouvait le physique conforme
aryen. Il se l'imaginait en uniforme des cohortes
régénératrices de la race. Il se *projetait*, si je comprends
bien. Lui, n'est-ce pas, côté endosses, musculature, il
ne correspondait pas aux normes raciales, il en a
comme un complexe. Le hic, entre eux... que Vulcanos qui fut, j'en arrive à ce moment de sa vie... un
homme de la Croix de Lorraine, un des premiers à
Londres en 1940... il est fermé tout à fait aux idées
chéries d'Antoine. « Fais pas chier avec tes conneries ! » Il le cisaille net dès qu'il entame ses propos
gammés. Il l'empêche de poursuivre en gueulant plus
fort... en donnant du coffre. On finit par les remarquer
de rade en rade à s'engueuler.

— Si ça continue, on va nous prendre pour un
couple de vieux pédés !

Vrai que ça tourne au ménage leur duo. Vulcanos, il
maltraite Farluche comme un hareng sa vieille
gagneuse. Il n'ose plus la ramener, le biographe... il ne
parle plus du grand Jacques, ni quoi ni qu'est-ce. Il
s'écrase sur les zincs, le nez dans son Côtes-du-Rhône.
Il est épuisé, ahuri, il en oublie de prendre des notes.

— Tu m'écoutes, Farluche de mes couilles !

Oh ! il écoute, il boit les paroles du prophète en
même temps que le vin rouge. Ça se mélange.

— De Gaulle m'a fait la bise, truffe molle ! Tu me
suis ?... A bord du *Saint-Malo*... 1941 à Brazzaville !

Donc il a rejoint... n'a écouté que son patriotisme. Il
n'a pas pris, lui, plein de foutre boche dans le trou du
cul comme tous les Français.

— T'as pas eu de mal, rétorque Farluche... puisque tu savais qui allait remporter la victoire finale.

Marqué du coin du bon sens sa réflexion. Je suis là, moi, par hasard, j'écoute. Ça se passe chez un petit bougnat... un minuscule troquet sombre, charbonneux... un bistrot comme on n'en verra plus beaucoup au train où ça buildigne et bétonne dans notre ville qui fut lumière.

Le Mikado, sur la question des dons de voyance du mage, il voudrait en trouver les origines, le point exact de départ. Ça devrait, pense-t-il, intéresser les futurs nombreux lecteurs. Ça remonte depuis toujours... sa plus tendre enfance, prétend Vulcanos. Gosse de l'Assistance, placé chez de sordides croquants dans la Beauce, il a vu, un jour qu'il gardait les moutons dans la plaine, des flammes au loin... à l'horizon... du côté de la ferme. Comme ça subito et puis ça a disparu. La ferme, lorsqu'il est rentré, était toujours là, indemne. Ça lui a paru étrange, il a oublié, et puis elle a brûlé quand même l'année suivante. Bel et bien net comme il avait vu. Juste le jour de son départ, son engagement comme mousse dans la Royale. La fermière dégueulasse qui le rouait de coups a failli cramer... s'en est fallu d'un rien ! Voilà sa première vision, le tout premier cliché dont il a souvenance. Il ne lui a pas prêté, sur le moment, une telle importance. Et par la suite ça lui est arrivé plusieurs fois, surtout lorsqu'il pensait à quelqu'un de le voir pour ainsi dire projeté dans le futur, dans une situation qui s'avérait exacte s'il avait la possibilité de vérifier.

— De Gaulle, pomme cuite, je l'ai vu dès juillet 40 descendre les Champs-Elysées !

Il nous détaille. C'était à Londres... pendant qu'il passait en revue un détachement de matafs parmi lesquels il se trouvait. Au premier rang, il présentait les armes, Vulcanos... bien droit, le menton en l'air. Il nous mime. Un éclair soudain ! ses oreilles bourdonnent. Il entend une rumeur, les cris de la foule, de joie... il distingue « Vive de Gaulle ! » Ses yeux se troublent... il aperçoit, dans une sorte de brouillard, l'Arc de Triomphe... une foule énorme, compacte... au milieu, un képi qui dépasse toutes les têtes... sous ce képi il reconnaît le général, avec son grand blair, qui passe en même temps devant lui... les deux images se superposent. Ça, Farluche, s'il avait pu voir une chose pareille, ça lui aurait évité bien des conneries... bien des prisons, des castagnettes F.T.P... Toutes ses misères depuis 1945. Ce qu'il en tire comme enseignement.

— Tu me suis ?

Non ! là il ne le suit plus, le Mikado... pas sur ce terrain. Oh ! il ne conteste pas la véracité des paroles du mage. Il n'oserait pas, ça lui traverse jamais l'esprit ! Mais, voilà, même s'il avait vu lui de Gaulle à Notre-Dame, son triomphe sûr certain, ça ne l'aurait pas empêché de rester fidèle à son grand Jacques... son cher Doriot.

— T'es encore plus con que je croyais !

Plaf ! la réplique cingle. Vulcanos, le goût des causes perdues ça lui échappe total. Ça l'a mené où, ce cave obtus ? A marcher à côté de ses lattes ! A son froc

luisant au cul ! A mendigoter sa pitance chez Ap'Felturk ! Joli résultat ! Je partage un peu sa manière de
réagir. J'en arrive à me demander pourquoi je me le
fade ce Farluche. Avec ses théories folingues, il
m'amuse un instant, puis à la longue il me les gonfle.
Sans doute, à bien réfléchir, n'est-il pas plus intolé-
rant, plus sectaire qu'un militant communiste. Pas
moins non plus. Seulement, lui, il est dans le camp des
réprouvés. Il n'est plus dans le réel puisque ses idées
n'ont plus aucune chance de triompher. Il est devenu
aussi inoffensif que le bonapartiste qui traînait après la
guerre à Saint-Germain-des-Prés, habillé en demi-
solde de Napoléon. Pour ça sans doute que je le
supporte. Il fait partie du monde des chnoques, des
cloches... les imprécateurs de comptoir. Il le traite,
Vulcanos, faut entendre... à peine croyable ! Et l'autre
accepte... lui pourtant si à cheval sur les principes.
  — Tu nous fait chier, Farluche de mes burnes ! Je
vais te mettre une grosse bite au cul, ça va pas être
long !
  Métaphore, bien sûr. Je vois douloureusement la
concrétisation de la chose. Ce monstrueux accouplement d'un orang-outan et d'un roquet bâtard hargneux. Ce qui maintient, au bout du compte, leur petit
ménage littéraire... ce goût commun pour la boutanche ! Ce qui nous ramène au fil des rades, en bout de
course, chez Auguste, à « La Lanterne ». Le port
d'attache, de ralliement puisque c'est là que tout se
mijote, se construit, se cristallise. Des endroits semblables avec de tels gus réunis, on n'en verra pas de sitôt.

Ça me paraît digne de cette chronique. Bien de mes collègues n'en ont pas autant à se mettre sous la plume.

Je vous ai promis d'autres portraits... mes petits potes en lanternerie et je m'aperçois que Vulcanos me becte entier toutes les pages... toute la place. Le risque, en vous l'introduisant — façon de dire — dans cet ouvrage, qu'il se développe, prolifère... comme dans la réalité... qu'il occupe toute la surface. Où qu'il soit... tous les regards se braquaient sur lui. Il accaparait l'attention par son physique, ses yeux... sa voix... Il jactait... plutôt monologuait, faisait les demandes, les réponses. Il n'écoutait rien ni personne... il fonçait dans la débagoule... Pan ! Bing ! ponctuait... Parfois il me faisait penser à un énorme enfant... un bambin monstrueux qui cherchait à tout prix à se rendre intéressant. Et il l'était, il ensorcelait, dans un sens. Tous ceux qui l'ont vu, ne serait-ce qu'une fois, ne l'ont plus oublié par la suite. Je ne parle pas des personnes du beau sexe qui s'allongèrent sous cézig, qui subirent son étreinte bestiale. Elles en furent marquées définitif, paraît-il, l'inoubliable copulation. « Une pénétration pareille, ça vous reste. » Ce que m'a confié d'ailleurs l'une d'elles... une nana pourtant expérimentée... une technicienne de la biroute... une grande connaisseuse devant l'Eternel Eros !

A « La Lanterne », il nous revient donc avec Farluche. Il veut poursuivre le récit de son existence devant nous. Auguste, moi, et ce jour-là, Fier Arsouille. Un garçon de charme... un distingué malfrat. Sapé english... toujours son pébroque, son chapeau Eden gris perle... l'épingle sur sa cravate en soie !

Ce qui ne l'empêche pas de fréquenter lui aussi les
geôles de la République, d'y stager, stagner de temps à
autre. L'euphémisme qu'il emploie... « Je viens de
faire un séminaire en province. » Auguste, ça, ça a le
don de le faire rire. Il lui donne des titres à l'Arsouille,
l'anoblit... Duc de Clairvaux... Marquis de Melun...
Comte de Poissy !

— Non, mon cher, cette fois j'ai été fait prince
d'Ensisheim.

Ça vous a un fumet d'Empire qui vous classe un
homme. L'Arsouille, il se défend dans un style un peu
désuet. Solitaire, inventif, décontract comme disent
aujourd'hui les jeunots. Il s'étend pas sur ses exploits.
Il vient, va, disparaît, revient sapé de neuf... flam-
bant... le Monte-Cristo au bec... les pompes croco.
Souvent, il a des mignonnes qui l'escortent. Il a du
goût pour l'exotisme, des Martiniquaises, des Cam-
bodgiennes. Elles le suivent silencieuses et douces.
Donc il est là, l'Arsouille. Il nous a fait la bonne
surprise, il y a une heure à peine... sans crier gare, sans
coup de téléphone. On est plutôt heureux de se revoir.
Je ne sais s'il a décarré directos de sa Centrale, mais je
le trouve superbe... le costard à l'italienne cette fois...
en flanelle rayée... une bagouse en or au doigt avec un
brillant. Il devait avoir une planque, un magot sans
doute qu'il a été déterrer. Ou alors, à peine hors des
hauts murs, il est monté sur une affaire. Il ne se perd
pas, lui, à la décarrade du trou en période rénovatrice.
La tentation de se remettre sur le droit chemin, il y a
renoncé depuis belles menottes. Parmi tous les arcans,
les marginaux de la foire d'empalme, l'Arsouille, je

dois reconnaître, c'est le plus lucide, le plus cynique, le plus net. Quand il morfle, il ne se répand pas dans les mouchoirs, les remords... il ne se cherche pas d'autres excuses que sa maladresse, sa connerie. Il se tartine le mauvais sort toujours souriant. Il est au placard comme à l'extérieur, bien élevé, l'abord agréable. Longtemps il a battu les dingues pour s'arracher, se sortir des situations glandilleuses. Je veux dire qu'il a simulé les troubles mentaux pour s'éviter les lourdes condamnations. Technique haut la pogne. Il s'est gavé de drôles de lectures sur la question. Freud et ses disciples. Sur la folie il est imbattable. Il connaît, assure-t-il, bien des cavestrons, des caves glorieux... il a toujours vécu d'eux plus ou moins...

— Mais les psychiatres, c'est les plus glands. Je les possède à tous les coups.

Je connais sa technique ! Comment qu'il joue les persécutés pleins de tics. En Correctionnelle, il bégaye, il bave un peu. Il explique que les soirs de pleine lune il ne peut pas s'empêcher de grimper le long des gouttières... sur les toits. Il se fabrique pour les guignols des circonstances atténuantes tout à fait exceptionnelles. Les psychiatres, très longtemps, lui ont fait d'excellents certificats. S'ils étaient vraiment dupes ? Toute la question ! Je les trouve pas si naves, à bien réfléchir. L'art et la manière qu'ils ont de se sucrer. Surtout les psychanalystes avec leur divan... ils écoutent vaguement le patient... feignent ! Derrière le paravent certains font des mots croisés. A la décarrade... Hop ! le chèqueton... vingt sacs minimum. Vulcanos, moins onéreux, se donne plus de mal. Et surtout lui il *voit*. On peut constater par la suite la justesse de ses prédictions.

Alors il entre avec Farluche. J'ai juste ouvert cette parenthèse pour vous présenter l'Arsouille, un nouveau petit camarade de ma galerie.

— Salut les hommes !

Ils ont déjà lichaillé quelques godes en chemin, ils ont pas pu s'empêcher. La tentation que c'est tous ces rades le long des rues parisiennes. Sans être particulièrement porté sur le casse-poitrine, on a des excuses à se laisser happer par les néons, les zincs et les verres colorés... blanc de blanc... rouge Pommard... jaune Pastis ! Farluche et Vulcanos même en voiture ça les attire. Ils se trouvent facile un prétexte pour s'arrêter. Il fait chaud, il faut s'hydrater... il fait froid, le grog s'impose ! Enfin les voilà... *Sie kommen !* Vulcanos, il poursuit ses propos... tout juste il nous dit bonjour. Là, il en est avec Dieu. Ce que Farluche lui a demandé, s'il croit en Dieu ? Certain, il n'est pas comme moi tout athée. Dieu, c'est un grand mec comme lui... ce qu'il explique... et qu'il le tutoie.

— Il a une bite comme ça, Dieu !

Il nous montre son bras, le poing serré. Fier Arsouille, il a beau en avoir entendu de sévères aux taules et ailleurs, ça, il en croit pas ses esgourdes ! Ça tourne foldinguerie son histoire de biroute au mage. Dans un sens, il déconne pas tant... si on considère *Lingam,* la divinité suprême hindoue... j'en ai parlé dans *Les Cloportes...* l'instrument de fertilisation et de félicité. Mais enfin... depuis le temps qu'il le brandit... n'est-ce pas... comme le suggère en lousdoc Auguste, il

a bien dû se ramollir son lingam. Vu ses carats,
maintenant, l'ogre... ce qu'il biberonne en outre, il ne
peut tout de même pas relever tous les défis féminins
qui se présentent. Je peux témoigner d'ailleurs, moi,
que je l'ai jamais vu qu'en récréation... flasque et
mol... déjà imposant sans doute. A se demander s'il
pouvait tellement prendre encore du volume en érec-
tion. Il nous l'a mise sur la table, certain soir, au
sanatorium des Colombes. Plof! A propos de quoi?
Une discussion avec le marquis Tranche d'Hérécourt... « Le v'là, mon blason, bonne truffe! » Slaf!
Le bruit mou comme une escalope sur l'étal. L'abbé
Morlane, il en a avalé de travers. Il savait plus s'il
devait se marrer ou se mettre en oraison. On a tous...
toute la table... constaté. L'engin était fabuleux...
redoutable, on imaginait en batterie... une sorte
d'énorme sifflard.

— Qui dit mieux?

Il éclate... son rire tonitruant. Ça se retourne
partout... toutes les tables... on se lève, on vient voir...
se penche. Ça ressemble à la consternation... un silence
étonné. Ça me rappelle... une réminiscence... lorsque
le maréchal Pétain, en juin 40, nous a annoncé
l'armistice. « C'est le cœur serré que je vous dis
aujourd'hui qu'il faut cesser le combat... » Je suis,
moi, en face aux premières loges, j'ai le morcif bien
sous les yeux. L'envie me traverse de planter brusque
mon couteau, ma fourchette, dans ce gros bout de
barbaque.

— Moi!

Une voix s'élève... quelqu'un a relevé le défi... ose.

Il est à droite, là, cet homme à la voix. Il est assis à la
table près de la porte d'entrée. Il ne bronche. On ne le
connaît pas encore ce zèbre, c'est un tout nouvel
arrivant de ce matin par l'autocar de Denfert-Roche-
reau. Un type dans les trente-cinq, trente-sept piges...
les tifs blonds coiffés genre zazou... la touffe frisottée
au-dessus du crâne et les côtés plaqués à la gomina. Il
est sapé costard croisé marine... un nœud papillon... ça
lui donne le genre pianiste du grand café. Un regard de
myope fixe derrière de grosses lunettes... des yeux
curieux, jaunes et noirs. Ça l'a vraiment suffoqué,
Vulcanos, ce « *Moi!* » du nouveau à lunettes. Il s'y
attendait pas à un tel affront... quelque chose qui
ressemble à un crime de lèse-majesté. Ça va être alors
un spectacle... maintenant tous les regards se sont
détournés vers le nœud papillon. Un silence de western
avant que les deux ennemis, face à face, au milieu de la
place devant le saloon, défouraillent... le grand
moment de suspense. On se demande ce qui va se
passer, si ce nœud papillon va pas venir devant
Vulcanos se débraguetter, nous sortir lui aussi sa
monstrueuse chopotte. Et puis, toc! l'imprévu qui
nous casse la baraque, qui va nous priver, si je puis
dire, de ce morceau de choix. Juste à l'instant où il se
dresse, le nœud papillon... Alfred Vallier, je vais savoir
son nom demain... la porte d'entrée s'ouvre sur Sœur
Dudule... la grande frangine, la chefesse Mère Théodule. Tout de même Vulcanos il rengaine vite fait son
service trois pièces. Hop! escamotarès le salami
d'amour comme un objet délictueux.

Elle a un mouvement de surprise, Sœur Dudule,

devant l'ambiance étrange qui règne dans le réfectoire... ce silence... nul bruit de fourchettes ni de
verres. Elle zyeute droite à gauche, elle respire la vape,
certes, mais elle est loin de s'imaginer laquelle. Elle
venait là, comme ça lui arrive souventes fois... inspec-
ter si les choses se déroulent sans heurt... s'il n'y a pas
trop d'ivrognes à rouler sous les tables. Son principal
problème... l'alcoolisme endémique aux Colombes
comme dans tous les autres sanatoriums de France et
de Navarre. (Je me suis étendu suffisant sur la question
dans mon hostobiographie.) Elle se goure pas de ce
qu'elle vient d'interrompre... le grand numéro d'exhibition. Sans doute quelques bonnes âmes vont se
charger de la rencarder dès ce soir. Ici règne la
délation... les petits rapporteurs ont trente, quarante
ou cinquante ans... de bonnes trognes de travailleurs,
mais ça n'empêche... leur comportement, le même kif
qu'à la communale. La règle absolue... que dans toutes
les communautés, ça balance toujours, ça cafte, mou-
charde, espionne, indique... appelez-lez comme vous
voulez... sycophantes, moutons, donneuses, informa-
teurs, ils furent, ils sont, seront ! Aucune société,
dirait-on, ne peut se passer de ces petits chéris-là. En
tout cas, l'intrusion de Sœur Théodule, ça m'a privé à
tout jamais de ce grand duel. Par la suite, ils ont fait
que d'en causer, nœud papillon et Vulcanos, de leur
bébête de démonstration. Ils se sont vannés là-dessus
tout leur séjour chez les crachoteux, mais sans se la
mesurer face à face... ou plutôt côte à côte sur une
table. On était nombreux à se proposer pour l'arbitrage
avec une règle graduée. Ça reste un mystère qu'il n'ait

pas accepté, Vulcanos. Juste, il traitait méprisant son adversaire en catimini.

— Ce con avec sa bistouflette de Chinetoque !

Enfin, il me faut reconnaître, il s'est plutôt déballonné devant cézig. Faut dire qu'il était tout à fait dangereux, Alfred Vallier dit Frédo-la-Casquette... ce sobriquet à cause de sa dèfe blanche toujours sur le trognon. Vers ces années, ce n'était plus du tout à la mode les casquettes. On n'en voyait plus que sur les têtes de paysans... sur les crânes déjà dégarnis des anciens du Front Populaire. Lui, le Frédo avec ses grosses lunettes, toujours son nœud pape et sa grivelle immaculée, il était assez surprenant. N'allez pas croire qu'affublé de la sorte il en était plus rassurant, je ne sais quoi dans son attitude laissait entendre qu'il valait mieux tout de même se la donner de ses réactions... ne pas se payer sa tronche ouvertement. Dans les cas extrêmes, de sa fouille il vous extirpait une rallonge... un cran d'arrêt... sa lame jaillissait, étincelante d'une menace de boutonnière au raisiné !

— Quelqu'un a quelque chose à dire ?

Ça donnait à réfléchir aux persifleurs... aux petits malins qui se gaussaient. Frédo-la-Casquette, s'il ne développait pas les mêmes endosses, le volume gorille de Vulcanos, il était cependant tranquille baraqué sous son costard de pianiste... le réflexe prompt. On le sentait, en cas de castagne, tout à fait prêt à toutes les ripostes... rodé sévère sans doute depuis le ruisseau d'une banlieue maudite. Question de son braquemart, il affirmait juste, tranquillos, que l'autre grand singe pouvait aller se la faire admirer au Japon s'il tenait à épater les populations. Ça l'avait fait rire, son petit machin sur la table. Lui il avait spécial des frocs larges, taillés amples dans l'entre-cuisses pour contenir à l'aise son engin. Sinon il prétendait que ça le serrait trop... que ça faisait une bosse sur le côté droit... que ça usait aussi le tissu... que ses braguettes devenaient luisantes. Le sûr certain, c'est qu'il en vivait plus ou moins de son calibre d'amour. Tout de suite je l'avais redressé voyou, cézig ! Sa façon de s'exprimer, certaines formules. Par exemple, il m'avait demandé si j'étais *assisté* pendant mon séjour en sana. Assisté, c'est une expression typique de cabane... uniquement pour signifier qu'on a quelqu'un... une femme, une mère ou une sœur qui vient vous voir au parloir, qui vous envoie des colibards et des mandats. Il en avait donc morflé, ce Frédo-là, du placard... quelques séjours... avec l'interdiction de séjour assortie à ceux qui tirent le plus clair de leurs ressources du proxénétisme.

Ce qu'il m'a confié par la suite, qu'il débarquait ici dans une période tout à fait creuse. Son gagne-pain, la grosse Liliane, un fleuron du Sébasto, était morte d'une embolie le mois précédent alors qu'il était déjà détecté tubard, en traitement à Laennec lorsque ce malheur lui tomba sur les bretelles. La scoumoune totale... tout vous arrive en même temps, je connaissais aussi ce genre de période ! Il était donc, ce bel hareng, réduit comme Vulcanos et moi, à la mangave ou presque. Et, bien sûr, il n'avait pas un rond devant lui... l'avenir, il n'y avait jamais trop pensé. Il lui fallait donc patienter, aviser, gaffer droite à gauche, l'occase propice. Aux Colombes, ça paraissait pas beau schpile

pour les arcandiers de notre espèce. Déjà avec le futur
prophète, on avait tout écumé, vous avez lu... on ne
pouvait guère escompter plus... l'essorage des cavestrons, on s'en était occupé scrupuleux pour ainsi dire.
Seulement, Frédo, c'est du côté interdit, vers le
pavillon des femmes, qu'il s'est mis à borgnoter. Il a
été comme ça, l'air de rien, au grillage pendant les
inter-cures. C'était l'endroit des amoureux. On apercevait les mignonnes à quarante, cinquante mètres...
elles aussi derrière une grille. La distance était calculée
pour qu'on n'aille pas se détruire le reste de nos santés
en des étreintes furieuses. Les idylles, là, s'ébau-
chaient... les *coucou,* les baisers du bout des doigts...
les messages lancés à la sarbacane. Mais j'anticipe !
Frédo, ce n'est pas dès les premiers jours qu'il s'est
lancé sur la piste d'une nana. Il a attendu, observé...
son heure... qu'il soit aussi en forme, dispos... qu'il ait
repris un peu son souffle, rebecté ses éponges avariées.
Il voulait pas louper son coup. Il est venu juste jeter un
œil, rouler un brin ses mécaniques. Toujours son
costard bleu croisé, le nœud papillon à petits pois...
des lattes à semelle crêpe, comme c'était la mode. Avec
Vulcanos, c'était entre eux la guerre sournoise depuis
le premier jour, cet incident de leur bébête à se
comparer, interrompu par Sœur Dudule. Il le trouvait
borné con, prétentieux, Vulcanos, ce lascar avec sa
dèfe et ses yeux fixes derrière ses lunettes. Seulement... son instinct... tout de suite il s'est méfié de
cézig, il avait respiré l'homme aux réactions dangereu-
ses... un aventurier tout de même. Je ne sais trop
comment ni pourquoi il a abouti à notre table. Je

n'arrive plus, excusez-moi, à me souvenir. Toujours est-il qu'avec Tranche d'Hérécourt, l'abbé Morlane, le brigadier Rémois de la préfecture de Police, Alex du métro Réaumur... ça faisait un assemblage assez disparate... démentiel, explosif par moments. Les discussions, palabres, polémiques... des dialogues tout à fait de sourdingues entre tous ces zèbres. Je vous retranscris pas, ça serait trop long. Ça me prendrait le reste de mon ouvrage. J'ai d'autres choses plus importantes à vous entretenir, jolies lectrices, coquines mémères, consciencieux professeurs de philologie.

Revenons à nos monstres. Ils s'observaient dur, la Casquette et le futur mage. Ils se jaugeaient à travers leur froc. Il n'était plus question maintenant de sortir leur outil respectif. On avait d'ailleurs le sentiment que Vulcanos préférait éviter les comparaisons, qu'il était pas certain du tout de sortir victorieux d'un affrontement à zob nu ! Il se rattrapait sur l'âme à présent. Il se trouvait supérieur à la Casquette par l'esprit, il laissait entendre que c'était bien là l'essentiel. Vrai qu'il avait des moyens verbaux assez fabuleux, Vulcanos... sa débagoule intarissable. Sur ce terrain il rendait facile le double six à Frédo dont la jactance restait figée dans la menace, les formules toutes faites. Petit à petit, bien sûr, il nous racontait lui aussi sa vie en tranches... en anecdotes où il avait toujours le beau rôle... celui qui emplafonne les ordures, enjambe les mignonnes. Ça tournait invariable autour de ça... les rixes et le sexe comme dans les films série B. Aucune gonzesse ne lui résistait à la Casquette... depuis son plus tendre âge, ce qu'il avait pu tringler ! Toutes elles devinaient qu'il

avait un membre de démonstration. Il s'était même
tapé son capitaine pendant son service dans l'Infanterie
coloniale ! En Afrique équatoriale alors française ça
s'était passé... sous une moustiquaire... avec le tam-
tam en fond sonore. Il nous précisait que c'était tout à
fait exceptionnel. Le capitaine l'avait surpris une nuit
où il avait bu... qu'il avait pris une cuite au whisky. Il
s'était pas bien rendu compte de ce qu'il faisait, il avait
cette excuse pour cette homosexualité occasionnelle.

Ils étaient chacun à un bout de notre table, Frédo-la-
Casquette et Vulcanos. Ils faisaient semblant de ne pas
s'entendre, ne pas s'écouter... chacun avec son audi-
toire. Frédo jactait calme, l'œil fixe, bectait peinard
sans faire de grands gestes. Il se tenait bien droit
devant son assiette, bien propre. Vulcanos, je vous l'ai
dépeint... gesticulait, s'exubérait... s'exprimait avec
ses grandes pognes. Il pavanait encore caïd incontesta-
ble. Cependant, depuis l'arrivée de la Casquette, il
sentait son prestige entamé, son pouvoir en quelque
sorte remis en question. Cette affaire de la suprématie
de sa queue, ça lui restait en travers du froc. Dix ans
plus tard encore ça lui revenait... il avait pas pu digérer
l'offense.

Justement, là, ce jour où il arrive avec Farluche et où
nous sommes à « La Lanterne »... où l'Arsouille est
venu nous dire un petit bonjour après son absence
prolongée... son séjour en province.

— C'est comme tu te rappelles, Alphonse... l'autre
patate de Vallier... ce con à la casquette... aux
Colombes... sa chopine, il nous l'a jamais montrée !

Mais par contre on a vu sa merde... on l'a sentie, le dégueulasse !

Il éclate à ce souvenir. Il est indigné encore. Si je me souviens... le scandale... cet étron sur le palier ! Jamais vu pareille fiente... un colombin, on aurait dit, moulé par un géant. Il était plein milieu d'une sorte de vestibule entre nos chambres. On logeait dans une aile du sana... une tour. J'ai omis de vous décrire... le bâtiment, le parc... les allées bordées de hêtres... toutes les essences dans le bois... les bouleaux, les sycomores... le petit lac avec ses canards... ses grenouilles, ses nénuphars ! Un endroit, je reconnais, charmant à charmilles... n'était les B.K. qui rôdaient sous les frondaisons... le danger permanent microbien... les petits glaviots à bacilles qu'on rencontrait sous nos pas. C'était même un des motifs des feuilles de service du docteur Mouchetouf, ces expectorations hors des crachoirs portatifs. «Certains malades, inconscients du danger qu'ils font courir à leurs camarades, etc. » L'affiche sur le panneau à l'entrée. Il avait beau nous mettre en garde, Moumouche, ça faisait des années... toujours certains dégoûtants personnages, toujours renouvelés, glaviotaient un peu partout dans cet admirable parc...

Notre pavillon, de l'extérieur, il donnait l'envie d'y entrer. Ça faisait genre auberge du Cheval Blanc... la toiture de tuiles rouges... la pierre meulière sous la vigne vierge... les galeries de cure donnaient sur un jardin fleuri... des rosiers, des glaïeuls, tulipes... des chrysanthèmes pour nos morts ! A l'intérieur, ce n'était certes pas le dernier cri du modernisme... ça manquait

un peu de sanitaires. Je ne perds pas le fil de mon récit,
vous allez voir. La flotte, on allait la chercher au bout
des couloirs avec des brocs... un seul robinet par étage.
Une seule chiotte aussi... éloignée de la plupart des
piaules. On nous distribuait donc à chacun, lors de
notre arrivée, un maous pot de chambre en faïence
pour nos besoins les plus pressants. Un de ces jules
décorés de fleurettes, arabesques... petites figures
géométriques... comme on en trouve encore aujour-
d'hui chez les antiquaires... devenu objet de décora-
tion, privé de son sens, son utilité première... triste,
idiot à présent sur les étagères.

Cela va vous expliquer le pourquoi de cet étron
formidable sur notre palier. Quelqu'un qui n'aimait
pas, devenu adulte, faire encore dans un pot et qui
avait eu la flemme d'aller jusqu'aux gogues à l'étage en
dessous près de la chambre de la Sœur Arsène. En tout
cas un beau salopard, de l'avis de tous les riverains. Je
veux dire tous les occupants des quatre chambrées
donnant sur le palier.

J'étais sorti, moi, le premier de ma piaule justement
pour aller pisser à la fin de la cure de silence. Jamais
j'ai pu, même aux hostos en période opératoire, me
soulager dans les bassins, les pistolets. Il faut vraiment
que je sois à l'article de la mort pour me soumettre
comme ça, m'humilier. Nous sommes donc, exact,
après la cure de silence à quatre heures... au moment
du café. Voilà, je sors de ma chambre... sur le palier il
ne fait pas très clair. Aux Colombes, question lumino-
sité, ce n'est pas encore le building de verre. Une
construction début de siècle... la fondation du sana, je

vous ai dit, par le docteur Mouchetouf père... le
premier établissement populaire antituberculeux. Je
faille marcher en plein... une chance tout de même,
j'aperçois quelque chose... une forme par terre... et en
même temps une odeur m'attaque l'olfactif. Si ça
cornanche... nul doute... ça dégage un fumet... n'est-
ce pas... ça vous prend aux naseaux... on ne peut pas
confondre avec du chocolat, de la crème de marron. Je
donne de la lumière, je fonce au commutateur. Oh! la
la! je reste interdit... suffoqué... pantois... à me
demander si je ne fais pas un vilain rêve. Elle a quelque
chose d'agressif, cette merde... elle est bien ferme...
elle pointe vers le plafond... elle est fière d'elle, on
dirait... heureuse d'être là... elle me nargue. J'ai déjà
vu, à ce moment-là, pas mal de choses question fiente,
urine, excréments de toute sorte. J'ai trente ans... je
fréquente déjà depuis quatre ans l'univers de la
tubardise... je devrais être tout à fait blindé, m'attendre à tout, au pire... et pourtant, là, je reste sans
réaction devant ce monumental caca. D'autres sortent
maintenant... les portes s'ouvrent. « Oh! dis donc! »
ils réagissent kif comme moi! Ils sont d'abord épous-
touflés... il faut qu'ils réalisent bien avant de trouver la
force de s'indigner.

— Quel est le fumier qu'a pu chier là?

Je vous résume les commentaires. Vulcanos sort à
son tour de sa cagna. Il a dormi, semble-t-il... il est en
slip. torse nu, superbe de muscles, de poils... un
animal en pleine maturité... jamais personne n'irait
l'imaginer phtisique. Il bâille... toute sa grande
mâchoire plantée de crocs bien blancs. Je le zyeute... je

sais pas, j'ai l'impression qu'il en fait trop, qu'il est au
théâtre, qu'il nous mime l'homme qui vient de se
réveiller. Il se frotte les châsses. Oh ! il aperçoit l'objet
de tous nos regards. Il explose. Nom de Dieu ! Mais où
est-on ? Il me prend à témoin... dans quel taudis
peuplé de loquedus ? Ça va pas mieux ! C'est pas
possible, Alphonse ! On n'est pas tombé si bas ? Il
s'interroge encore... puis il interpelle les copains
autour. Il menace... que celui qui a débourré ici ait au
moins le courage de le dire... se dénoncer, avouer sa
faute. Il a honte de ses opinions alors ! Tout le monde
braille... commente en véhémence. Ça nous attire la
Sœur Arsène... Sourde, elle n'a pas pu entendre, mais
quelqu'un a dû la prévenir, un de ces petits rapporteurs dont je vous ai parlé plus haut... qu'elle vienne
voir... constater, respirer le corps du délit. Elle
arrive... nous écarte, se penche. « Ah ! ben alors ! Ah !
Doux Jésus ! » Elle aussi durant sa longue pratique,
son existence de dévouement chez les lépreux du Togo
et ici depuis vingt ans avec les tutus, elle en a vu des
choses pas propres mais tout de même, elle reste
sidérée devant le pacsif ! « Ah ! ben, doux Jésus ! Ah !
ben, alors ? » Elle se recule... elle se secoue la cornette.
A l'époque, je précise, les frangines avaient des
cornettes, de longues jupes, de gros chapelets. Les
jeunes lecteurs ne savent peut-être pas. Les religieuses,
de nos jours, se confondent avec les majorettes... elles
s'efforcent... mais enfin le charme n'y est plus... elles
restent tristes, grises, blanchâtres de peau... l'haleine
fade... celles que j'aperçois du côté de Saint-Sulpice.
Sans la cornette, les grandes robes, le lourd rosaire,

elles ont perdu leur majesté mais ne retrouvent pas
pour autant la grâce féminine. Elles vont disparaître à
jamais comme les curetons mini-loubards, les militaires pacifistes, les bourgeois généreux... tout ce qui est
contre nature !

Sœur Arsène, elle a tout de même la remarque
frappée au coin du bon sens. L'étron est seul sur le
carrelage.

— Celui-là, il ne s'est même pas torché !

Exact... aucun papier alentour... personne n'y avait
fait attention. Le coupable a largué sa crotte... enfin sa
bouse... son énormité comme un clébard. Hop ! il s'est
taillé vite fait, ça semble. Peut-être a-t-il été surpris ? Il
a été se torcher plus loin. Il a fui... la merde au cul, le
sagouin.

— A moins qu'on l'ait apporté sur place ?

C'est l'abbé Morlane qui suggère. Apporté comment ? Ça paraît une entreprise glandilleuse. L'abbé
nous explique... il a vu des choses semblables dans les
colonies de vacances au Perreux où il est vicaire... des
gamins qui transportent des fientes sur des bouts de
carton... qui se les lancent... se canardent... des jeux,
somme toute, innocents. Il est plutôt de nature tolé-
rante, l'abbé Morlane. Il n'en appelle pas à Dieu à tout
bout de champ, pour un simple caca coquin. Ça lui
paraît, cette farce rabelaisienne, un péché même pas
véniel.

— Cette merde, c'est la Casquette qui nous l'a
offerte ! C'était son style à cet enfoiré !

Dix piges plus tard, à « La Lanterne », avec
Auguste esthète œnophile, l'Arsouille et Farluche, il y

revient Vulcanos... il le remet sur le tapis ce phénoménal étron. Il veut encore me convaincre... il insiste.
L'Arsouille, l'air de rien, lui fait remarquer qu'avec
son fameux don de voyance, il aurait dû résoudre le
problème sur place.

— J'ai pas de clichés sur des sujets pareils ? Tu m'as
pas vu, dis ?

Piqué au vif ! Il se lance dans les expliques. Qu'il se
refuse à faire fonctionner ses dons magiques sur des
choses viles. On lui a demandé maintes fois... les
commissaires Clot, Jobard... le célèbre inspecteur
Borniche, d'intervenir... de se concentrer près des
cadavres. S'il avait voulu, l'énigme de l'affaire Domi-
nici, il l'élucidait sans même se déranger. Alors, la
merde du sanatorium des Colombes... il nous en
reparle, histoire de se marrer un peu... d'évoquer avec
moi le bon temps. Enfin, bon temps, façon de dire.
Nous n'étions pas à Rusigny uniquement pour la
rigolade... caguer voltige sur le carrelage ! Je me
mouronnais en intermède pour mes éponges... mon
double pneumothorax... l'avenir, je ne me le figurais
pas aux ortolans. Mais ceci est une autre histoire... un
tout autre ouvrage. Ils s'imbriquent, les livres, les uns
dans les autres... qu'y puis-je ? En cernant la vie réelle,
fatal que les règles craquent... les limitations arbi-
traires.

Cet événement du colombin sur le palier, vous allez
me dire que je me complais scatologique, que je m'y
étends et le délaye, que c'est d'un intérêt sordide et
minuscule eu égard aux grands problèmes, à la souffrance du Tiers Monde... à la condition des mineurs de

fond, des éboueurs maliens, des empinochés du
Chili... que Roger Garaudy et Mauriac fils, les joyeux
boys à nos lucarnes littéraires, ont autrement d'envo-
lée. Pas eux qui se délecteraient d'un caca, fût-il
gigantesque, page après page dans leurs œuvres déjà
presque complètes ! J'admets... je me trouve futile !
Mais enfin, diantre ! cette fiente fumante colossale,
agressive, énigmatique sur le carrelage rouge du
palier... elle agit révélatrice. Autour chacun se prononce, se définit, se dénude... l'abbé Morlane, Frédo
avec sa casquette, Sœur Arsène... Gueule d'Ange, le
farouche jeune homme, notre Rimbaud local, qui
contemple tout ça d'un air dédaigneux... Dix-huit ans,
il a... ça lui donne la haute idée des adultes... à ses
regards, ses attitudes, je sens qu'il nous jauge plutôt
sévère... qu'on le révolte profondément. Bon... s'apporte à présent, oui je le revois... en golf, son costard à
carreaux, ses chaussettes jaunes... voilà, voici le marquis de Tranche de Gail. Il a entendu la rumeur depuis
le premier, l'étage au-dessous... le tintouin ! Il s'est dit
qu'il se passait des choses gravissimes... que peut-être,
haut les cœurs ! avait-on besoin de lui. Il est essoufflé...
toute sa caisse lui remonte... des han ! des sifflements
sinistres. Il sort son verre de correction, se l'ajuste,
s'approche pour zyeuter ! Oh ! il renifle d'abord...
l'odeur l'attaque en plein ! Il en perd son monocle... il
faille tomber en plein caca. Je le lui rattrape in
extremis... il se recule.

— Mais qu'est-ce que c'est ?

Il interroge. Une merde, marquis... Vulcanos lui

répond… nulle erreur, il s'agit bel et bien d'un excrément humain probablement.

— Ah !… oui, oui ! Mais c'est insensé ! susurre-t-il… C'est une défécation inimaginable… inouïe ! Mais c'est effrayant !

Certes, et c'est bien dommage qu'il soit si exténué, si poussif, le marquis, pour grimper l'étage… ça pourrait être lui le fienteux sournois clandestin. Ça nous ferait le coupable idoine… réveillerait les instincts révolutionnaires qui sommeillent léger en chacun de nous depuis 1789. Un aristochieur, l'idéal ! Enfin, là ça paraît trop invraisemblable. Moi, c'est toujours mon pote, Vulcanos, qui ne laisse pas de m'intriguer. Son comportement… il a croisé les bras… il reste là… il semble lui aussi ne pas en revenir… il est outré ! Pourtant il va prendre, en fin de compte, la seule sensée initiative. Il retourne dans sa piaule… en revient avec la pelle à ordures.

— On ne peut pas laisser ça là…

Certains étaient d'avis qu'on aille tout de suite prévenir le docteur Mouchetouf, afin qu'il constate le colombin de visu, d'odorat. Le temps qu'il soit prévenu, qu'il rapplique, ça faisait trop long… on ne pouvait pas rester avec ça sur notre palier. J'aurais bien voulu le voir, Moumouche, en présence de l'étron… redoublant de tics… le col de sa chemise… s'il aurait tiré ! le menton… hop ! la grimace de la bouche ! Il ne se calme que lorsqu'il fait l'artiste… « *Ah ! si vous connaissiez ma pou… ou… oule !* » sa célèbre imitation de Maurice Chevalier. On raconte qu'il s'exerce, pour

la prochaine fête des anciens, à nous faire Yves
Montand, qu'il a décidé de rajeunir son numéro.

Tout de même il va être, le terme approprié, au
parfum de ce scandale scatologique... un rapport
bonne et due forme... tous les détails, la liste des
suspects. Ça va lui offrir encore l'occase de nous
pondre un peu d'une littérature dont il a le secret... un
texte ronéotypé, affiché au panneau d'entrée. « *Un
immonde personnage s'est permis de faire ses gros besoins
dans un couloir. Je ne tolérerai pas que cet établissement
devienne une porcherie. Celui qui sera surpris à commettre
des actes de ce genre sera renvoyé sur-le-champ.* » On se
les savoure les prosopopées de notre médecin-chef...
« Ce n'est pas du Proust, mais ça viendra », dit le
marquis après lecture toujours avec son monocle. En
tout cas, on n'a jamais su quel était l'auteur, le pondeur
de cette merde maudite. Ça reste dans les énigmes
historiques du sanatorium des Colombes. Frédo il avait
sa petite idée sur la question. Il ne m'en a fait part que
bien après... lorsque Vulcanos a eu quitté l'établissement.

— Ça pouvait pas être le Chinetoque qu'avait chié
ça avec son petit trou du cul ! Y a que le grand qui
pouvait nous mouler un bronze pareil !

La déduction simple et tranquille... la plus sédui-
sante, si je puis dire. Il restera bien sûr toujours un
doute... la nature est parfois étrange. Qu'il en reparle
dix ans après, Vulcanos... qu'il se remette à touiller
cette fiente... lui plutôt d'habitude dans les grands
problèmes, la compagnie des hauts personnages, des
vedettes... Oppenheimer, Humphrey Bogart, Luis

Mariano, André Malraux, Martine Carol... ses consul-
tants d'élite... qu'il nous ramène encore à cet étron-
mystère, ça pouvait être *signifiant*.

— Vous pourriez peut-être changer de disque. C'est
pas tellement ragoûtant votre histoire avant le
déjeuner.

Auguste intervient... jusqu'ici il avait écouté, l'œil
mi-clos, tout en sirotant son verre tout doucement.
Farluche approuve, il pense que pour son ouvrage, la
biographie d'un prophète, ça n'apporte pas grand-
chose de le présenter aux lectrices avec une pelle, une
serpillière, en train de nettoyer un caca.

— Quoi ? La serpillière ? Si je l'avais pas fait, ils
auraient laissé ce sale boulot à la Sœur Arsène, ces
enfifrés-là !

Là aussi il m'étonne... ça m'avait surpris déjà sur le
moment qu'il s'inquiète comme ça de la peine à
l'ouvrage de la Sœur Arsène. C'était pas dans son
genre... dans ses tendances. Enfin, il avait nettoyé le
carrelage devant tout le monde... humble soudain,
dévoué. Je le revois exact aujourd'hui. Il a été chercher
un balai brosse, un seau... la serpillière. Flac ! à grande
eau, il s'active... torse nu, redevenu matelot sur le
pont. Il avait gardé de son service, toutes ses jeunes
années à la Royale... le goût de l'hygiène. Autour de
lui... il astiquait, briquait... ça sentait toujours le
savon. Il tranchait sur le reste du cheptel. Aux
Colombes, c'était pas tellement des pensionnaires
portés sur les soins corporels... dans les piaules c'était
plutôt des senteurs de renard qui vous parvenaient aux
naseaux lorsqu'on s'intrusait à la surprenante.

Enfin je vous passe... je reviens à ma scène. Il lave
hardi ! Il n'est pas encore, remarquez, le grand, le
célèbre Vulcanos... sa vie publique n'est pas encore
commencée. Ce qui me laisse tout de même insatisfait
qu'un homme de sa classe... de sa trempe... un être
pareil d'exception, pour ainsi dire, l'envoyé des astres
ait pu se livrer à cette facétie de bidasse. Reste Frédo
comme suspect... il avait tout de même une carrure qui
pouvait laisser supposer que... mais lui, dans un sens,
était trop cartésien, trop peu fantaisiste pour s'amuser
à mystifier comme ça tout le sana avec une fiente sans
papier. Il avait en tronche rien que des projets nets et
précis. Il préparait dans sa culotte son arme secrète.

Je vous saute encore quelques semaines en avant.
Nous retrouvons Frédo-la-Casquette au grillage des
femmes. Il n'a pas perdu son temps à chier espiègle,
sans se torcher, dans les couloirs. Il a harponné, lui, sa
victime... une brune plantureuse... elle ne songe même
plus à se débattre. Toute sa technique... qu'il est resté
ferme... le corps en arrière... la dèfe légèrement en
avant, la viscope au ras des lunettes. Sa silhouette, au
loin, ça faisait un peu un arc, avec ses mains dans le
poches. Chaque jour il est resté là, planté ferme à la
regarder passer cette môme. Comme un oiseau de proie
tout à fait. La gonzesse, ça l'a intriguée... D'habitude
les tubards mâles, aux grillages, ils simagréent... ils
coucoutent... baisi-baisoutent... ils se font tendres
aguichotiers. Frédo, lui, s'il tranche sur le lot avec sa

casquette, son nœud papillon... son œil fixe... sa
bacchante à l'américaine qu'il s'est laissé pousser
depuis son arrivée. Finalement c'est elle, c'est la belle
qui lui a fait des signes à cézig... qui s'est enhardie...
qui lui tire la langue... qui gloussote, lui envoie de la
main un baiser. Toujours il reste... son quant-à-soi, la
Dèfe... il s'abaisse pas aux jeux des caves. Il y reste
toute l'inter-cure... une heure, comme ça... immobile... il tire juste sur sa Gauloise par petites bouffées.
   — Ça va Frédo ?
Je l'interroge au passage. Il me répond d'un hoche-
ment de tête. Il se méfie encore de moi, il sait que je
baronne pour son rival... que je suis en cheville avec
Vulcanos. On s'est lancé depuis quelques semaines
dans le trafic d'alcool. On vit notre épopée de la
prohibition... à nous deux, Capone ! On introduit des
litrons clandestins de gnole dans la place. Avec la
complicité de la concierge... une dame ivrognesse de
démonstration... une sorte de *Chouette,* de *Mère Thé-
nardier* titubante matin au soir. Son cher époux est
déjà, lui, en cure de désintoxication. Sa fillette, Berthe,
d'à peine seize ans, se fait sabrer par les malades dans
leur grenier, sur la paille ! En passe... n'allez pas croire
qu'elle se donne pour rien... maman, de son œil aviné,
veille sur sa progéniture. Ils ont un petit pavillon en
meulière à l'entrée du parc. Ils surveillent la grille... le
passage des voitures. Enfin, une famille bien de chez
nous. Vulcanos, la concepige, il la divertit... la lutine
coquin... il lui propose de toucher sa grosse bébête à
travers son froc. Elle fait des manières, minaude...
puis avance tout de même la pogne, frôle l'animal.

Pan ! Il lui donne une tape sur la main. « Grosse
salope ! » Si elle éclate de toute sa tronche édentée !
Heureuse alors de vivre, madame Mélissure ! Elle fend
sa trombine ravagée. Elle le trouve irrésistible le
monstre. S'il voulait, elle se laisserait facile calcer par
cézig. Avec Berthe même... la mère et la fille et moi...
on partouzerait. Elle me laisse entendre que je serais
pas de trop. Je pourrais aussi sortir mon chibre si je
n'ai pas de complexes. La fillette, sans doute, est
mettable... faut d'ailleurs la consommer rapidos. Dans
deux trois piges elle aura bléchi, à la cadence de ses
coups de bite, de rouge, de blanc... de Pernod fils !
Dans un sens un hotu pareil vaudrait autant que Frédo
s'en occupe. Elle serait aussi bien rue Blondel...
maquillée, drivée adéquat. Humainement, dans son
cas, ça serait plutôt une heureuse reconversion.

   Ça m'amène, ce petit sujet, à l'épineux problème du
proxénétisme, de la prostitution. J'ai un bon exemple
sous les yeux de ma mémoire. Je vous rappelle... Frédo
guette, épie sa proie... sous peu, elle va se cloquer elle-
même dans ses griffes. Elle va lui filer un rencart.
Minuit un soir d'été dans le no man's land... la zone
interdite entre le pavillon des dames et des hommes.
Sous les ombrages, elle va se souvenir, la brune
allumeuse... Janine, ça me revient son prénom. Un
assez joli lot, je dois reconnaître. Après cette étreinte
nocturne, jamais elle a pu s'en passer du Frédo... de
son machin faramineux. Il te l'a enchaînée... mise en
maison clandestine dès que guérie de ses bacilles. Chez
Madame Louise, un établissement pour l'élite... un
boxon de premier choix. Son idée géniale... ça lui est

venu au sanatorium à cause de nos religieuses soignantes... qu'il l'a fait se saper en frangine... cornette... le
toutine... le rosaire en bois d'olivier. Il s'est occupé des
achats lui-même dans un magasin à Saint-Sulpice. Ce
qu'il m'a raconté en tout cas. Madame Louise la
présentait... Sœur Marie de la Visitation... le succès
sans précédent ! Tous les députés de la défunte IVe,
aussi bien les démocrates chrétiens que les ennemis
farouches de l'école libre, elle se les est introduits par le
bon bout dans sa tirelire d'amour... et aussi des
cinéastes !... des académiciens français !... des cardi-
naux archevêques ! Le Frédo, alors, s'il a remonté ses
boules ! Il s'est fait retailler quelques costards... les
nœuds papes en soie... bagouse à l'auriculaire avec le
diam' et la gourmette en joncaille. J'affirme, je fus
témoin. Pendant qu'on s'escrimait, l'Ogre et mézig...
qu'on remplissait de piquette dix degrés des jerricans,
notre dernière trouvaille... qu'on transvasait ça ensuite
dans des bouteilles d'appellation contrôlée... Gigon-
das, Côtes-de-Provence ! tintouin infernal... des opéra-
tions de quasi-commando pour affurer somme toute
des nèfles... Frédo, donc, il œuvrait julot... nul besoin
d'ailleurs d'y mettre tellement de vice, de machiavé-
lisme. La plupart des cas, c'est ce que je voulais vous
dire plus haut... ce sont les putes qui font l'hareng et
non l'inverse, comme une vaine magistrature s'imagine. Elle vous offrent, vous glissent le premier talbin
en fouillouse. Elles ont toutes les ruses pour vous
conduire l'homme dans le péché, c'est connu depuis
belle pomme. J'ai dû, moi-même, résister à maintes
tentations. Elles insistaient. T'es dans les ennuis... tu

me revaudras ça plus tard ! Certains, faut pas leur dire
deux fois... ils y trouvent, rapide, la solution au grave
problème de l'emploi. Frédo, lorsque nous fûmes
devenus tout à fait potes, affranchis chacun de notre
passé... qu'on s'est aperçu qu'on avait fréquenté les
mêmes collèges d'enseignement de droit commun... il
m'a expliqué... sa Janine, c'est elle-même qui lui a
proposé d'aller aux asperges afin qu'il ne reste pas à la
ramasse dans ce pénible sanatorium. « Que tu soyes
présentable, mon chéri ! » Et lui, en l'expédiant chez
Madame Louise, il lui a assuré tout de suite sa
promotion. Au moins qu'elle aille pas perdre son
temps, sa belle jeunesse en de déprimantes turlutes sur
le Sébasto.

— L'hiver, chez Madame Louise, elle risque pas de
repiquer la crève !

Voyez, il prend soin aussi de sa santé. Dans tout ça,
n'oubliez pas nos éponges trouées aux mites. Nous
avions tous nos petites cavernes, nos pneumos, nos
expectorations plus ou moins purulentes... le matin,
nos perfusions de P.A.S... nos piquouses à la strepto
par la Sœur Arsène. Aujourd'hui, tellement de choses
ont changé, les sanas d'antan sont vides... fini les
dames aux camélias, les poitrinaires exténués sur leurs
chaises longues. Nous étions, nous, presque la dernière
génération.

Aux Colombes, chaque année, le 26 mai pour
l'anniversaire de la fondation de l'établissement par le

professeur Mouchetouf... Anatole, le père... c'était la
fiesta. Arrivait en autocar le groupe des anciens... ceux
de l'Amicale, les vieux de la vieille de la phtisie. C'était
pour nous remonter le moral soi-disant. Tous bien
guéris, l'œil vif, la jambe alerte... fleur à la boutonnière ! Ils sont là pour nous prouver qu'on peut
terrasser les B.K... que l'avenir nous appartient. En
1955, il en survivait encore trois de la première
année... de la promotion 1895. Moumouche, au réfectoire, il venait nous les présenter à l'apéritif.

— Vos vieux camarades du siècle dernier !

L'un d'eux, tout de même, il était sur une chaise
roulante... enveloppé d'un plaid, poussé par sa fille,
une forte sexagénaire moustachue. Il sucrait visible, le
dab, il bavochait dans son faux col, mais l'essentiel
pour nous n'était-il pas qu'il glisse de sa belle mort. Du
côté tuberculose, il était tout à fait guéri. Il ne toussait
plus depuis 1898. Ce que nous proclamait vibrant le
docteur Mouchetouf. Il déclenchait lui-même les
applaudissements. En somme, ils avaient eu une sorte
de veine ces bibards. Sans leurs éponges délicates,
presque sûr ils se seraient fait étendre dans quelque
Verdun... ils seraient morts, comme dit le poète, pour
des cités charnelles pendant la guerre de 14. Ce que je
me disais... toujours mes références historiques... ma
marotte.

Cette fête aux Colombes, elle s'éclaire dans ma
mémoire d'une drôle de lueur blafarde... avec les
frangines à cornette, tous ces malades plus ou moins en
voie de guérison — quelques-uns tout de même promis
aux quatres planches — tous ces alcooliques...

R.A.T.P... flics... fonctionnaires subalternes qui s'efforçaient à la rigolade. Ça avait un côté patronage, boyscouterie prolongée assez sinistre. Pourtant, Mouchetouf fils, c'était sa journée... le reste du temps on le voyait pas lerche... il laissait à ses assistants et à la sœur Dudule les corvées des soins médicaux. La rumeur, les petits ragots nous affirmaient qu'il avait eu beaucoup de mal à décrocher ses diplômes. Son père l'avait forcé aux études à coups de pompes dans le cul (en ce temps-là, c'était encore possible) pour qu'il assure la succession, la pérennité de son entreprise philanthropique antituberculeuse. Donc le jour de la fête, s'il est pimpant Moumouche ! Toujours avec son tic... le col de sa chemise qu'il tire... sa grimace ! Lui aussi il a un nœud papillon... mais des costards alors juvéniles... la dernière mode... couleur framboise, bois de rose... ça lui donne un air, une allure vieille tante. Il vient dans chaque pavillon, chaque réfectoire se montrer un peu. Il commence chez les hommes et il prend le dessert, les liqueurs chez les dames. Il y va de son petit discours... il nous souhaite la guérison prompte et radicale par la joie de vivre... toujours la bonne humeur. C'est là qu'il nous présente, à l'appui de son laïus, nos grands anciens. Monsieur Hubert Galmaire... quatre-vingt-sept ans mais toujours gai luron... encore folâtre dans sa chaise roulante. Il nous laisse entendre qu'au passage d'une paire de fesses aguichantes, le grand dab rescapé des bacilles, sa pogne tremblerait pas tant pour plonger au but.

Il fait bien les choses, le docteur Mouchetouf, le 26 mai. Aux aurores on est réveillé par les trompes de

chasse de la Saint-Hubert… des amis à lui… pendant
ses loisirs, ses vacances, il chasse un peu à courre,
Moumouche. Sous nos fenêtres précisément on est aux
premières loges pour les taïauts. L'aile où nous per-
chons, toute la fière équipe… Frédo, l'abbé Morlane,
Vulcanos et le petit Indochinois, Yung Fo. On ne nous
avait pas affranchis de ces cors de chasse. La surprise,
vous imaginez. Vulcanos, il a pas tellement le genre à
apprécier les guignols en bas… en tunique rouge… la
bombe sur la tronche… Taïaut ! taïaut ! ça l'a arraché
de son sommeil. Il vient me voir, s'enquérir… si je sais
de quoi il retourne.

— On aura tout vu chez ces truffes !

Il est en slip… je remarque ses panards… ses longs
doigts de pied. Je me demande aujourd'hui, en y
repensant, s'il n'arrivait pas à s'en servir presque aussi
bien que de ses mains. Il aurait pu, je suis certain,
jouer de la guitare avec… du piano…

A midi les frangines de la cuisine se sont surpassées.
Langouste mayonnaise… canard à l'orange… des pièces montées spéciales en nougatine pour nous revigorer
le moral… des saints et des vierges, des archanges
ailés… la basilique de Lisieux reproduite en caramel…
du travail, on peut dire, d'artiste. L'essentiel pourtant
reste l'arrosage de cette bombance. Moumouche, pour
cette journée glorieuse, il passe l'éponge, on ne peut
pas mieux dire, sur la vinasse répandue. On a droit
légalement à quelques boutanches… des apéros… du
Sylvaner… Beaujolpif… en pousse-café un rude
calva… de la réserve du médecin-chef lui-même ! En
ajoutant les boutanches clandestines, ce soir, ça va

tituber, roter, dégueuler... rouler sous les tables, les
lits... renverser les pots de chambre... la bacchanale
imbibée dans le Landerneau phtisique ! Le docteur
Mouchetouf lui-même il n'aura pas sucé que des
glaçons toute la journée. Jusqu'au spectacle il se
contrôle, il fait bien gaffe afin de garder la forme sur les
planches... mais après son triomphe... le tonnerre des
applaudissements, les bis et les ter... il se laissera aller
sur la dive... le tourbillon. On raconte, ceux qui étaient
là les années précédentes, qu'on le ramène chez lui
complet défoncé, le Moumouche... un triste exemple
pour les malades !

De toute façon, lui durant son règne de médecin-
chef, il aura surtout œuvré pour les Beaux-Arts. La
perle, au sana des Colombes, c'est bien son théâtre.
Mouchetouf II, dès qu'il a pris la succession de son
papa en 1937, la première chose qu'il a fait
construire... dans la verdure, une magnifique salle de
spectacle... que puissent se produire dignement les
troupes de passage... les bénévoles, les chansonniers...
amateurs ou professionnels ! Et puis, s'ils en ont la
force, le courage, que les malades y fassent aussi leurs
essais... parfois des vocations extraordinaires naissent
ainsi ! Nous n'en étions pas encore, hélas, aux maisons
de la Culture... mais je peux témoigner, le docteur
Mouchetouf fut un précurseur de la libre expression
artistique... de toutes nos merveilleuses expériences de
créativité des masses. Lui, bien sûr, son numéro ça
nous propulsait pas dans les hautes spéculations de
l'intellect. Il ne cherchait pas à nous déranger nos idées
reçues, à nous *inquiéter* avec des poèmes abscons. Je

vous ai dit plus haut... « *Avez-vous vu le nouveau
chapeau de Zozo... C'est un chapeau, un papeau rigolo !* »
Le répertoire du grand Maurice, sa spécialité. On
reprenait en chœur, tous les crachoteux, les asthmati-
ques... « *Yop ! la boum ! Prosper !* » Le triomphe... on
le bissait, le rappelait... on n'était pas difficile coupé
de tout... certains à l'article de Roblot ! Cette année-
là, l'inédit... son imitation d'Yves Montand, n'a pas
remporté le succès escompté. Ce n'était pas son style à
Moumouche, sa génération. Me vient ainsi une remarque sur la difficulté de s'adapter, de suivre le mouvement. On est marqué à une période d'un canotier,
d'une forme de froc, large ou en fuseau, une façon de
se domestiquer la chevelure... difficultueux ensuite de
s'en extirper pour filer le train des arrivants... se
mettre en chemise à fleurs... les tifs afro, s'il vous en
reste suffisamment. Toutes vos tentatives souvent
tournent gugusses. Le ridicule, on a beau dire, vous
flingue immédiat. Moumouche, alors en Yves Montand, s'il a fait un bide ! Il n'avait pas du tout le
physique avec sa petite bedaine, sa découpe bouteille
Saint-Galmier, son crâne dégarni. « *J'aime flâner sur les
grands boulevards !* » Un lourd silence à la fin de la
chanson... quelque chose d'inquiétant... les applaudissements se faisaient attendre. J'étais au balcon, moi,
avec Vulcanos au premier rang. Goguenard, le monstre, il faisait des réflexions tout haut. Question spectacle, music-hall, il avait une certaine expérience. Le
goût formé par ses relations. Il avait tringlé de réelles
chanteuses vedettes... son braquemart était recherché
sérieux... réputé dans les coulisses. Il avait entendu

toutes les vraies gloires, les véritables talents depuis la
fin de la guerre. Il était devenu difficile.

— C'est pas possible !

Au milieu des timides, des faibles mais respectueux
premiers applaudissements... la remarque, l'exclama-
tion... sa voix tonitruante au futur prophète du Tout-
Paris. Du parterre, toutes les têtes se sont retournées...
des fauteuils d'orchestre où s'alignaient les invités, les
médecins assistants... le groupe des anciens, les amis
des uns et des autres ! Il aurait pété, une perlouse
fracassante, ça n'aurait pas provoqué pire. Le crime
lèse-Mouchetouf ! La première fois qu'une chose
pareille se produisait aux Colombes. Ça a coupé net les
premiers applaudissements... un silence, quelques
secondes, tout à fait réprobateur... nul doute. Je dois
dire qu'il a redressé magistral la situation, Vulcanos le
grand ! Le sens immédiat de la repartie, de ce qu'il
convient de faire pour éteindre le feu. Il s'est dressé
brusque et il s'est mis à applaudir de toutes ses
battoires, ses immenses paluches. Il a donné le vrai
signal... Le reste de la salle ne pouvait que suivre.
« Bravo !... Une autre ! » Il se marrait tout en applau-
dissant. L'ambiguïté de son attitude ! Même Moumouche sur la scène en Yves Montand, le futal et la chemise
marron, ça ne pouvait pas lui échapper... mais alors
que faire ? Bien obligé d'accepter l'invite pour sauver la
face... de nous en pousser une nouvelle... *Luna Park...
sous le jour cru des lampes à arc !* Il était forcé pour éviter
un incident très désagréable. Vulcanos, je le revois
net... il me revient comme un extrait de film... ses
grands bras par-dessus la rambarde du balcon... sa

tronche qui se détache... son rire se répercute... il
aboutit dans « La Lanterne »... il rebondit sur ma
feuille... ça n'en finit plus !

— Avec vos histoires de tubards, vous pouvez
toujours vous foutre des vieux cons de la guerre de 14 !

On était à rire, se tordre, pisser presque en froc avec
le mage. Auguste nous cueille de sa remarque. Il a fini
une cigarette, il en rallume une autre avec celle qui est
arrivée en bout de parcours. Il remplit nos verres. Que
dégustions-nous ce jour-là ? Un Chinon ? Un Gigon-
das ? Beau avoir la mémoire affûtée comme un rasoir,
certaines choses m'échappent... pourtant importantes
vu le contexte. Peut-être était-ce la période de sa
Clairette de Bellegarde au Vieux... un blanc léger qui
vous dégringole derrière la cravate comme un frais
ruisseau. En tout cas c'est bien ce jour de l'Arsouille, le
retour de notre enfant prodigue. On arrosait sa levée
d'écrou lorsque le Prophète et son scribe Farluche se
sont pointés. Ça a tout dévié... on s'est mis alors aux
évocations encore des Colombes. Le docteur Mouchetouf, Vulcanos nous l'imite imitant *Prosper yop la
boum !*... et puis Yves Montand minablos... c'est du
deuxième degré tout à fait. Et je me rappelle, un client
est entré... un ahuri. Qu'est-ce qu'il nous voulait,
celui-là ?

— Vous n'auriez pas des porte-clefs ?

Ce que ça vient foutre ? On se regarde... Des porte-
clefs !... ça le sidère, Auguste, qu'on puisse penser

qu'il ait, au milieu de ses trésors, parmi son fatras sublime, des porte-clefs. Ah ! merde... il va le bordurer, ce malotru ! Il s'extirpe de son recoin d'ombre... son comptoir... il pose son verre. Sans lui répondre à ce con, il le pousse, repousse vers la lourde... il l'a pris au col. Il ne daigne même pas s'expliquer. « Mais enfin, monsieur !... Mais je vais me plaindre ! » Vraoum ! il le propulse sur le trottoir... il reclaque la lourde... Digne-digne ! les clochettes chinoises ! Il pousse le verrou de sûreté.

— Pas possible d'emmerder le monde comme ça !

Dehors, on l'aperçoit le client. Il a trébuché sur le trottoir... il s'est relevé... il vocifère... montre le poing ! Il menace d'aller se plaindre chez les flics... au commissariat ! Auguste ça ne lui retire pas la cigarette du bec. Les lardus, s'ils connaissent « La Lanterne magique » ! On la leur balance régulièrement... les voisins, les jalmincés... c'est devenu une routine. Ils enregistrent et puis ça va dormir dans un dossier, comme les fameuses *recherches dans l'intérêt des familles*. Le dab, avec les poulets, il s'arrange toujours. Il les possède à tous les vices. Même les pèlerines, les flics cyclistes, il sait ce qu'il leur faut comme carburant. Lorsqu'ils passent par ici, en ronde... ils viennent se désaltérer. Il les appelle sur le pas de la porte... les vaches à roulettes... il les sifflote... Hop ! leur glissarès une petite boutanche sous la cape. Il connaît le langage qu'il faut employer avec eux... celui des fleurs, ils s'en battent plutôt la tunique !

C'était l'époque des collections de porte-clefs. Pendant un ou deux ans une manie s'était emparée d'un tas de minus. Les fabricants de gadgets s'en donnaient. Ils multipliaient les modèles... en plastique, en aluminium, en caoutchouc. On en distribuait dans les pompes à essence. C'était devenu obsédant. Il en revenait pas, Auguste, qu'on puisse imaginer qu'il fourguait lui aussi des porte-clefs. Ça le vexait sec... il se sentait déshonoré.

— J'ai pas une gueule, moi, à vendre de pareilles conneries !

Dans l'indignation, il se répète... il en a pour le reste de la journée, tel que je le pratique. Avec tout ça j'ai perdu le fil de ma narration. Le docteur Mouchetouf, j'en ai pas tout à fait fini avec lui... j'y reviendrai. Dans un sens il en vaut la peine... comme guignol médicastre, il pouvait se faire couronner roi. Vulcanos, il avait eu bigre raison de l'emboîter pendant son numéro de saltimbanque. L'incident avait fait des gorges chaudes dans notre petit univers, notre petit Clochemerle tubard. Pour une fois, la Mère supérieure Théodule, elle a trouvé la sortie de Vulcanos au théâtre tout à fait de bon aloi. Elle se grattait pas tant, elle, pour dire tout haut qu'elle trouvait les exhibitions du docteur Mouchetouf parfaitement indécentes... indignes d'un homme de l'art... que son papa Anatole devait du haut du ciel souffrir en regardant son fils chanter *Si vous connaissiez ma poule !*

Depuis un moment, à « La Lanterne » ce jour où nous évoquions nos souvenirs d'anciens des Colombes, l'Arsouille il réfléchissait... il cherchait quelque chose dans sa mémoire. Ce Frédo dont on lui parlait... ce mac avec sa nana travestie religieuse chez Madame

Louise, rue de la Pompe... Villa des Hortensias... ça
lui disait quelque chose. Il nous a demandé qu'on le lui
décrive le plus juste au corps. Blond... oui, mais il
avait pu blanchouiller de la crête avec l'âge... baraqué... les lunettes, l'œil un peu fixe. Une façon, je lui
précise, de s'exprimer un peu ampoulée gendarmes-
que. Il se voulait, Frédo, se prétendait instruit et
cultivé... il parlait même sans vergogne de son intelligence, qu'il la trouvait au-dessus de la moyenne. Il
affirmait souvent des vérités tout à fait premières mais
un peu comme s'il venait de les découvrir tout seul.
« Des vrais hommes, y en a plus lerche ! »... « C'est
toujours le plus fort qu'a le dessus. » « Un vicelard
trouve un jour un plus vicelard qui l'encule. » etc. Ça,
l'Arsouille, ça l'a éclairé... nulle gourance ! Notre
Frédo-la-casquette, il l'avait connu à Poissy pendant
un de ses stages de formation pas si accélérée que ça...
exactement le nôtre, un homme à nageoires, mais
simplement le blaze modifié en Freddy-le-rasoir... son
tout dernier sobriquet. Ça nous a pas tant surpris avec
Vulcanos... plus loin, je vais vous expliquer pourquoi.
Pour l'instant, l'Arsouille nous en raconte une sai-
gnante et surprenante. Une sacrée nouvelle en quelques lignes qu'on n'avait pas remarquée dans la
rubrique nécrologique de *Détective*... qu'il s'était fait
repasser, le Freddy-Frédo, à peu près l'année dernière
et pas du tout à Marienbad. On n'avait pas lu.
Vulcanos, sur ce sujet, ses clichés astrologiques lui
étaient pas venus. Une mort bien mystérieuse... un
corps dans un sac ficelé à la baille... repêché dans
l'Yonne par des mariniers... identifié grâce à ce cher

M'sieur Alphonse Bertillon, le célèbre promoteur de
l'anthropométrie digitale. Dans sa tronche, pour être
sûr qu'il surnage pas le beau Frédo, ils ont retrouvé,
les légistes, une jolie bastos de parabellum. L'enquête
se poursuit, bien sûr, depuis cette horrible décou-
verte... selon la formule. Seulement les limiers de la
Préfecture, ça les passionne pas terrible ce genre
d'énigme. Frédo, ses veuves viennent pas les relancer
dans leurs investigations, les inciter à faire diligence.
Ils se disent aussi qu'un voyou éliminé c'est en somme
du travail en moins pour leurs menottes.

— Pas étonnant, il ramenait trop. Il était dangereux, cet enfoiré, c'est pas une grosse perte.

Vulcanos, pour l'oraison funèbre de son rival en
biroute, il rejoint les flics à peu près. Moi, il me vient
l'idée cocasse d'un mac, un hareng dévoré par de vrais
poissons, des tanches, des anguilles, des gardons...
sans doute entamé par où il avait tant péché... ce
membre si actif dont il ne devait plus rester lerche au
moment où ces mariniers ont sorti le corps de la vase.
Vulcanos, je me goure qu'il pense à leur second
affrontement. Il ne va pas le raconter... il sait que je fus
témoin et qu'il n'y a pas eu le meilleur rôle. Ça le gêne.
Je lis dans son regard qu'il vaut mieux pas que je
m'étende sur l'anecdote ce jour-là.

Ici, maintenant je peux sur cette page. Ça a commencé, et d'ailleurs fini, sur la galerie de cure aux
Colombes. Une belle journée printanière. On trafique
quoi avec cézig? On torpille qui? On fourgue quelle
mauvaise camelote?... secondaire! En tout cas Frédo-
la-casquette est en bas dans le jardin parmi les fleurs,

celles que les frangines cultivent pour orner la chapelle
de la Vierge Marie. C'est pas des choses qui l'intéres-
sent, le Frédo... nous non plus, j'avoue à mon grand
regret. Ça aide à vivre pourtant les fleurs à la Vierge
Marie, à supporter l'humaine mortelle condition.

Qu'est-ce qu'il branloche dans les roses, les trémiè-
res... les dahlias... les lis et les orchidées, Frédo ? Il
n'en cueille pas pour sa Janine. C'est interdit et puis
c'est pas dans ses manières... ses dames, il les traite
directos au chibre, il trouve que c'est suffisant le plaisir
infini qu'il leur offre. Enfin il est là... il se promène, la
cure est finie... le chant des oiseaux, leur ramage en
fond sonore... un doux rayon de soleil pour nous
revigorer le moral, etc. Comment ça commence cette
altercation ? Le pourquoi ils s'interpellent les deux
champions, à distance puisque nous sommes, nous, sur
la galerie... accoudés à la rambarde. Sans doute
Vulcanos éprouve-t-il le besoin de lui envoyer tout
haut un de ces vannes... un de ces quolibets ambigus
dont il a le secret. Ça semble flatteur mais ça l'est
beaucoup moins. Ce qui le mettait hors à tous les
coups, Frédo... qu'on puisse douter de son intelligence, ça le touchait plus que les allusions perfides aux
grosses queues qui ne raidissent pas si bien que les
petites.

— Alors Einstein, tu gamberges ?

Quelque chose de ce genre il lui a balancé, clairon-
nant. La réplique...

— Einstein y t'emmerde !

Vulcanos d'abord, ça le fait marrer... l'autre en bas
qui l'affronte avec sa grivelle blanche sur le trognon,

son air buté derrière ses lunettes. Pour toute réponse, il lui tire la langue, ça j'ai bien le souvenir... et il l'agite... un petit truc lascif comme on fait parfois aux gonzesses pour les aguicher... leur signifier qu'on aimerait leur léchouiller un peu la chatte... Ça, il n'apprécie pas non plus, le Frédo... c'est en somme un outrage à sa virilité.

— T'as peut-être envie de me baiser ?

Ce qu'il lui rétorque. Il lui signifie de la main que s'il veut il peut descendre. Viens donc ! Vulcanos il se marre de plus belle... à travers son false, il s'attrape le pacsif... son service trois pièces... pleine pogne... il le lui montre...

— Si tu veux m'enculer, descends ! Amène-là ta belle bite ! Moi, je vais te la sucer !

Inattendue la proposition d'un *homme* du poids de Frédo. Le lecteur un peu marle en comprendra l'ironie sous-jacente ! D'ailleurs ça va devenir tout de suite l'évidence. « Viens que je te suce... » il lui réitère son offre. Seulement, de sa main droite, il a sorti prompt quelque chose... quelque chose qui brille au soleil... une lame de rasoir à main... le sérieux coupe-chou d'avant les Gillette, les Philips électriques... le bon vieux rasif utilisé depuis Jules César ! Une arme redoutable bien en pogne. On la tient par la lame, le manche replié... zip !

— Viens donc m'emmancher puisque t'as la plus belle bite du monde ! Montre-nous comme tu bandes bien !

Il nargue... il change son rasoir de main... rapidos... zip ! zip ! gauche-droite ! S'il a le geste vif... l'œil

féroce... fixe derrière ses carrelingues ! Maintenant y a
du monde au balcon... sur la galerie... des specta-
teurs... nos cophtisiques de la R.A.T.P... la Samaritaine... les petits employés modèles. Ils regardent le
Frédo, là, dans les fleurs... le soleil derrière lui... le
rasif en palûche.

— Alors, tu te déballonnes ? Tu veux pas nous la
montrer ta bistouflette ! Amène-la que je lui fasse une
caresse !

Vulcanos, il ne pipe... il zyeute l'autre dingue. Ça
reste un moment comme ça... tendu. Frédo qui
insiste... poursuit ses divagations provocatrices. Beau
être baraqué pithécanthrope, Vulcanos il n'ose s'aven-
turer, sauter par-dessus la rambarde pour aller affronter le rasoir dans les roses, les dahlias ! Il se rend
compte que son adversaire est bien foutu de le taillader
profond avant qu'il puisse le mettre hors d'état de
nuire. Il tient tout de même à rester la tronche intacte.
Il me prend à témoin finalement.

— Quel loquedu ce mec !

... hausse les épaules... retourne vers sa chaise de
cure. Frédo attend encore un peu avant de replier son
outil meurtrier.

— Les sauciflards, moi je les coupe en rondelles !

Ce qu'il crie, conclut l'affreux. Moralement il est le
vainqueur, aucun doute possible. Vulcanos, sur sa
chaise de cure, il s'efforce de sauver la face.

— C'est un dingue. Je peux tout de même pas le
tuer.

Je partage son point de vue, mais n'empêche, son
prestige, sa suprématie absolue de force et de zob était

battue en brèche. Les autres, autour, tous les cavestrons, les fromages comme il les appelait, dans le fond
ils étaient pas si mécontents de l'avoir vu baisser sinon
son froc, son pavillon... sa superbe... ne serait-ce
qu'un instant. Ils avaient tous un contentieux à son
égard... des loteries, des parties de poker où il les avait
tondus sans vergogne.

— Il menaçait tout le temps les gens avec son
rasoir... Fatal qu'il lui arrive une grosse couille.

Toute l'histoire ci-dessus, il l'évoque juste de cette
phrase lapidaire, n'est-ce pas... le résumé de l'existence malfrate de Frédo. La scène m'est revenue à
l'esprit, ultra accélérée, révélatrice lorsqu'on se noie, à
ce qu'on prétend. Ça le dérange un peu le mage, il lit
bien sûr mes pensées. Il sait, surtout lui, voyant extra-
lucide.

— Je l'avais prédit... tu te rappelles à Rusigny, sur
la cure...

J'approuve... je me souviens plus au juste s'il avait
prédit quelque chose sur la cure ce jour-là ! Possible,
après tout, je n'y avais pas prêté attention. A l'époque
je n'imaginais pas qu'il ait eu en plus des dons
d'astrologue, de devin. Il n'avait pas eu encore la
révélation. L'Arsouille, il est parfaitement d'accord
que ce Frédo était un dangereux frapadingue...

— Des êtres comme ça, on se demande pourquoi ils
existent. Eux-mêmes ils s'empoisonnent, ils sont
jamais heureux de vivre.

Ainsi parla Auguste ensuite... philosopha en dégustant son verre de clairette. Après ça... la journée s'embrume. On a été probablement se faire une galtouse au « Canard sauvage ». On jouait les prolongations de jactance interminable... jusqu'à plus soif et c'était difficile d'y arriver avec des champions lichailleurs pareils.

Frédo m'habitait, moi, pendant nos libations... il me revenait entre deux verres. Aujourd'hui, je suis bien le seul à l'évoquer encore ce malfaisant. Même les poulagas, ils ont rangé définitif son dossier, l'enquête sur sa mort pas si mystérieuse que ça pour peu qu'on soit au courant des us et coutumes truandiers. Il n'arrive pas malgré tout à m'être si antipathique, ce Frédo-la-casquette. J'ai du mal d'ailleurs, à présent, à trouver quelqu'un de vraiment haïssable. Avec l'âge me vient une indulgence amusée pour mes semblables. Ils s'agitent... ils veulent prouver qu'ils existent... ils se débattent avec le fric, le sexe, leur vanité. S'ils ne font pas de bruit, c'est déjà ça... je les trouve, même les assassins, assez pitoyables. Giscard-le-réformateur autant que Frédo-la-casquette. Plus que le spectacle qui m'intéresse... et certaines formes... les déguisements, la débagoule des uns et des autres. Je suis plutôt porté de tendance, de goût... surtout question jactance, vers Frédo que vers Giscard, voilà tout.

Donc nous avions appris la mort de ce beau spécimen d'hareng. Des éponges, il s'était rebecté au sanatorium des Colombes... P.A.S... Rimifon... Strepto... les triples associés, la thérapeutique miracle de l'époque. Il avait une forte nature pour résister aux

microbes. Il bandait, il m'a confié, à volonté. Hop! sa
queue se redressait. Un jour il nous a fait en public la
démonstration. On se promenait, quelques copains,
près du petit lac aux cygnes, aux canards. On jetait des
pierres pour faire des ricochets sur l'eau. Tout en
devisant, bien sûr, du beau sexe. Les femmes, lorsqu'on en est sevré en communauté masculine, on s'y
étend dans les parlotes... on se vautre furieux sur leurs
corps... on se vante de celles qu'on a tringlées dans les
trains de nuit... la belle inconnue dans le soufflet entre
deux wagons... le classique de la mythomanie des
mâles! Vulcanos était parti... renvoyé de l'établissement pour un scandale que je vous conterai plus loin si
j'ai la place. Depuis son départ, Frédo il était plus à
l'aise, cordial, il se livrait davantage. Justement, il
nous expliquait, là, son action quasi magique sur sa
quéquette. A la voix de son maître, hop! elle se
développait. Ainsi avait-il un pouvoir absolu sur la
gent demoiselle. Quelqu'un d'entre nous a eu l'air de
douter, de le trouver exagérateur... méridional... Tar-
tarin de braguette! Le sourire alors du Frédo... il s'est
arrêté... s'est planté devant nous. Je restitue le mieux
que mes faibles moyens littéraires me le permettent,
cet instant inoubliable. Le lac... la belle fin de journée
de juin. Autour la verdure... les oiseaux, toute l'en-
chanteresse nature toujours asticoteuse pour nos rêve-
ries de jeunesse.

— Tu veux des preuves, bite molle?

C'était un grand qui l'avait cherché... un nommé
Dupont qui revenait d'Indo... un parachutiste lui aussi
tout de même assez rouleur.

— Hue, cocotte !

L'ordre... il a un peu écarté les jambes, Frédo. A travers son false on l'a vu, de nos yeux vu, monter au zénith son engin... son légendaire braquemart enfin... lentement mais sûrement. Nulle contestation possible.

— Le triomphe de l'esprit sur la matière.

La morale qu'il en tirait cézig... même le R.P. Carré ne pourrait pas dire le contraire.

Au « Canard sauvage », je rapporte l'anecdote... je jure de sa véracité. Vulcanos veut bien me croire, mais alors j'ai été victime d'une odieuse supercherie.

— Il était bien capable, ce malade, d'avoir un truc dans son froc... un appareil...

Un gadget, on dirait maintenant. Je vais pas me mettre à discutailler avec le prophète... il gueule le plus fort, ça lui sert de raison... mais enfin bel et bien le zob de Frédo qui s'est mis à monter... pointer... énorme... obscène. D'un revers de paluche il l'a plaqué contre son bas-ventre. Certains autour ça les gênait cette exhibition. Nous n'étions pas encore à l'époque du ciné porno, des verges partout sur les écrans... éjaculant en gorge profonde. Alors, Frédo, sa démonstration tout de même pudique puisque voilée par le tissu de son pantalon, ça nous a paru assez obscène.

— T'es un beau dégueulasse, quelqu'un a dit... un inconscient.

C'est tombé, heureux pour lui, que Frédo était bien vissé ce jour... il n'a pas relevé. Et puis opportunément, pour dégager la situasse, moi j'ai applaudi ! Il y avait de quoi ! Un don pareil ça explique l'insoluble du

problème de la prostitution. A croire qu'il y a vraiment
un dieu pour les julots.

Ça lui restait en travers du froc pour ainsi dire, à
Vulcanos, cette sorte de suprématie de l'autre brigand.
Posthume, il n'avalait pas la pilule. Tout ce qu'il avait
éclusé depuis le matin !... le départ de son cabinet en
compagnie de Farluche ! Il s'est lancé dans les impréca-
tions... un numéro de jurons, de blasphèmes... d'en-
gueulades à la cantonade... la clientèle... au plein du
restaurant. Kerdoubec, le patron, derrière sa caisse, il
assistait ahuri, impuissant, au numéro du mage
déchaîné tout à coup. Pourtant il en avait connu de
sévères... toute sa carrière de bordelier... la rue Pen
Ar'stang à Quimper. Il avait pratiqué un peu partout,
en cet heureux temps de tolérance républicaine sous la
Troisième. Lui, il regrette Albert Lebrun et Gastou-
net. Il s'est conservé dans l'alcool, Kerdoubec Jean-
Marie. Il est un peu ratatiné... un peu fœtal... l'œil
globuleux, la lèvre humide sous une moustache impré-
cise. Ça m'entraînerait trop loin, ailleurs, de vous
reconstituer sa carrière à ce pur produit du terroir.
Dans son cas, je peux vous dire, aucune perversité... il
était devenu patron de claque par héritage comme il
aurait été n'importe quoi... épicier, louchébem, marchand forain... vicaire, si les curés avaient des enfants
légitimes.

Il a quitté la table, Vulcanos. Il distribue ses petites
cartes de visite aux clients, aux autres tables. *L'astrologue des grands de ce monde.* Il leur fout un peu les jetons
aux joyeux bâfreurs franchouillards alentour... les
enfants du cholestérol et de la pompe à essence. Ils sont

là, gras à lard, rubiconds... ils pensent aux vacances, qu'ils vont bronzer... le fin du fin ! Ce colosse velu, bateleur... ricanant... sapé de noir... ses yeux gris-bleu métallique... il les met mal à l'aise soudain. Les dames pourtant elles ressentent un frisson... les natives du signe du Cancer, des Poissons, Verseau ascendant Bélier, que sais-je ! Elles iront tout de même consulter, sans le dire à leur mari, Vulcanos dans son antre... mi-dieu mi-bête... sorte de Centaure. Il les ramène aux divinités païennes avec l'évocation bien précise de son chibre. Tous les augures, les ondes, la vérité du monde, il se les capte par la queue.

Farluche, s'il n'était complètement ourdé... si près de disparaître sous la table, il aurait matière pour sa biographie... mais il écoute plus, il est dans les vapes, il ne se souvient même plus de Doriot. Son ouvrage, je peux vous affranchir, ne va pas transporter feu Pierre-Henri Simon, le critique alors du *Monde,* dans un délire dithyrambique. Fur à mesure qu'ils poursuivent leur collaboration, Vulcanos et le Mikado, ce dernier décline, sombre de ce qui lui reste d'âme... de corps titube... l'esprit obnubilé d'alcool, abruti par les gueulantes de son modèle.

— Tu me suis ? Tu m'écoutes, merde !... Est-ce que tu veux être milliardaire ?

Certes, Farluche ça ferait plutôt sa botte. L'avance d'Ap'Felturk, elle est déjà évaporée dans des frais d'huissier... les plus criantes dettes... les besoins pressants. La dernière marotte de Vulcanos, il veut faire du Mikado un grossium... l'extirper de la fiente où il croupit, ce con, par fidélité *Meine Ehre hiess Treue !* à un idéal naufragé depuis quelques lustres.

— Si tu ne veux pas écouter Vulcanos, alors va te faire encaldosser !

Un silence... Il ajoute...

— Si tu trouves !

Ça, bien sûr, faudrait qu'il drague longtemps, Antoine, chemine de par les rues de la Goutte d'Or... traîne de tasse en tasse, des nuits et des nuits avant de trouver un amateur, un comme Frédo, bandant au coup de sifflet de son maître.

Vulcanos, à partir de la rédaction de son livre... sa biographie définitive... il en arrive, comme de Gaulle, à parler de lui-même à la troisième personne. « Tu veux croire Vulcanos, oui ou merde ? » Lui répondre « merde » ? Il a vieilli depuis le temps des Colombes, mais il peut encore vous foudroyer d'un coup de paluche... il a de beaux restes musculaires... encore des réflexes impétueux.

Même le complet fiasco de l'ouvrage, ça ne lui a pas ramené la galère vers le cap de l'humilité. Cette déconfiture, on l'a tous d'ailleurs imputée au seul Ap'Felturk... son manque de sens publicitaire, sa pingrerie, son incommensurable bêtise ! Toujours ce que prétendent les auteurs lorsque les clients ne veulent pas envoyer la soudure... que leur éditeur est en dessous de tout, minable... bon à lape définitif. Parfois c'est exact mais là, je dois reconnaître qu'Ap'-Felturk a fait plutôt le maximum, vous allez lire dans le chapitre suivant. Malheureusement Antoine Farluche, il torchait, sur un guéridon de bistrot, quelques pages

où il s'efforçait au style *France-Dimanche... Ici-Paris*.
Plutôt gêné aux entournures de la plume par l'œil de
son modèle. Il lui alignait rien que des éloges. Une vie
exemplaire de patriotisme, d'abnégation. Il saupou-
drait de larmes à l'œil... le miserere sans lequel de nos
jours aucune réussite n'est permise. Ça, ça ne lui venait
pas naturel, il en faisait parfois un peu trop, il n'avait
pas le tour de pogne, la manière. Il écrivait comme il
vous serrait la main, raide et brusque. Ça n'arrangeait
pas la sauce... la mayonnaise ne prenait pas.

N'importe... qu'Ap'Felturk se soit ramassé, ça ne
méritait pas qu'on s'y arrête. Il ne risquait pas, lui, de
se retrouver à la scaille... la péniche de l'Armée du
Salut, rue Cantagrel. Dame Véra veillait au grain...
qu'il dilapide pas toute sa fortune ! Elle le laissait faire
joujou à l'éditeur... un peu le mécène pour se distraire.
Pendant ce temps-là, disait-elle, on m'a rapporté, il ne
court pas les maisons clandestines, il ne rentre pas les
fesses zébrées de coups de martinet.

III

Le banquet des Léopards

> « *Heureux aussi l'écrivain qui s'éloigne des âmes rebutantes, quitte la réalité pénible et dépeint les caractères de belle distinction.* »
>
> GOGOL,
> *Les Ames mortes.*

Je finis par croire qu'il y a quelques dieux malins... quelques démons peut-être qui me veillent sur la plume. A plusieurs reprises ils interviennent dans mon existence, ils me font des petites blagues, des clins d'œil. Ils se pointent à point pour mes petites histoires, mes récits.

En Bretagne, lorsque je peux, je vais respirer l'air du large. Je mets mes éponges au sel pour qu'elles se conservent le plus longtemps. Je vous parle d'une époque avant l'horrible marée noire... la rançon diabolique de notre boulimie à tous de pétrole. J'écrivais juste ce qui précède... *Du côté de chez Vulcanos...* ma recherche du temps évaporé... l'anecdote de la mise en

loterie du poste Radiola ogival modèle 32, lorsque je
vais traîner ma carcasse dans une foire à la brocante, à
Pléneuf précisément, dans les Côtes-du-Nord. J'aime à
regarder les tronches des acheteurs, des badauds et des
badaudes et puis surtout celles des commerçants. Ils
ont plus ou moins la gueule de leur métier... les
charcutiers roses et porcins... les louchébems, leur côté
assassin sanglant aux bras velus... les boulangères aux
miches accortes... etc. Dans la brocante s'ils sont
douteux ! Je trouve, un peu louches, torves ! Ils font
intermédiaires entre les chiftirs cradingues et les
antiquaires précieux pédoques.

La pluie bretonne s'est mise à nous asperger genti-
ment... un petit crachin porté par le noroît. Je m'abrite
sous une sorte de tente, au milieu du bric-à-brac d'un
curieux trio de chiffortins qui m'attire irrésistible
depuis quelques minutes. Un papa, une maman et leur
rejeton... tous énormes, ventrus, quasi obèses. Le dab
à moustaches, ahuri alcoolique... la daronne qui
trône... toute sa graisse, ses bouffissures, dans un drôle
de fauteuil bancal parmi ses trésors, sa camelote
hétéroclite. Elle fume un cigare toscan planté dans ses
lèvres carmin... au milieu de sa face bouffie toute
maquillée, le plâtras sur sa crasse, ses bajoues. On la
sent, cette dabuche, conquérante... la patronne, la
souveraine de droit divin. Elle a pas attendu Gisèle
Halimi et Françoise Giroud pour s'affranchir, s'affirmer, s'assumer sa condition féminine. Le peu qu'elle
cause, elle ordonne et d'une voix pas tant avenante. On
sent que c'est un *homme,* cette femme-là... au sens où
l'entendait Frédo-la-casquette... pour ça que je vous le

mets en italique. A se demander si elle n'a pas, sous ses
grandes jupes, ses châles multiples, un fusil à canon
scié pour éloigner les malfaisants éventuels. Je vagabonde, je me plais à l'imaginer... sorte de Bloody
Mama. Son époux à moustaches gauloises, sa bedaine
ballottant au-dessus du false, il est juste là pour la
forme. Il a procréé le petit... il a plus qu'à fermer sa
gueule... ranger le fourniment dans la camionnette.
Oui, c'est bien le fils, le troisième personnage... le
portrait de la viocque. A peine vingt-cinq ans, déjà
aussi adipeux à bourrelets... la bouche veule mêlée
arrogante. Il est debout, lui, derrière le trône... en tee-
shirt marqué « *Chicago University* », comme c'est la
mode dans la jeunesse. On respire qu'il est la gloire de
sa maman... qu'elle l'exige toujours auprès d'elle...
qu'elle en a fait son petit prince, que c'est sa seule
raison de vivre, qu'elle le dorlote, le choye malgré
toute la vacherie exprimée sur son visage. Elle le gave
de lard, lui prépare des pieds panés, des frites ! Ils
sentent un peu, je m'approche... le graillon dans cette
charmante famille. Pour mieux les observer, je fais
semblant de m'intéresser à leurs marchandises. Ils ont
des lots de vieilles cartes postales... des postiches... des
bibelots ! Des choses qu'Auguste n'aurait jamais vou-
lues dans sa « Lanterne », des rogatons, des rognures
de fête foraine pas possibles ! Et tout à coup, je tombe
en arrêt... merde ! c'est lui... c'est le Radiola, le poste
ogival !... Le même modèle ! Il est là, sur une petite
table de nuit, derrière la daronne. Faut que je me glisse
entre deux tables couvertes de piles de vieux bouquins,
de tasses, de vases, pour l'atteindre... je risque de

renverser la quincaille, de basculer la quinquagénaire sur son fauteuil... la Ma Baker !

— C'est combien votre poste ?

... je m'entends lui demander... oh ! je vais l'acheter ! Il est ici par la grâce d'un de ces dieux marioles qui me font des avantages au fur et à mesure de mes livres... qui me comprennent beaucoup mieux que les meilleurs intentionnés critiques. Elle se détourne à peine, la gravosse, elle me répond sans se sortir le cigare toscan de la bouche.

— Il est vendu. C'est une pièce rare.

Je m'approche tout de même. Il me fascine son poste. Le fils se déplace, aimable, pour me laisser passer. Il m'invite à le regarder de près.

— Des comme ça, on n'en trouve presque plus. Ça vous intéresse les vieux postes ?

Il m'interroge. Dans sa camionnette, si je veux voir, il en a un autre... un modèle encore plus ancien. Non, non ! c'est celui-là qui m'intéresse. J'étais prêt à le payer bon prix. Je me crois victime d'une hallucination. Encore plus fantastique que je m'imaginais ! Je le détaille... la ressemblance ? On dirait vraiment celui gagné jadis aux Colombes par le marquis Tranche d'Hérécourt. Incroyable ! Je le soulève... c'est lui... aucun doute ! Il est bancal exact... le souvenir me vient, n'est-ce pas... à sa base, un des côtés, pour ainsi dire un pied lui manquait. Je l'avais moi-même rafistolé avec un morceau de liège, il me semble vous avoir noté ce détail. Il y est encore ! Ça ne peut pas en être un autre ! Je le retourne... le contourne... je vacille. Je viens juste d'écrire minutieux l'histoire de cette tombola restée mémorable aux Colombes. Une de nos plus célèbres arnaques avec Vulcanos... dont on a jasé sur les cures longtemps encore après notre départ. J'ai su par l'abbé Morlane qui est devenu, le saint homme, un de mes lecteurs indulgent et assidu. Il est venu jusqu'aux enfers me rendre visite... à même « La Lanterne » certain soir. Un cureton, Auguste a voulu l'arroser. Arrivé à jeun, sans péché sur la conscience, il est reparti intempérant en zig-zag vers sa paroisse.

— Où l'avez-vous trouvé ?

Je pose cette question plutôt indiscrète à la dame, l'obèse reine brocanteuse. Je la fais se retourner. Elle pivote sur son trône... c'est un vieux fauteuil de dentiste, je ne m'étais pas bien rendu compte. Ainsi, sans se remuer la couenne, elle appréhende tous ses étals... elle peut gaffer, telle une grosse mouche, les chouraveurs éventuels.

— Il est vendu que je vous dis...

Je lui ai mis la méfiance en éveil avec ma conne question... elle est en quart, elle me zyeute mauvais derrière la fumée de son cigare. Dans toute sa came, tout son fourbi, certain qu'elle a des bricoles qui ne voient pas le jour. J'aurais dû, moi, y penser... des objets qu'elle a acquis à très bon prix sans trop s'occuper de leur provenance. Chez les broques y a tout de même pas mal de fourgues. Si je connais la corporation ! Des années, toute ma jeunesse, ils furent en quelque sorte mes patrons... comme aujourd'hui les éditeurs, les producteurs de cinoche. Maintenant comment la rassurer, cette gravosse, lui expliquer que mon indiscrétion est d'ordre historique et littéraire.

L'homme intervient, le prince consort, avec son bide de femme enceinte.

— Un lot... dans un château.

Il grogne sous sa bacchante. Si je lui demande en plus quel château, cette fois il va m'envoyer rebondir. Existe-t-il un château d'Hérécourt ? Il me semble bien qu'il nous en avait parlé le marquis Tranche. Seulement à l'époque où il était au sana, la fin de sa vie, il était déjà liquidé son castel... devenu musée... propriété de la République... destiné à recevoir je ne sais quels malades sociaux. Je rêve. Ce poussah m'a dit un château comme il m'aurait dit n'importe quoi. Je regarde encore le poste... je me le savoure visuel sous toutes les rainures. Derrière moi, je les devine anxieux, la petite famille, le papa, la mama Bloody et son petit prince. Ils se demandent si je ne serais pas des fois le commissaire Gévaudan en vacances.

— Ça fait très longtemps qu'on l'avait dans notre réserve à Dinan. Il a pris de la valeur avec les années. Remarquez, il ne marche plus du tout... ça peut juste servir pour faire un décor.

Ça, je le sais qu'il marche plus. Il a pas besoin de m'expliquer. C'est un ancien combattant... il a fait la bataille de Radio-Londres et on l'a achevé avec Vulcanos. On lui a fait la respiration artificielle : le bouche à bouche en vain !

— Vous l'avez vendu combien ?

Il hésite le dab, il consulte médème du regard. Ils doivent se demander à présent si je ne suis pas un espion fiscal. La race se développe... dans un proche avenir la moitié de notre douce France caftera l'autre aux polyvalents... ça sera enfin l'égalité, sinon la fraternité, instaurée pour le bonheur de tous et de toutes !

— Mille cinq cents francs... Vous aurez du mal à en trouver un autre pour ce prix-là !

En somme, le marquis, on ne l'avait pas volé ! Vulcanos avait raison d'avoir la conscience sereine. S'il avait vécu, Tranche de Gail, et qu'il l'ait conservé son poste, aujourd'hui il ne serait pas lésé au bout du parcours. Pour cinq balles de mise, on pouvait dire que c'était un meilleur placement que la Caisse d'Epargne et de Prévoyance.

Ça vous fait gamberger une pareille retrouvaille. Le destin ? En quelles mains était-il passé ce vieux Radiola avant d'aboutir dans le bazar de ces adipeux ? Où allait-il aboutir maintenant ? Qui m'avait placé sur sa trajectoire à nouveau ? C'était tout de même pas le fait d'un pur hasard... la chance sur un million... qu'on se retrouve comme ça en Bretagne... que j'aille justement dans cette foire et qu'il pleuve, que je m'abrite précisément à cet endroit ? Ça fait pas mal de coïncidences. Je vous parlais des petits dieux malins, plus haut, qui s'occupent à me jouer des tours. C'est peut-être l'âme de mes copains morts... Auguste le Lanternier, Gen Paul ou Dédé Hardellet qui se baguenaudent dans les infinis, qui se distraient en me montant des tours, des coups fourrés. A moins que ce ne soit le fantôme du marquis Tranche qui m'ait conduit devant

l'objet, la preuve de mon truandage. Tout est possible,
même l'intervention astrale de Vulcanos.

Lui, en tout cas, il avait fini par me faire croire à
l'influence des signes du zodiaque, aux forces mysté-
rieuses, au fantastique... par vaincre mon incrédulité
foncière, mon vieux scepticisme d'écolier laïque. A
présent je crois à tout... les esprits viennent me rendre
visite. Je dialogue encore avec Auguste, je le retrouve
lorsque les vivants me fatiguent trop avec leurs slo-
gans, leurs phrases toutes faites, leurs bêlements de
moutons hargneux qu'ils prennent pour des rugisse-
ments de tigres.

Vulcanos, je m'excuse de vous l'avoir retracé plutôt
au cours de scénettes où il s'en donnait dans l'exubérance graveleuse. C'était un être riche... à mille
facettes. Question voyance, divination... il participait
du surnaturel... je ne peux pas nier ! *L'homme qui dit
toujours la vérité...* Dans les revues spécialisées, il
s'annonçait de la sorte sur plusieurs colonnes avec son
portrait, sa photo de face... l'œil scrutateur... énigmatique. Je rencontre assez souvent encore aujourd'hui
de sa clientèle... des hommes, des femmes qui m'affirment tout lui devoir... leur vie, leur bonheur ! « *J'étais
prête à me jeter de la deuxième plate-forme de la tour
Eiffel lorsque j'ai vu la photographie de Monsieur Vulcanos dans* France-Dimanche. *Tout de suite j'ai compris
que c'était cet homme qu'il fallait que j'aille voir.* » Et la
dame consultante a retrouvé la joie de vivre ! Des
couples se sont unis grâce à cézig... des enfants sont
retournés chez leurs parents. C'était un bienfaiteur,
malgré tout, de l'humanité souffrante. Pourtant il se

privait pas de les rudoyer ses clients... il les traitait, le langage... fallait entendre !

— Dans six mois... Baoum ! vous êtes au zénith ! Vous dominez vos adversaires... Jupiter-Soleil ! Bada-boum ! Vous les casez tous, madame ! Pan ! dans l'oigne, vous le leur mettez, en vérité je vous le prédis avec un gode ! Ils en redemandent ! Mercure dans le décan saturnien...

... etc. maintes fois j'ai entendu ses consultations. De la cuisine où il me laissait avec Max, son clébard. Il suffisait que j'ouvre la lourde doucement... tout me parvenait... sa voix stentoresque.

— En vérité, Vulcanos vous dit d'avoir confiance. Bientôt vous entrez dans une période bénéfique.

Des gens qui traînaient les divans de psychanalystes depuis des années, Vulcanos en une seule séance il vous les remettait entier d'aplomb... vraoum ! S'il avait tututé un peu avant quelques Ricard, quelques scotches, il n'en était que plus persuasif. Moi, ses prédictions, il me les donnait la plupart du temps au téléphone. Il m'appelait, ça le prenait, à n'importe quelle heure... de grand matin.

— Je viens de travailler sur ton thème. Fais gaffe en ce moment, y a une gonzesse qui te veut du mal !

Ça ne loupait pas... dans les huits jours, je récoltais une plaie, une bosse, je me cognais fatal à une bonne femme. Ma concierge qui débagoulait des horreurs sur mon matricule ! Une journaliste qui tartinait de fiel un article ! Une comédienne, dans un film, qui me tirait la bourre auprès du metteur, qui ne voulait pas dire mon texte ! Qu'il m'ait remis ce poste sur mon chemin

jusqu'en Bretagne, à bien réfléchir, c'était dans ses
manières. Il se rappelait à mon bon souvenir. Ça ne
pouvait pas être Auguste qui n'avait entendu parler de
cette histoire de loterie truquée que par ouï-dire.
Plutôt dans les beuveries, les bistrots, je le retrouve lui.
Il me tape sur l'épaule... un frôlement... je lui remplis
un verre... Je vais le poser dans un coin discret si
possible. Je me retourne et pendant ce temps il se
vide... par petits coups ! Ça, ça ne peut être que le
Lanternier. Il a une perme de purgatoire pour aller
licher un peu... enfin je suppose...

Ça a duré plus d'un an la rédaction de la biographie
de Vulcanos. Des hauts et bas... saouleries, fâcheries.
Le mage, tout de même, il y est arrivé à lui faire
pondre ses deux cents pages machine au Mikado. Il
venait taper son manuscrit à « La Lanterne » sur un
tacot Remington... un vrai modèle de musée qu'Auguste louait pour les films 1900. Ap'Felturk de temps
en temps manifestait son impatience. Ça devenait
coton de lui soutirer quelques piécettes à cézig.
L'opération *Bibi Fricotin* avait rendu son maximum.
Auguste, pour le lancement, s'était fendu d'une grande
fiesta... l'organisation... un cocktail monstre à même
« La Lanterne ». Toute la presse... des invités de
marque. Jusqu'à des flics en uniforme, loués pour
assurer la surveillance des personnalités... le service
d'ordre à la porte. Ap'Felturk, à ce moment, il a
commencé à me courir sur les bretelles, ce nave borné.

Il trouvait nos additions lourdes. S'il le fourguait si bien son ouvrage, c'était tout de même parce qu'on lui en assurait la promotion artistique, Auguste et moi. En définitive, on ne le truandait pas tant ce richissime abruti. Je lui avais amené toutes mes nouvelles relations de presse, de cinoche, de belles lettres... jusqu'à des télévisions. Plutôt j'avais envie, à présent, de l'éjecter de mon paysage. Je l'avais assez vu... savouré copieux son potentiel poétique. Je m'occupais d'un nouveau monstre, celui-là sacré... Jean Gabin... un film de gangsters à lui rédiger sur les deux colonnes. Ceux qui furent à cette besogne sont seuls susceptibles de me comprendre... Pépé-le-Moko, fallait être aux petits soins de plume pour sa jactance septième artiste... lui calibrer toutes ses répliques.

Cependant je me devais à Auguste et à tous mes compères lanterniers puisque j'étais en quelque sorte la cheville, l'instigateur, promoteur de la biographie de Vulcanos... accomplir ma mission jusqu'à son terme.

Auguste, dans ses relations, il avait toute une franc-maçonnerie... les *Léopards,* elle s'intitulait. Une sorte de taste-vin, des gens du meilleur monde tout à fait qui se réunissent deux trois fois par an, qui se déguisent en chevaliers du Moyen Age... en gentes dames et nobles damoiseaux. Il a eu l'idée alors qu'on fasse le lancement du bouquin avec leur concours. Certes, ça n'avait pas grand-chose à voir avec la vie de Vulcanos mais n'importe, l'essentiel c'était de mobiliser le plus de guignols mondains possible. Ap'Felturk, ç'a eu l'heur de le botter au premier abord. Il en a parlé à Véra, le soir sur le traversin, et il est revenu dans les enthou-

siasmes. La confrérie des *Léopards*... justement
mémère, elle rêvait de s'y introduire ! Alors notre
projet... *in the fouillouse !* Ça a dépassé les pronostics les
plus optimistes du dab. Félicien, il l'a fait inscrire avec
son épouse, au *Léopard's club*... une procédure accélérée... vu leur fortune, leur yacht, leurs toiles de
maîtres, ça ne présentait aucun obstacle. On pouvait
ensuite prévoir dans le grandiose... un banquet
extraordinaire avec les *Léopards,* leurs léopardes au
complet, la presse, la téloche, le Tout-Paris. Pensez si
Auguste l'a poussé à la roue notre mécène ! Il allait, lui,
s'occuper de tout encore une fois. Ce qu'il fallait pour
marquer les esprits... faire un véritable repas moyenâgeux... tout à fait comme au XIIIe siècle... un cerf entier
à rôtir... des sangliers... qu'on découperait devant les
convives... des ripailles gargantuesques ! Tout le
monde sapé en contemporains de la guerre de Cent
Ans. On allait éblouir toutes les télévises, les journaux... un événement digne des festivités du marquis
de Cuevas. Avec Vulcanos comme roi de la journée, on
ne pouvait pas louper notre coup. Cézig, il avait
l'étoffe, les épaules à soutenir la vedette... il était sa
propre fusée porteuse.

Restait à dégauchir l'endroit où se déroulerait notre
foiridon. Félicien proposait le premier étage de la tour
Eiffel, mais Auguste il ne s'y voyait pas... ça ne lui
disait rien du tout. Il a fait remarquer judicieux que le
cadre ne convenait pas au Moyen Age...

— Pourquoi pas l'Arc de Triomphe pendant que
vous y êtes !

Il s'est chargé de nous trouver l'endroit adéquat...

une ancienne abbaye dans l'Yonne transformée en
hôtel-restaurant par une relation à lui... Roberto
Pegazzi, un Rital tout à fait à la coule de tout ce qui
peut se faire, se tortiller, se défaire... un super
vicelard ! Pareil banquet, ça représentait un joli pactole, un bénèf appréciable pour le traiteur. Probable
que Roberto filait à Auguste son petit pourcentage...
quelques fleurs en billets de dix sacs. En outre, celui-ci
était rémunéré par Ap'Felturk comme grand ordonnateur des réjouissances. Ça nécessitait du goût, de
l'initiative, une organisation minutieuse, des préparatifs infinis... ne rien laisser à lurelure ! On a été chez
Roberto, à l'Abbaye des Saints-Innocents... déjà becter, voir les lieux... se rendre compte avec Ap'Felturk,
le vicomte de Casteuil, grand maître de la *Confrérie des
Léopards,* un gastronome réputé le prince Edgar, et
puis un réalisateur de télé qui devait tout filmer... faire
une émission grandiose... tout mettre en boîte pour
l'avenir... nos enfants... le témoignage inappréciable.

Le cadre... l'enchantement de l'esprit ! On ne pouvait pas dégauchir plus idoine pour notre médiévale
sauterie. Un prieuré de Bénédictins... XIe ou XIIe siècle... de l'art précisément *clunysien !* Auguste, on
pouvait lui reconnaître toujours son bon goût, son sens
esthétique, sa culture fabuleuse. Dès sur place, après
avoir dégusté un petit Chablis des familles, il nous a
étalé sa science, l'air de ne pas y toucher... de sa voix
traînasseuse. Le vicomte de Casteuil, il avait beau
descendre des Croisades, question art roman, Auguste
s'est mis à tout lui expliquer... lui faire découvrir les
tours carrées, le portail, la nef... les voûtes quart de

cercle... les chapiteaux... il lui faisait remarquer la
pureté des lignes, des volumes... y avait pas à contester. Le Vicomte il en a pris plein les châsses, plein
l'écusson.

— Cher ami, je vous félicite ! Cette idée de nous
amener ici est tout bonnement miraculeuse !

Ce qu'il a déclaré à Auguste, qu'il était ému, qu'il
sentait, il ne savait au juste... ses ancêtres derrière les
murs. Là, monsieur de Casteuil, on pouvait pas se
douter de sa réelle noblesse, il n'avait de croisé que son
costard fil à fil... il en imposait moins qu'en tenue de
cérémonie, comme on le verra plus loin... son accou-
trement de grand maître Léopard... la houppelande de
velours grenat... son bonnet avec crête et retombée...
sa grande médaille d'or de l'Ordre !

La caméra de la télé drivée par un journaliste nous
filmait déjà, nous suivait pas à pas... j'allais omettre, ça
a tout de même son importance. Le prince Edgar, le
gastronome, lui il était déjà venu traîner sa panse au
Prieuré, il connaissait tous les petits plats de Roberto.
Dans les rubriques de mangeaille, à l'époque, il faisait
autorité, d'où son titre de prince. Ç'aurait pu d'ailleurs
être une princesse, il en refilait à pleine jaquette, le
joufflu... il se maquillait un peu les yeux, cachait sa
couperose sous le fond de teint. Auguste l'avait fait
venir à cette répétition en tant que conseiller technique
des agapes. Ils s'étaient connus au front en 18, puis
retrouvés ensuite à Montparnasse dans les années dites
folles... au « Dôme », à « La Coupole » où ils avaient
fréquenté Soutine, Léger, Foujita, Modi... tous les
grands peintres de l'époque qui avaient déterminé

Auguste dans sa carrière de faussaire. Edgar, lui,
s'était spécialisé gastronome et il avait tellement pris à
cœur son métier qu'il n'arrivait plus à véhiculer son
bide après quarante piges de pratique. Il sortait d'une
voiture... juste il avait la force d'aller s'asseoir à une
table. On lui préparait un siège spécial, un grand
fauteuil pour carrer ses grosses miches. Il y arrivait
soufflant, exténué. Vite, on le requinquait à l'apéritif... au cocktail maison ! Dans toutes les bonnes
taules, les tables réputées, on l'entourait des plus
grands soins... la nuée de larbins derrière cézig,
prévenant ses désirs... toujours tous prêts avec un plat,
une bouteille, un verre, une serviette chaude... un
éventail ! Tellement il était bouffi, envahi par la graisse
qu'il avait du mal à jacter, il perdait sa respiration entre
les syllabes. On n'arrivait pas bien à le suivre. On
abandonnait rapidos d'ailleurs, on le laissait marmon-
ner, bafouiller dans le vide. De toute façon, ça ne
changeait rien à ses critiques qu'on l'écoute ou non.
Sur la question de la tortore, il était incorruptible...
inflexible... il avait passé l'âge de se compromettre,
même pour un minet suceur, un petit groom dont il
raffolait, la vieille tante !

Roberto, s'il avait soigné son menu !... rien laissé à
l'improviste. Lui, son style, son genre, il se voulait
tout le contraire du Prince... séducteur dé dams ! Sa
fine moustagache, l'accroche-cœur au front... l'horten-
sia à la boutonnière. Il en rajoutait un peu trop à mon
sens, il faisait *bel canto,* Scala de Milan... je veux dire
ténor... Don José !

Rien que cet essai question bectance... les hors-d'œuvre, les foies gras truffés... les terrines... le saumon... volailles en gelée... j'étais déjà au bout de ma fringale. Incapable d'avaler la suite... de me goinfrer pareil ! Je n'y ai aucun mérite, notez bien... simplement mon estomac crie tout de suite grâce... si j'insiste, ça me conduit invariable au refil... toutes les plus délicieuses tortores rejetées aux gogues. Je voulais pas donner ce spectacle à la caméra épieuse derrière nous. Je vous rappelle... toujours en action autour de la table où nous goûtions, dégustions, comparions... les préparatifs du banquet. Auguste tenait à ce que nous ne fassions aucune erreur. Il discutaillait ferme avec le Prince, avec Ap'Felturk. Lui, il y allait allègre au foie gras, à la caille farcie... il s'engloutonnait les victuailles. Il desserrait son bénard, en lousdoc, je l'ai remarqué... les boutons du haut de sa braguette.

— Que pensez-vous de la faim dans le monde, monsieur Ap'Felturk ?

Brusque, la question vicelarde du petit journaliste de l'O.R.T.F... le micro présenté devant notre bienfaiteur... la caméra en gros plan. C'était, à cette époque, toute une campagne dans la Presse, sur les ondes, les écrans... à propos de populations décimées par la famine... au Biafra... au Pakistan... au Bangla Desh... je ne sais plus exact les bleds où ça clamsait par centaines de mille. On faisait des quêtes. C'est périodique... le monde occidental, de temps en temps, s'il n'apaise pas les ventres creux du Tiers Monde, il se passe un peu de baume sur la mauvaise conscience. Ça dure quelques jours et puis on passe à autre chose, on s'intéresse subit aux petits phoques... aux chiens-

chiens de laboratoires... aux prisonniers de droit commun... aux jeunes filles inavortées !

Ap'Felturk, juste à l'instant de cette question, il se tapait de la moelle de bœuf à la cuillère... ça dégoulinait de toutes ses babouines... pas eu le temps de s'essuyer. J'ai eu le privilège ensuite de le voir à l'image... la séance de rushes... un zoom taquin !... Plof ! sur pépère et la voix off du journaliste... « Que pensez-vous de la faim dans le monde ? » Il est resté deux secondes surpris, les yeux tout ronds... puis il s'est repris, il a souri, béat, heureux...

— S'ils ont faim, eh bien tant mieux !... ça prouve qu'ils ont de l'appétit !

Aïe ! Aïe ! L'abruti !... Si j'ai entravé la vape ! Notre télévision, elle se retournait contre nous... le sale piège ! Faut s'attendre à tout des journalistes mais, là, il faut dire qu'il avait beau schpile le lascar. L'image, le texte... le choc ! L'autre crétin goinfre en flagrant délit, la moelle sur le toast... luisant de graisse ! Tellement scandaleux, choquant, outrancier qu'on l'a jamais vue aux lucarnes, cette émission. A la direction ils l'ont jugée inopportune. Ils avaient accepté l'idée d'une bluette, un petit divertissement filmé sur la bonne table et d'emblée ça devenait une machine de guerre, une provocation, un truc à ameuter toutes les bonnes âmes en quête de juste cause à défendre.

Ap'Felturk, lui, il ne s'était même pas rendu compte du galoup... de ses conséquences. Il a poursuivi son repas tout à fait hardi... enthousiaste... à la vive fourchette... Hop ! il déglutissait... il pensait plus à l'addition. Il ne lésinait plus sur nos projets... le

nombre des convives... les vins... les cartes d'invita-
tion luxueuses sur bristol, avec une reproduction d'un
tableau de Breughel l'Ancien... un repas campagnard
adéquat ! Ça s'annonçait sous de bons auspices...
n'était cette télévision qui m'inquiétait un peu tout de
même. Le prince Edgar nous bafouillait ses conseils, ça
n'arrivait plus à sortir de sa bouche... les paroles
restaient coincées dans le Maroilles, le Livarot... ça ne
descendait plus malgré le Pomerol. Au dessert, à
l'omelette flambée... il a fini par s'endormir... sur son
triple menton... la tronche qui s'enfonçait dans le
saindoux.

— Laissez-le. On le réveillera au moment du
départ.

Auguste connaissait son habitude de s'enroupiller à
la fin des repas, au Prince. Valait mieux pas le
déranger... tout ce qu'il avait ingurgité en pâtés,
viandes, légumes, fromages... arrosés de vins généreux... c'était difficile de lui filer la locomotive. Il s'est
mis carrément à ronfler... un sommeil si profond qu'on
pouvait parler très fort sans le déranger. On en a même
profité pour le dégrainer un peu, ce gros tas... surtout
à cause de ses tendances à détourner les petits garçons.
Ap'Felturk, il se demandait si c'était lui qui misait les
mômes ou l'inverse ? Toujours la question à propos des
pèdes ? Dans le cas du prince Edgar, la seconde
solution me paraissait plus probable... en considérant
son énorme bide, tous les plis les uns sur les autres, ça
me semblait difficultueux qu'il puisse en extirper son
instrument si long soit-il. Ma remarque, le Vicomte
m'a fait l'honneur de la trouver fort judicieuse. On en a

conclu que c'était lui la dame dans les ébats, qu'il mordillait le traversin. A l'envers ou à l'endroit, de toute façon c'était monstrueux à imaginer... cet hippopotame ! Les minets, pour lui planter leur affection entre les miches, fallait qu'ils soient outillés spécial, l'âme bien chevillée à la perspective du *petit cadeau !*

Vulcanos, Auguste n'en avait pas voulu à la répétition. Cette séance préliminaire, ça ne faisait pas partie de ses attributions. On se la donnait à mort... qu'il aille pas nous effaroucher le prince Edgar, le vicomte de Casteuil. On leur a juste parlé de ses dons de voyance pour les allécher. On le leur gardait pour la bonne bouche, la surprise du chef, en quelque sorte. Ils le verraient... toute sa splendeur, lâché parmi les invités, le jour de la fête.

Il est arrivé... de toute façon, il devait faire date. Peut-être pas comme Ap'Felturk l'avait prévu. Nous non plus d'ailleurs. Entre-temps, dans les huit quinze jours qui précédèrent, il s'était passé des événements assez importants. Au cours d'un dîner... un couscous chez Kerdoubec... une imprévisible algarade avec notre mécène ! Je suis de nature plutôt tranquille, l'âge venant... je laisse pisser le mérinos dans la contrebasse... j'écrase, le plus souvent je fais le sourdingue... je bigle... je respire plus que les roses... j'attends au bord de l'oued le cadavre de mes ennemis. Il en passe, certes, mais aussi celui des amis ! Tout s'apaise avec le temps... la bite et les humeurs assassines. Les pires

venimeux propos vous indiffèrent. C'est pas si réjouis-
sif, à vrai réfléchir. Les passions c'est la jeunesse... les
élans du cœur, du sexe... l'indignation... la colère. En
tout cas, ce soir-là, je n'avais pas encore atteint le degré
de sérénité suffisant. J'aurais mieux fait de serrer les
freins ! C'est parti d'une histoire de gros sous encore.
Ap'Felturk, il nous entretenait des frais énormes que
ça lui occasionnait, ces futures agapes médiévales. Il
pleurnichait sur la vie chère... l'inflation... sur des
revers qu'il avait eus ces temps derniers en Bourse. On
était avec Auguste et quelques copains... Jo Dalat, je
crois... Claude Berri, le metteur en scène de cinéma...
l'Arsouille peut-être... je ne sais plus les autres.
Kerdoubec, il nous avait préparé un couscous royal
avec sa fatma... une serveuse marocaine qui était
devenue sa maîtresse et petit à petit la réelle taulière du
« Canard sauvage ». Une renversée spectaculaire. Au
départ il l'avait prise à peu près comme esclave et, à
présent, Leïla fallait entendre comme elle lui jactait...
le traitait d'ivrogne devant tout le monde. Donc, ce
fameux couscous... sur la table arrivaient les brochettes d'agneau... la semoule... la sauce au piment avec les
pois chiches. On s'humectait au Mascara... que la
semoule passe mieux ! Tout allait bien, n'était
l'Ap'Felturk qui me gonflait l'humeur avec ses jéré-
miades sur la dureté des temps. Ce triste enfifré était
venu au monde... ses premiers cacas, il les avait faits
dans le coton, la soie... avec douze bonniches pour les
lui essuyer. Il vivait depuis toujours gras, rose...
toujours tout braisé dans la gueule... les faisans sur
canapé... les cailles rôties... le Dom Pérignon... le vieil

Armagnac ! Il rotait de la truffe... pétait du gigot...
dégueulait le caviar en trop-plein ! Jamais dans toute
son existence, il n'avait eu cette petite crampe qui vous
tenaille au mitard... ce désir, je ne sais pas ?... de
manger une orange... d'en rêver... d'avoir envie d'une
cigarette, d'un pastis... d'une tablette de chocolat.
Jamais il n'avait eu, ne serait-ce qu'une minute, la
hantise de ne pas pouvoir décher sa note de gaz... sa
piaule... tout ce qui était, ou avait été, plus ou moins le
lot de tous les compagnons de « La Lanterne ». Ça m'a
fait monter... bouillir la cafetière de l'entendre. C'était
pas dans nos habitudes de nous plaindre. Ça sert à
quoi ? Qu'est-ce qui lui prend à cet Ap'Felturk ? Son
fric, il en distribue un peu... c'est tout à fait normal...
à peine c'est de la charité... la minime rançon de ses
gras privilèges. Il n'a jamais rien gagné, ce fromage...
ni avec ses mains, ni avec sa trogne, ses ruses ! Il n'a
jamais eu besoin de mettre en loterie les Radiola ! Il est
lourdingue borné... plat de la gueule !... il se conduit
porcin. Sans l'héritage de sa famille, il serait quoi ?...
poinçonneur de tickets de métro comme l'Alex du
sanatorium des Colombes, fossoyeur comme Coulardier le sodomisé de la 206 ? Je lui pose la question
abrupte. Tout ce qui précède, je le lui débite. Je suis ce
soir en verve au « Canard sauvage ». Je reste calme,
quiet... des jours, des mois. On me trouve pas assez
ceci... conforme à mes livres ! Aux télévises, je roupille
un peu dans tous ces débats, au milieu des postillons
qui s'échangent.

— Tu serais flic, tiens, je vais te dire, Félicien. A la
circulation avec un képi... voilà, ce que tu serais ! Et

encore tu te serais fait enculer par le brigadier pour avoir la place.

Il subit l'avalanche.., il s'y attendait pas... ma *blitzkrieg!* Il cherche à comprendre... il essaie de se défendre, de me rétorquer, il manque d'arguments!

— Les cinq cents sacs que je te dois, si c'est comme ça, tu les auras pas.

Tout ce qu'il trouve, l'ordure! Il me doit encore, c'est exact, cinq cents bardas... cinq mille *nouveaux francs*, mon pourcentage sur les *Bibi Fricotin*. Voici sa riposte sordide! Merde! Je l'agrafe par-dessus la table... les brochettes... la sauce... je le soulève... vlan! vlan!... l'aller et retour... deux va-te-laver cinglantes.

— Au secours!

Il crie... il veut ameuter... je poursuis mon offensive. Il se repère le plat de semoule sur la tronche. Ah! je vais le servir, le dégueulasse... j'attrape la soupière de sauce au piment. Il s'est reculé... a basculé... je ne sais plus. Claude Berri et Auguste m'attrapent au corps, au bras, me saisissent... m'empêchent... me repoussent sur mon siège.

Il s'enfuit Ap'Felturk... il fonce en braillant vers la lourde... il est tout couvert, souillé de semoule. Il a évité le pire, la sauce rouge pimentée bouillante!

— T'aurais pu attendre lundi...

Auguste, sa paisible conclusion, lorsque l'autre eut claqué la porte... dans le grand silence qui suivit, avant que toute la tablée barre en énorme marrade. Mais tout de suite je me reprends, je regrette déjà de m'être emporté. Kerdoubec et sa fatma s'affolent. Heureux

qu'il y a que nous dans la salle. Je m'excuse de mon
mieux, je vais les aider à réparer les dégâts, éponger la
semoule répandue. Kerdoubec, il a perdu l'habitude
des bagarres... ça le rajeunit, il en a vu bien sûr de plus
sérieuses, de plus sanglantes à ses débuts dans les
boxons à Brest avec les matafs.

Le grave, maintenant, je déduis... que je casse la
baraque avant la fête. Décemment je ne pouvais plus y
assister et Auguste, sans moi, se sentait seul dans cette
galère. Ça lui disait plus rien d'aller faire le guignol
chez Roberto avec les Léopards.

On s'est mis à palabrer, méditer tout haut les uns les
autres, autour du couscous royal de Kerdoubec. Bien
sûr, Ap'Felturk ne pouvait plus rien décommander, le
livre était imprimé... les invitations envoyées aux
personnalités, aux journalistes, aux vedettes. Sans
nous, il se ramassait garanti un drôle de gadin, mais on
ne pouvait pas laisser Vulcanos et le Mikado en pleine
béchamel.

— Vous n'avez pas besoin de moi.

Auguste n'était pas de mon avis, lui aussi il en avait
son pébroque de notre mécène. On en avait fait le
tour... tiré le maxi. Au bout du compte, c'était plutôt
du temps perdu. Je le retrouve aujourd'hui, à la
tartinade plumitive, mais sur le moment ça n'apparais-
sait pas du tout. J'imaginais pas qu'on puisse littéraire
récupérer un tel hotu.

— Faudrait finir en apothéose. Tu vas pas nous
laisser tomber.

Que je laisse faire Auguste, il arrangera tout. Il
gambergeait dans sa « Lanterne », tout en sirotant ses

petits verres sans se sortir la cigarette de la bouche. Il
me demandait de lui faire confiance. Il tenait à ce que
je sois présent pour ce mémorable déjeuner. C'est avec
Madame Ap'Felturk qu'il a rafistolé les choses. Sur
son cher époux, elle savait à quoi s'en tenir, la Véra
tigresse. Il ne lui en avait jamais conté, même au temps
de leurs fiançailles. Elle se doutait bien que s'il était
revenu comme ça, ce soir-là, plein de semoule dans la
chevelure, le col, le veston, sans doute qu'il ne l'avait
pas volé ! Auguste l'a convaincue que ma présence était
indispensable pour la promotion de l'ouvrage. On ne
pouvait pas, devant toute la Presse, étaler nos mesqui-
nes querelles. Il suffisait qu'on ne soit pas à la même
table. On pouvait facile, dans une réunion pareille,
s'ignorer sans que personne s'en aperçoive.

Ce qui a fini par nous mettre d'accord... un dernier
pépin, celui-là alors tout à fait imprévisible ! A la veille
de la grande journée des Léopards et de Vulcanos... la
nouba moyenâgeuse, Antoine Farluche s'est retrouvé
au trou ! Une affaire absolument lamentable. Après
maintes libations, sans doute avec ses camarades
clodos... Heil ! Heil !... un soir... un matin plutôt, vers
trois plombes... ce qui lui avait pris ? Un coup de
dingue... une impulsion incontrôlée d'après son avocat
au procès... Hop ! chouravé une tire... une Ferrari
dont le propriétaire était en train de bavarder à la porte
de chez Régine, boulevard Montparnasse, le « New
Jimmy's »... les clefs déjà sur le tableau de bord. Ça l'a
tenté le Mikado... il passait par là, un peu titubant. Il
devait sans doute interpeller les passants... les traiter
de métèques, de rastas... et puis il a vu cette Ferrari,

merde ! L'irrésistible tentation. Les bagnoles, il aimait
bien... jamais pu rouler qu'avec des veaux, mettez-
vous à sa place de miteux traqué par toutes les
malchances. Un bond, inattendu de la part de cet
ivrogne. Ils étaient loin de se gourer, les play-boys et
leurs play-girls qui devisaient gaiement sur le trottoir... contact... vroum !... il a démarré en trombe. Le
temps qu'ils réagissent, les autres, les amis de l'homme
à la Ferrari, il était déjà presque rue de Rennes. Tout
de même ils l'ont pris en chasse... deux Jag, une DS à
ses trousses. La poursuite dans Paris... comme dans un
film... les feux rouges grillés... les sens interdits...
dérapages plus ou moins contrôlés... les crissements de
pneus ! Je vous relate pas en détail, vous avez vu mieux
au cinoche. Il se sentait sans doute surhomme au
volant du bolide, ce con de Mikado... tout à fait de la
race des Seigneurs. Ça s'est achevé, pour cézig, dans
les décors près de la Bastille... emplafonné plusieurs
voitures en stationnement avant de terminer son
parcours... badaboum !... dans la vitrine d'un magasin
de radio... dans un étalage de postes de télévision. Le
miracle, qu'il soit sorti presque indemne de tous les
débris... avec encore le réflexe de prendre la tangente... d'essayer de se carapater. Ses poursuivants ne
lui ont pas laissé faire cinquante mètres... les jeunots
dandys « New-Jimmy's »... les beaux enfants des
beaux quartiers. Leur réaction... la même que n'importe quels boutiquiers banlieusards. Avant que les
flics ne soient sur place... l'avoine qu'ils lui ont filée au
biographe de Vulcanos... à cinq six dessus... lattes et
pognes... hardi, les gars ! On ne parle, je remarque,

que de poulets brutaux, cogneurs délirants dès qu'ils
aperçoivent un intellectuel... toujours démangés de la
matraque ! Souventes fois pourtant c'est pain bénit
qu'ils rappliquent pour arracher le petit délinquant du
lynchage. Farluche, il est arrivé au quart déjà plus en
état de crier grâce... incapable de répondre au simple
interrogatoire d'identité... en loques, couvert de bosses, d'ecchymoses... sanguinolent gugusse. On a dû le
balluchonner à Cusco... la salle réservée à l'Hôtel-Dieu
pour malfrats blessés au cours d'arrestations. Tout ça
c'était dans *France-Soir*, le lendemain. On se l'est lu à
« La Lanterne »... quelques amis... puis Vulcanos est
arrivé sur ces entrefaites... pimpant, frais, à jeun, les
muscles roulant sous un maillot de coton. Auguste lui a
tendu le journal... ça s'étalait en première page.
« GYMKHANA AUTOMOBILE EN PLEIN PARIS. »

— T'aurais pu tout de même le prévenir.

Cueilli tel... à froid... par cette réflexion pertinente
du dab. Exact, après tout, il aurait bien pu, le
Vulcanos, se mettre en méditation sur l'avenir de son
distingué biographe, avoir ses clichés fulgurants...
l'avertir de la cagade qui rôde dans son horoscope... la
lui éviter peut-être. Là se situe d'ailleurs toute la
question. Un prophète peut-il changer le cours du
destin grâce à ses prédictions ? Et dans ce cas sont-elles
encore des prédictions ? Le problème se perd dans la
nuit des temps... dans le fameux trou du cul du nègre ?
Toutefois, Vulcanos il sait lire dans mes pensées... du
tac, il répond à mes réflexions.

— Je me gourais de quelque chose... tu penses bien,
mais je ne pouvais pas l'empêcher.

Il nous explique... si par hasard il avait réussi à le retenir hier soir, au moment où ils s'étaient quittés, s'il l'avait reconduit à sa piaule par exemple... le lendemain matin il lui serait tombé, sur le coin de la tronche au Farluche, une autre tuile peut-être encore plus lourde ! Vouloir changer le déroulement d'une destinée... en général ça ne donne rien de bon. Il vaut mieux obéir aux ordres du ciel. Le Mikado, de toute façon, il était voué à la scoumoune. Sa conduite de cette nuit ne s'expliquait que par une sorte de masochisme profond.

— Au moment où tout allait mieux pour lui. C'est une vraie patate, ce lascar !

Le succès de son livre, malgré tout, il en est certain Vulcanos ! Toujours il annonce 500 000 exemplaires. La seule précaution qu'il prenne, pour s'excuser en cas d'échec... la réserve. « Si Ap'Felturk sait faire son métier ! » Ça, c'est moins certain. Félicien, mon plat de semoule sur la tronche, il paraît que ça l'a traumatisé. Il a été consulter un psychanalyste. Pas de quoi nous l'améliorer. Enfin, on parle surtout de Farluche ce matin-là. On va lui envoyer un avocat à Cusco... voir comment l'extirper du bigne. La difficulté... son papelard à cézig. Condamné à mort pour intelligence avec l'ennemi... Article 75... gracié, mais enfin ça reste sur son casier judiciaire. Il va tout de même se farcir quelques mois fermes à la Santuche. Et puis les suites financières... les dommages-intérêts à verser aux propriétaires de la Ferrari, du magasin de télévision... des autres voitures endommagées.

— Ils vont obtenir une mainmise sur ses droits
d'auteur.

Affiché... Auguste, toutes ces choses de justice,
pensez s'il est au parfum ! Pour s'en arracher, lui, il a
dû se faire maquisard de la procédure. Il connaît tous
les sentiers de la montagne... toutes les planques... il
sait respirer les pièges de l'adversaire. N'empêche que
depuis 1950, il est obligé d'accomplir perpétuellement
des prouesses pour s'en sortir. Il vit sur une corde
raide, mince et huilée. Inutile de vous détailler davantage... ça nous extirperait encore de mon sujet tout de
même brûlant... notre auteur Farluche en cabane !
Certes, il ne devait pas s'y sentir si dépaysé. Il y avait
passé déjà dix piges, le malheureux, je vous ai relaté.
Presque toute sa vive jeunesse. Ça n'arrangeait pas la
publicité du livre cet incident. Le Mikado n'appartenait pas à une espèce intéressante pour la Presse. Valait
mieux qu'on ne parle pas du tout de lui. Son blaze
d'ailleurs était en petits caractères sur la jaquette du
livre. Un peu comme mon nom, alors, sur les affiches
de cinéma. Ça m'obligeait maintenant à être présent
pendant le gala des Léopards. D'après Auguste, c'eût
été l'imprudence louf de laisser Vulcanos et Ap'Felturk tous les deux aux prises avec les journalistes. L'un
risquait de leur faire peur, de les déchiqueter sur place,
l'autre de leur proférer des énormités comme au
moment de la sortie de son *Bibi Fricotin,* qu'il avait
comparé allègre avec *Guerre et Paix... Madame
Bovary... Don Quichotte...* j'en passe... d'autres *Moby
Dick... Robinson Crusoé !* Dans la déconnante, on ne
pouvait plus l'arrêter.

— J'ai invité Joséphine Baker...

... nous annonce Auguste. On se gratte ? Pourquoi Joséphine Baker ? Elle n'est pas cliente de Vulcanos... n'a rien à voir avec l'Ordre des Léopards. Ce que vient foutre *J'ai deux amours* avec notre réception du Moyen Age ? Auguste nous laisse nous perdre en conjectures. Nous sommes quelques-uns, ce jour-là, avec Vulcanos autour du petit rade de « La Lanterne ». Si mes souvenirs me sont fidèles... l'Arsouille est là, et le Major Hild, président du Syndicat des Farceurs réunis... une association reconnue d'utilité publique... Claude Berri, Losfeld l'éditeur... Francis Lacassin, le théoricien de la bande dessinée... je n'affirme rien... il me semble... sans doute quelques autres et puis Jo Dalat, mon ami d'enfance qui nous a amené un pote à lui, un légionnaire gigantesque à tête d'assassin. Ils vont faire ensemble la police de la fête, les gardes du corps à la lourde. Auguste les a appointés à dix sacs plus la nourriture.

— Et tu crois qu'elle va venir ?

Il nous sert un pastaga tandis que je lui pose ma question. Il prend toujours son temps pour tout, le dab... Il a pas été éduqué comme de nos jours, le feu au cul... au rythme des divinités automobiles... Notre Père qui êtes Essieu ! Il a débarqué à Paris à quatorze ans, au temps d'encore les fiacres. Il rallume sa cigarette... il se verse un peu d'eau dans son verre... très peu, juste pour troubler le jaune trop éclatant du pastis.

— Bien sûr qu'elle va venir. Je l'ai eue au téléphone. Ap'Felturk lui paye le voyage...

Il a un petit plissement autour des yeux. Je commence à bien le connaître, papa... il a une idée derrière son crâne chauve. Joséphine, il ne la fait pas venir, comme ça, juste pour le plaisir !

— Elle ne va pas chanter tout de même ?

On n'a pas prévu d'orchestre exotique pour l'accompagner. Elle a quel âge, cette Joséphine, à ce moment-là ? Dans les soixante-six, sept piges. Elle ne remonte plus sur les planches depuis déjà un bail, avec ses bananes autour du bide. On lui consacre encore des articles dans les *France-Dimanche... Ici-Paris* à propos de son œuvre des Milandes... le château où elle élève les mômes qu'elle a adoptés... des petits nègres, chinois, indiens, arabes... toutes les couleurs, toutes les races ! Tout temps on veut lui saisir son castel... le fisc, les fournisseurs ! Elle a bien du mal à maintenir tout ça... les frais que ça représente... faire becter les gosses, les éduquer et puis la toiture du château. Auguste lui a proposé de venir avec sa marmaille bigarrée. Il trouvait ça plutôt gentil, humain... Joséphine avec toute sa petite famille... de quoi nous attirer des articles bienveillants d'un peu partout.

— Elle n'a pas voulu... elle viendra seule.

Louche qu'il ait de pareils projets. C'est pas son genre de déconner sans arrière-pensée. Je le sens qui se marre intérieur. Il lève son verre... « Au succès de notre entreprise ! » On en est à la veillée d'armes. Demain, moi, je vais pas être tant à l'aise dans mes grolles. Je regrette de m'être laissé aller avec Ap'Felturk. Certes, c'est tout de même un acte important d'avoir une fois dans ma vie d'écrivain giflé un éditeur... avec en supplément ce plat de semoule. Bien des confrères ne rêvent que de ça... chez Gallimace... Jullimard... Grassouille... au Paillasson... ça reste dans les velléités ! Pourtant s'ils sont presque tous révoltés de l'adjectif, séditieux du verbe, insoumis du participe, insurgés de la conjonction, émeutiers de la forme pronominale ! Une fois dans le vif du réel, vous les trouvez plutôt larbinos dans l'ensemble... flagorneurs au cours des cocktails... obséquieux avec les puissants, les riches, les excellences, les animateurs de télévision... au sprint dès que l'Elysée leur fait signe ! S'ils se plient en deux !... l'échine extra-souple... les miches tendues dès qu'ils aperçoivent monsieur le directeur littéraire. Mon geste, c'était donc du superflu, de la folie pure pour qui n'a pas les moyens de narguer la terre entière sur son yacht. J'ai entravé ça depuis belles fesses, remarquez bien... seulement on a beau se faire des raisonnements, toute une philosophie de bistrot peinarde, lorsque l'orage commence à vous gronder dans la carcasse, que ça vous monte la rancœur, la moutarde aux trous de nez, la furibonderie en bourrasque... tout s'envole alors... les résolutions, la culture, les échafaudages machiavéliques... On vous a fabriqué comme ça... vous n'y pouvez vraiment pas lerche... la nature profonde rallège au galop... entre par la fenêtre... hop ! l'explosion... On ne peut vraiment plus se retenir les jets de fiente en shrapnel. On asperge le dégueulasse aux vilaines paroles.

La machinerie préparée par Auguste, je dois le reconnaître, valait toutes mes gifles, tous mes plats de semoule. Simple... à la fin du banquet, il se lèvera...

remerciera les uns les autres... surtout Ap'Felturk, notre grand éditeur, et il annoncera que celui-ci a décidé de venir en aide à Joséphine Baker, avec un chèque de trois millions, pour sauver le château des Milandes. La main forcée devant toute la Presse... le connard de Félicien obligé de s'exécuter, d'envoyer sa fraîche en public. Ça avait, son plan l'avantage que nous autres, là-dedans, on affurait rien, on escroquait personne. Au contraire, on contribuait à une œuvre philanthropique. La perspective de cette scène, le moment où le Lanternier prendrait la parole, ça m'a définitivement convaincu que ma présence au banquet des Léopards était tout à fait indispensable.

Forcé, le lendemain, Antoine Farluche n'était pas sorti de son auberge pénitentiaire. Bel et bien perdu... le juge d'instruction avait refusé sa mise en liberté provisoire. Dès que ses plaies seraient cicatrisées, ses bosses résorbées, de Cusco on le balluchonnerait à la Santé. Je connaissais le processus, je m'étais farci quelques années auparavant le même itinéraire. Au cours d'une tout autre aventure que je me réserve de raconter pour mes vieux jours. J'ai des histoires comme ça, engrangées... des économies en quelque sorte, ma petite Caisse d'Epargne et de Prévoyance. S'il me reste encore quelques vieilles lectrices et si j'arrive dans les parages de l'an 2000, je pourrai m'offrir à l'asile du troisième âge quelques douceurs

avant de claboter... du réglisse en branche, des bon-
bons au miel des Vosges.

Enfin, du pauvre Farluche on pouvait s'en passer.
L'essentiel, c'était surtout Vulcanos... le héros de la
fête. Il allait être intronisé, admis, sacré je ne sais le
terme exact... fait Chevalier Léopard à l'occase de la
sortie du livre de sa vie. Toute la Presse était donc
conviée à se régaler aux frais d'Ap'Felturk... Spécial,
Auguste avait affrété deux autocars pour emmener sur
place les invités... ceux qui ne pouvaient pas venir par
leurs propres moyens.

Joséphine était là, maquillée, replâtrée, les rides
effacées... le lifting... tout à fait pimpante... svelte
malgré les ans. Auguste, bien entendu, pour qu'elle
nous honore de sa présence, lui avait promis formel en
lousdoc que notre mécène, notre éditeur, le richissime
Ap'Felturk allait lui faire une grosse fleur, un horten-
sia... un énorme bouquet plutôt, pour son œuvre des
Milandes... sous forme de chèque barré... la surprise
annoncée au dessert.

Il faisait beau... un matin roux d'automne. On est
partis tout joyeux pour cette course pas si lointaine. Je
vous écourte le voyage... je n'étais pas dans l'autocar
où tout le monde s'est mis à chanter des bluettes de
corps de garde... on m'a raconté. A cette époque de ma
première embellie de cinoche... mon premier
contrat... je m'étais offert une DS 21... le dernier
modèle gris métallisé. Je m'étais pourtant promis
naguère, en cul-de-basse-fosse et au sana-château des
Larsangières en 1962, de ne plus jamais me laisser
prendre à ce genre de piège. Je me voulais, à cette

période de mon existence, un peu ascète plumitif...
rigoureux... lame d'acier. Je n'avais pas, il faut dire, le
choix... un seul costard sur les arêtes... deux limaces...
une paire de pompes, ma brosse à dents et puis c'était
class ! Cinq mille anciens francs par mois pour me
payer mon papier blanc, mes pointes Bic... mes
savonnettes. Si étrange que ça puisse paraître, j'étais
sinon heureux, du moins presque serein... maigre et
bacillaire de rien... solitaire et orgueilleux dans ma
pauvreté. Je m'en voulais un peu, depuis, de m'être
laissé envelopper petit à petit par le confort, la
consommation société... les ripailles, beuveries, pince-
fesses... tous les plaisirs matérialistes. Dans mes
cinocheries, j'étais conscient d'y laisser quoi ?... une
certaine intégrité intérieure... une certaine force. Sans
doute, mais je crois qu'il faut connaître le plus de
choses possible... expérimenter tous les états. Le
moment voulu je me rétablis toujours d'une façon
l'autre. On n'a pas plus raison d'être moine fou de
Dieu que jouisseur athée... gras ou maigre, au bout de
la course c'est toujours la mort qui vous emporte, vous
enlève, vous réduit en petit tas d'os, de chair pourrie...
de cendre. Au tamis ça se mélangera... Joséphine
Baker, le général de Gaulle, Tino Rossi... du kif, des
granulés, des débris indistincts. On ne me distinguera
plus, moi, le vengeur à la semoule de ma victime, le
borné Ap'Felturk. On sera tous réconciliés.

Voici donc la fête... on arrive dans le cloître...
l'Abbaye des Innocents. Ma DS donc... j'ai transporté

mon pote Fier Arsouille... toujours tiré impec... le
costard sans un faux pli... le bada Berteil... haut le
col... son pébroque noir ! Il excelle dans le genre
britannique... il a la raideur, le sourire. Il se penche...
baise la main des dames et cependant, derrière ses
aimables apparences, il y a gros à redouter pour les
bijoux, les bijouteries au clair de lune. Il passe partout
en monseigneur... ne redoute ni Dieu ni molosse... ni
fermetures sophistiquées. Il se raille des alarmes, des
sirènes reliées aux commissariats. Il est donc là, avec
Jo Dalat, dit « Coups et Blessures »... tous les
deux à l'arrière dans ma tire. Ils s'en bonissent, le
long de l'autoroute, de savoureuses pour peu qu'on
entrave les nuances de leur jactance... leurs anti-
phrases, les ellipses... leurs métaphores ! Ça demande
une sorte d'éducation qu'on n'acquiert jamais dans les
livres.

Bref, nous pénétrons dans l'Abbaye des Saints-
Innocents. On entend déjà de la musique... des sortes
de cornemuses... musettes des violes d'amour... viel-
les... rebecs ? Je ne saurais vous dire précis... des
flûtiaux aussi... des hautbois, il me semble... je ne suis
pas à même de vous détailler... enfin tout un orchestre,
tous les exécutants sapés jovial médiéval... hauts-de-
chausses... pourpoints... cottes-hardies... surcots... les
gonzesses avec l'hennin sur la tronche... les hommes,
des petits chapeaux colorés. Ça me rappelle le film de
Prévert, *Les Visiteurs du soir*. On se sent un peu gênés
avec la DS, nos fringues 1965 ! On se pointe chez eux
comme des OVNI. Le vicomte de Casteuil est là, lui
aussi saboulé XIIIe ou XIVe siècle. Il m'accueille... *Noble*

Sire !... toute une tirade... autour ça gambade, les
trouvères, les troubadours... les gratteurs de viole.
Tous toutes ils sont Léopards... Léopardes de l'Ordre.
Ils ont en sautoir un écusson au bout d'un ruban jaune.
Les caméras de la télé sont en action... elles ne perdent
rien du spectacle. Les invités des autocars, on leur sert
des rafraîchissements. C'est une ambiance curieuse
avec cette musique qu'on nous mouline... d'un autre
âge. Je reconnais quelques vedettes... des acteurs,
actrices du Septième Art et des planches... quelques
chanteurs... des écrivains qui me zyeutent torve, qui se
demandent toujours si vous n'allez pas, un matin, les
coiffer au sprint Goncourt... qui vous en veulent à
l'avance. Du beau linge dans l'ensemble, des mignonnes mutines, suceuses, on se les subodore, ça ne coûte
rien ! Des dames tout ce qu'il y a du monde, baronnes,
duchesses parmi les Léopardes... elles gloussent
pointu, s'extasient d'un rien... d'une coccinelle sur un
corsage ! Ap'Felturk, il est dans la salle du banquet, il
rondejambise plutôt lourdingue. Je l'aperçois au
moment où Auguste lui présente Joséphine Baker.
Véra, à qui rien n'échappe, m'a vu arriver... elle me
jette un coup de châsses. Je n'arrive pas à me rendre
compte s'il est féroce ? Dans le fond, elle ne doit pas
être si mécontente que j'aie maltraité son guignol. Elle
a dû lui brosser la semoule sur la veste... s'indigner
verbal de ma conduite mais peut-être en souriant
interne.

Ça s'active un peu partout... Dans les cuisines les
rôtis, les volailles, les sauces se préparent. Roberto,
pour la circonstance, il s'est déguisé aussi... une sorte

de roupane, un chapeau pointu... sans doute les
fringues d'un maître-queux au Moyen Age. Le prince
Edgar est déjà à table pour ainsi dire. Il savoure je ne
sais quel cru... il goûte... il grignote des amuse-
gueule... à ses côtés, un tout jeune homme blond. On
m'explique que c'est son petit ami, son minet actuel. Il
est plus que blond... albinos... des yeux presque
jaunes... frisotté... transparent de peau. Il fait des
mimiques de gonzesse. Tout de même il a beau faire, le
soir il faut bien qu'il se glisse sous les toiles avec
l'hippopotame, je préfère ne pas égarer mon imagination par là. Les journalistes, je les connais la plupart...
c'est les courriéristes, ceux des rubriques à ragots, les
spécialistes en mondanités. Surtout ils sont là pour
vider les boutanches, déjà à l'œuvre, déjà joyeux. On
n'attend plus que Vulcanos... ses livres sont là, avec sa
frime sur la couverture. Ça feuillette... lit quelques
lignes. Il y en a un exemplaire par invité... un dans
chaque assiette! Mais oui, mais oui! Vulcanos les
signera, mesdames... une belle dédicace, il se fera un
plaisir! Il se fait désirer cézig. C'est prévu que tout le
monde soit bien là lorsqu'il va se pointer, descendre de
sa Lancia sport. Je vais faire patienter mes petits
copains de la Presse. Ils m'interviewent sur le mystérieux auteur de la biographie du mage... cet Antoine
Farluche... ils connaissent bien sûr ses frasques automobiles. On n'y échappera pas aux échos... sans doute
vont-ils apprendre son passé... ça, ça ne va pas
tellement leur plaire, ses errements avec Doriot... ses
Heil! Heil! tout bout de champ! Je préfère écraser,
leur dire que cet écrivaillon n'a aucune importance,

qu'il a juste enregistré les paroles du prophète ! Qu'en
définitive c'est Vulcanos le seul auteur... comme plus
tard Papillon et bien d'autres.

Enfin il approche, il arrive. On s'en rend compte par
un brouhaha, un mouvement de foule... une rumeur !
Il gare la voiture. De la salle du banquet où je me
trouve, je le borgnote à travers une vitre... un rideau
de tulle. La démarche toujours aussi souple, aussi
féline... chaloupée, ample. Il a des gestes immenses...
il salue les gens des deux bras comme de Gaulle.
Depuis les Colombes, il n'a pas pris un gramme de
lard, de bide en dix piges. Il se maintient dans une
forme tout à fait juvénile... et pourtant il tortore
sérieux et surtout, vous vous êtes rendu compte, il
pompe encore plus... vinasse, scotchise, se ricardise...
s'humecte constant les amygdales aux boissons les plus
corcées. Les flashes des photographes crépitent... les
caméras se braquent sur le monstre sacré. Il salue
maintenant des deux mains jointes au-dessus de la tête.
Ça ne va pas lui guérir sa mégalomanie galopante. On
aura du mal encore un peu plus à le calmer. Il va se
prendre maintenant pour un Duce... un empereur
romain ! Les journalistes veulent tout de suite le
soumettre au feu de leurs questions. Auguste intervient, que ces messieurs ne s'impatientent pas tant. Le
mage voudrait auparavant se désaltérer... laissez-le
donc s'approcher de la table aux rafraîchissements ! La
musique reprend, les violes, les flûtiaux, les guimbar-
des. Il faut que je rejoigne le groupe des célébrités. Je
ne dois rien louper de tout ça, me souffle mon ange
gardien littéraire. Je ne me rends pas bien compte sur

l'instant, mais c'est pourtant ça. Vulcanos est dans sa
veine de mondanités. J'arrive juste lorsqu'il baise la
main de Joséphine Baker.

— Je vous admire depuis toujours, chère madame.

Il vient de passer sa nuit, affirme-t-il, sur son thème
astral. Elle est en transit de Vénus, la mère Joséphine... mais Jupiter veille, il va se pointer en force...
surtout que Saturne, n'est-ce pas, est toujours présent !
Il se surpasse, Vulcanos, je dois reconnaître... il s'est
fendu... il parle d'influx, de planète maîtresse. Et
surtout il nous révèle qu'au petit jour il a eu un de ces
fameux clichés... Boum ! Une lumière bleue... les
projecteurs du music-hall... les feux de la rampe.

— Madame, vous remonterez sur les planches. Je
vous ai vue ! J'ai entendu les applaudissements ! Ils
seront toujours aussi nourris qu'en 1930 !

Pourtant elle a bien déclaré à tout venant que c'était
fini, qu'elle ne se produirait plus jamais en public. Elle
éclate d'un grand rire blanc, Joséphine. Elle doute de
cette belle prédiction... Si ! si ! elle tiendra sa pro-
messe. Elle en est certaine. Maintenant je peux vous
révéler la prédiction complète de Vulcanos... ce qu'il
m'a glissé, à moi, à l'oreille en catimini. « Elle crèvera
en scène ! » Texto. Ça, il ne pouvait pas le lui dire... et
Joséphine, bel et bien, est morte pratiquement sur les
planches de Bobino. Un malaise cardiaque, on a dû la
transporter d'urgence à l'hôpital.

Ça lève les verres... la beuverie s'amorce. Auparavant, le vicomte de Casteuil voudrait bien régler cette
cérémonie d'intronisation du célèbre voyant dans l'Ordre des Léopards. Il est dispensé spécial de l'habit

moyenâgeux... un peu comme s'il était cardinal ou
maréchal de France. Ce qu'on lui explique. Il remercie. Il est digne ce matin, mon petit camarade de cure
et de frasque... il a dû, pour la circonstance, embrayer
uniquement au café-crème. Il a les gestes mesurés...
comme à l'habitude de noir fringué... la chemise large
ouverte... la toison de poils qui déborde. Aux années,
elle grisonne certes, mais elle attire toujours l'œil
affriolé des dames.

— Alors, on y va ?

Il demande au Vicomte, grand maître de l'Ordre...
Oui, oui !... Tout est prêt. On réclame un peu de
silence. Difficile de l'obtenir. Il me lance un rapide clin
d'œil, Vulcanos, il veut me dire qu'il se marre au fond,
qu'il n'est pas dupe de tout ce cirque... il jubile tout de
même, je sais. On lui proposerait à lui l'Académie
française, il accepterait sans hésitation. Depuis les
bergeries de son enfance, le pont des navires à
briquer... le sanatorium des Colombes, nos tombolas
minablos... tout ce qu'il fallait inventer pour faire
remonter le carbure... il a parcouru du chemin. On le
consulte de partout... il est vraiment un mage inspiré
des astres... un oracle... les plus puissants viennent
anxieux l'interroger. Il a prédit tellement de choses qui
se sont révélées exactes qu'il trouble les plus scepti-
ques.

Le Vicomte enfin domine le tumulte.

— Messeigneurs et nobles dames...

... peu à peu, ça se tait... même les journalistes
goguenards. Tous les membres de l'Ordre sont en
demi-cercle autour de Vulcanos. Le Vicomte tient à la

main une épée. Il poursuit sa péroraison. Il y est
question de mérites de celui qui va être accueilli chez
les Léopards! Prince des astres... complice du destin... sondeur des âmes... interprète des songes... son
magnétisme. Il énumère, il parle de Delphes... il
remonte à l'Antiquité. Vulcanos, s'il va retenir les
louanges... les resservir pour sa pub! Voilà, le Vicomte
paraît satisfait de son propre discours. On l'applaudit
et il demande au postulant de mettre un genou à
terre... il frappe de l'épée sur son épaule gauche.

— Vulcanos, vous l'interprète des dieux, je vous
fais chevalier de l'Ordre des Léopards.

Aussitôt la musique se remet en branle. Vulcanos se
relève... le Vicomte l'embrasse, lui passe le cordon
jaune autour du cou, avec l'écusson de l'Ordre.

— Maintenant, frère, il faut boire.

Ça, alors, il n'a pas besoin d'insister le grand maître!
C'est dans de gros verres ballons que les loufiats de
Roberto nous servent, pour commencer, un blanc de
blanc. La joie monte. Il éclate, Vulcanos... son grand
rire... les dames, la gent demoiselle léopardine l'entou-
rent, se pressent. Je peux prédire moi aussi... avoir
mon petit clicheton. Dès qu'il aura bu son plein, le
pote mage, je subodore un peu la suite. Je n'ai pas de
mal... de quel objet de choix il va les entretenir, les
mignonnes... ce qu'il va leur proposer de tâter à travers
son froc comme au chef de gare du métro, le premier
soir aux Colombes. Déjà elles veultent toutes, les
chéries, les belles et moins belles, les franchement
tarderies laiderons ménopausées... passer leurs menottes dans ses poils, sa toison à travers la chemise.

— Que ça nous porte bonheur !

Auguste s'est glissé à côté de moi. On pense pareil, on a besoin de rien s'échanger. On redoute seulement qu'il se déclenche trop tôt... que ça tourne au scandale avant les liqueurs. Que faire ? La fusée est sur orbite. Il ne nous reste plus qu'à boire, nous aussi... passer aux choses sérieuses... à table. Je réponds un peu aux journalistes qui m'interrogent sur Vulcanos... sa vie... ses prouesses de toutes sortes. Je remplace l'auteur retenu par ses obligations pénitentiaires. Un regrettable incident, une erreur judiciaire en somme. Je vante les qualités littéraires de son ouvrage. Je me fends même, hypocrite, de quelques mots aimables pour Ap'Felturk, notre brillant éditeur sans lequel ce livre etc. Je rappelle l'immense succès de *Bibi Fricotin* sur papier bible, relié pleine peau.

Peu à peu les gens s'installent dans la grande salle. Par tablée on a pris soin de placer deux vedettes... chanteurs, comédiens ou écrivains et puis un peu partout les Léopards en leurs costumes de la Confrérie. Vulcanos est à la table d'honneur entre le Vicomte et une grosse dame boudinée dans sa tenue moyenâgeuse. Il badine déjà sec, le monstre... il se penche... lui glisse sous le hennin des gaillardises. Elle sursaute, glousse, éclate de rire. L'emmerde... je suis assez éloigné, je ne peux pas profiter de ce qu'il lui débite... enfin il a l'air encore très calme, très maître de lui. Il peut tenir un bon moment, il a une capacité glougloutière fantastique. Auguste aussi est placé trop loin de moi, à une table au fond de la salle. Je borgnote de temps en temps Ap'Felturk avec sa médème. Il n'ose pas, je

sens, regarder dans ma direction... il a peut-être les
jetons que je vienne devant tout le monde le coiffer
d'une soupière quelconque. Il se goure pas que ce
qu'on lui prépare est bien plus aux petits oignons.
Justement Joséphine Baker vient s'installer à côté de
lui. S'il est aux anges d'être assis près d'une telle
vedette. Elle a charmé sa jeunesse sans doute... il a dû
se pogner en pensant à ses bananes! Il lui parle à
l'oreille... elle se marre encore... son rire traverse la
salle. Elle trouve tous ces trouvères, troubadours, tous
ces chevaliers très drôles. Jamais elle n'avait vu des
léopards habillés comme ça. On n'en est qu'aux
entrées... les hors-d'œuvre... toutes sortes de charcute-
ries, de crudités... de coquillages... des terrines,
salades de homard... et puis un consommé spécial servi
avec du foie gras. Je suis bien placardé question
gastronomie... à la même table que le prince Edgar. Il
goûte... il s'épanouit... caresse distraitement son minet
albinos qui se penche vers lui. Je remarque, il a une
grosse bagouse au doigt... une sorte d'émeraude... une
pierre scintillante... il est sapé lui très classique, le
costard bleu croisé, mais avec une sorte de jabot en
dentelle au cou. Il me reconnaît... nous nous sommes
déjà vus au déjeuner répétition le mois dernier. Et
depuis il s'est rencardé... il a entendu parler de moi par
Maître Maurice Garçon. Il me bafouille tout ça pas très
audible... il marmonne... que j'ai du talent, paraît-il...
Il va se faire un plaisir de lire mon livre... n'est-ce
pas... *La fraise*... Il confond les fruits, n'importe!
Nettement j'entrave qu'il voudrait bien que je lui
envoie *La fraise* gratuite et dédicacée. Que ça serait

l'honneur pour mes argoteries d'être dans sa bibliothè-
que en excellente compagnie avec Marcel Proust,
André Gide, Marcel Jouhandeau, Julien Green, Oscar
Wilde, Jean Genet... le tout Sodome littéraire.

— Connaissez-vous Jean Genet ?

Je l'ai lu certes, mais... non... je ne le connais pas.
Surtout au sens biblique du terme, j'ajoute en finesse.
Il pouffe dans son consommé, l'Edgar prince ! Ah ! ai-
je de l'esprit ! Bibliquement... ça l'amuse, ça ! Il
n'allait pas jusqu'à supposer une chose aussi merveil-
leuse pour mes miches mais j'aurais très bien pu le
rencontrer, Jean Genet, dans une de nos chères
Maisons d'Arrêt et de Correction... au détour d'un
couloir dans une centrouse... près des toilettes... dans
les douches. Hélas, non ! J'ai croisé au chtib bien des
célébrités du crime, de tous les faits divers possibles...
bien des hommes politiques... Les plus grands voyous
de l'après-guerre... Jo Attia... Boucheseiche, Feufeu...
Monsieur Joseph, le ferrailleur milliardaire... d'anciens ministres vichyssois... Knochen et Oberg, les
chefs de la Gestapo en France... Otto Abetz, l'ambas-
sadeur d'Adolf... par la suite les grands chefs de
l'insurrection algérienne... puis les militaires O.A.S...
mais je n'ai pas eu la joie, le vif plaisir pour l'esprit de
converser avec l'auteur du *Miracle de la Rose*. Ses
œuvres, je les admire certes. Je lui récite même :

> *Le vent qui roule un cœur sur le pavé des cours,*
> *Un ange qui sanglote accroché dans un arbre,*
> *La colonne d'azur qu'entortille le marbre*
> *Font ouvrir dans ma nuit les portes de secours.*

... les premiers vers du poème à Maurice Pilorge, le condamné à mort qui ne s'est pas échappé. Du coup, il me trouve tout à fait cultivé, le prince Edgar ! Il me dit que je suis intelligent, que je suis un homme d'esprit. Je n'entrave pas bien ce qu'il me complimente. On est séparés par une madame léoparde. En tenue médiévale, mais sans hennin. Sur la tronche, elle a une sorte de boudin qui lui enserre la chevelure... un gros turban organdi. Elle a facile quarante-cinq berges. On s'en rend compte malgré tous les artifices d'entretien... les fards, les faux cils... le rouge qui déborde ses lèvres.

— Je trouve tout ça très dépassé... un peu vieillot !

Ce qu'elle profère avec une moue désabusée. Elle m'estomaque. Jean Genet vieillot ? De quelle secte avant-gardiste se réclame-t-elle ? Elle en rajoute.

— N'est-ce pas... c'est peut-être bien écrit, mais enfin avec des histoires à l'eau de rose...

A l'eau de rose ?... Merde alors ! J'ai mal entendu. Elle veut dire à la *feuille de rose* ! Mais non, elle insiste... elle trouve ça « couvent des oiseaux ». Elle attige cette léoparde ! Tous ces assassins dans l'œuvre de Genet, ces enculades... ces pissotières. La trahison, le vol, l'homosexualité... sa trinité immorale. Je lui rétorque, j'argumente... A-t-elle bien lu... *Pompes funèbres, Le Journal du voleur... Querelle de Brest ?*

— Je n'ai lu que *Le Maître de forges* lorsque j'étais au pensionnat. Mais déjà ça m'avait paru gnangnan...

Tout s'explique... la confusion ! Elle a compris Georges Ohnet. Elle ajoute d'ailleurs :

— Je croyais qu'il était mort depuis longtemps.

Je ne vais pas me lancer dans les expliques... la confondre... absolument inutile, je risque de la vexer. Je la rassure, il vit toujours... bel et bien... en parfaite santé !

— Il est à l'Académie française, je crois ?

— Non, madame, pas encore.

Elle aurait cru. Il le mériterait pourtant. Je suis bien de son avis. On nage dans le quiproquo... la confusion. N'importe ! Ça lui servirait à quoi de différencier Jean Genet de Georges Ohnet ? Quand on lui parle de culture, elle sort sa mondanité. Le Prince, ça vaut mieux, n'entend pas. Il becte, bouffe toujours tout en devisant. Il nous arrive de nouveaux plats. Les serveurs sont, pour la circonstance, en manants XIIIᵉ siècle... une tenue verte... des collants... hauts de chausses... sortes de caleçons longs comme ceux de l'armée américaine. J'en ai porté de semblables en 44 à la bataille de Colmar. Ils amènent des volailles maintenant... nous servent les vins avec des cruches, des pots en étain. Le fond sonore, je vous oublie... toujours la musiquette moulue vielle... viole... flûte... musette... bombarde ! Le metteur en scène de l'O.R.T.F. s'agite d'une table à l'autre. Il indique les plans aux caméramen. Ça s'échauffe... l'ambiance monte. On va vivre, certain, des instants quasi historiques. Je me sens un peu paumé à ma table. J'ai des gens autour... des travestis léopards... je ne sais trop de quoi les entretenir... ces mondains, mondaines... qui s'esclaffent d'un petit gros mot... qui babillent à tort. Ils me questionnent surtout à propos du mage, comme les journalistes. Ils ont entendu dire beaucoup de choses à son sujet...

ils ont lu dans des journaux ses prédictions sur la mort de Kennedy... de Marilyn Monroe... les victoires d'Anquetil au Tour de France. N'annonce-t-il pas que Pompidou sera président de la République lorsque le général de Gaulle se retirera ? Ils veulent savoir depuis quand je le connais... les circonstances de notre première rencontre. Je leur assaisonne un peu la laitue... à l'ail, l'échalote... aux herbes... décris un sanatorium sinistros... des rangées de grabataires tous expirants. Et cet orage qui éclate... Vulcanos qui apparaît juste au moment d'un éclair, d'un fracas... tel un être venu *d'ailleurs*. Il va me redonner du courage, me permettre de déjouer le mauvais sort qui s'acharne sur ma carcasse. Ce qu'il m'a prédit... le pire d'abord, mes années carcérales et puis la lumière au bout du tunnel. Si je suis ici, à leur causer à ces pommes cuites... n'est-ce pas... grâce à Vulcanos... toujours Vulcanos... encore Vulcanos ! Autour ça boustiffe, blablate, rigole, pérore, pète en lousdoc. Les loufiats de Roberto se dépensent, se surpassent... ils nous apportent sur un immense plat à bout de bras... un cochon entier ! On s'ébaubit... on applaudit ! Je veille au grain tout de même... de temps en temps je bigle mes petits potes ce qu'ils traficotent dans tout ça. Jo Dalat est à la lourde avec l'ex-légionnaire, héros de Narvick à ce qu'il prétend. Ils gardent quoi ? Absolument rien ! Personne ne viendrait violer Joséphine à son âge ! Alors ils sont là pour la frime. Ap'Felturk, on lui a fait admettre que ça rassurerait tout le monde leur présence. Ils sont entourés de plats, d'assiettes... ils

participent sérieux au casse-dalle. Ils lèvent le coude
d'un bon rythme.

Fier Arsouille, au baratin, il a l'air d'envelopper un
peu une dame embijoutée. Je frémis cependant que
l'envie lui prenne de lui secouer sa quincaille avant la
fin des agapes. On risquerait un sacré schproum.
Demain, il pourra toujours se la farcir cette femme du
monde. Ensuite exploiter son filon comme il lui
plaira... se faire gâter un peu entre deux séjours au
chtar, ça serait préférable, il me semble.

Auguste, lui, est toujours aussi placide. Il se goinfre
pas tant... il sirote surtout... lentement... il a la
paupière qui retombe lourde sur l'œil. Ça ne l'empêche
pas de tout voir autour de lui. Entre deux plats il
s'allume une cigarette. Je le trouve un peu fatigué
depuis quelque temps. Il a passé le cap des soixante-
dix berges. Faudrait maintenant, lui a dit je ne sais
quel médecin imbécile, qu'il se mette au Vittel, à la
Contrexéville. Pour le coup, il calancherait dans les
trois mois ! Il se détache, on dirait, de plus en plus. Il
jette un regard indifférent sur les gens, les choses. « Ils
me fatiguent tous de plus en plus avec leurs grimaces. » Il me branche sur la vieillesse, sans le savoir, le
vouloir, Auguste... sa simple présence. On a pitié plus
ou moins de soi-même à travers le malheur des autres.
Ça me paraît dur d'affronter l'âge, de faire bonne
figure à ses rides, ses bouffissures, sa couperose. Là,
pourtant, je ne suis qu'à peine quadragénaire, mais
déjà je gamberge au soir, à la nuit qui s'approche.
J'aperçois quelques gâteux tremblotants, ça me refroi-
dit déjà les os. Peut-être est-ce pourtant ça l'idéal...

perdre peu à peu notion de tout... retourner au pipi-caca-popot, s'en aller comme on est venu, dans les brumes, sans plus rien comprendre. Seulement le spectacle qu'on offre autour m'empêche d'anticiper joyeux. Le dégoût qu'on inspire aux jeunes filles en fleurs. Elles peuvent bien vous raconter ce qu'elles veulent... faire des minauderies courtoises. Le fait est là, on le respire. Il pue le cadavre et dès qu'elle peut, la jolie môme, elle s'esbigne... Elle court rejoindre sous les frondaisons printanières le bovidé vigoureux qui va la saillir. Auguste, j'ai beau me dire, me le garder avec sa « Lanterne » pour les jours de repues franches, il me semble qu'il ne va pas traîner ses lattes encore très longtemps dans nos rues. Passé ses soixante-dix carats, et avec tout ce qu'il a pompé depuis son adolescence, ça lui fera tout de même un joli parcours. Je devrais pas avoir des pensées de la sorte... ce jour de fête, au milieu de cette joie qui monte sous les voûtes romanes.

Vulcanos, lui, il domine là-bas à sa table. On ne voit que lui... le président Léopard vicomte de Casteuil n'existe plus... il se tasse... il ne moufte, il acquiesce comme naguère Farluche. Des éclats de voix me parviennent... *Bing! Pan!*... La paume de la main gauche contre son poing droit. Peu à peu, les gorgeons aidant, il redevient ce qu'il est à son habitude... exubérant... prolixe... son style bateleur à la Foire du Trône. Il ne laisse pas le temps aux damoiselles... aux chevaliers taste-léopards autour, de respirer, rétorquer ceci... nuancer cela. Vous vous doutez maintenant, lecteurs et surtout vous lectrices, de mes appréhensions... n'est-ce pas... qu'il dépasse sa dose... et de

propos en boniments... qu'il les défie, tous ces messires, à la longueur de leur biroute... qu'il leur sorte la
sienne... Flop ! sur la table, comme au sanatorium des
Colombes... « Qui dit mieux ? » Il se rend pas compte
par moments... que ça peut nuire à son image de
marque de mage universel... que les gens sont pour la
plupart incapables de dissocier cette aimable vantar-
dise de ses dons réels de prophète. Maintenant je me
gourais peut-être... ces femmes du monde, ces dignes
bourgeoises en goguette léopardine, elles étaient peut-
être bien au contraire encore plus brûlantes d'aller le
consulter à Auteuil... étalon et voyant, il pouvait les
satisfaire à la fois corps et esprit !

Avec tout ça, je me suis distrait de ma propre table...
le prince Edgar qui poursuit sa messe à la mangeaille...
qui n'arrive plus, on dirait, à tout absorber ! Ça
déborde, dégouline sur son plastron, son énorme bide.
Il me débecte tout de même, ce mafflu pédoque. Je me
défends des préjugés... de condamner, trancher sur le
comportement des autres... leurs manies sexuelles,
alimentaires ou politiques. Là, il met le pacsif, ce
Prince... il ne serait que l'un ou l'autre... goinfre ou
tantouse, il passerait. Seulement il a son minet...
l'albinos Charles Hubert, il se prénomme. S'il est aux
petits soins de son poussah ! Il lui essuie les badigoinces... l'éponge, l'aide à se bâfrer ! Il goûte avec lui...
prend des notes sur un petit calepin. Le prince Edgar,
officiellement, cézig c'est son apprenti... il l'initie à la
sainte morgane. Après sa mort, il veut que les traditions de gueule fine se perpétuent... enfin les siennes...
il a des goûts bien à lui, le palais éduqué spécial. Ses

chroniques, je vous ai dit, les restaurateurs bloblotent à
les lire... attendre son verdict sur leurs sauces, leurs
vins, leurs rôtis, civets, gibelottes, fricassées, crousta-
des ! leurs desserts ! Surtout les desserts ! Le prince
Edgar est un spécialiste des crèmes fouettées, marme-
lades, soufflés, compotes... omelettes norvégiennes.
Rien que sur les mille-feuilles, il a écrit tout un
chapitre dans un de ses ouvrages. Malheureusement,
moi, je fais sa connaissance tout à fait au bout de son
parcours. Il s'est épuisé à la tâche, le Prince...
cholestérol 4 g 50... la glycémie... tout se déglingue à
l'intérieur... le foie... les intestins... le pancréas ! Il est
engorgé... le blanc de l'œil jaune... ce qu'on voit dans
la masse de graisse... quadruple menton. Pour se
saper, il risque pas de se payer des petits jeans
moulants unisexe ! Rien que son bénard, de quoi si on
le débite vêtir trois quatre Bangladeshiens. Et il tortore
pour dix-huit Biafrais chaque jour !

Nous arrivent de plus en plus de plats... des jarrets
de veau... des volailles... des gibiers... cochons de
lait... des sauces jaunes, vertes, marron... aïoli...
coulis... béchamel, ravigote ! Je m'y perds sur l'instant, comment voulez-vous que je m'y retrouve treize
ans plus tard ! Ça déborde de mangeaille partout ! On
est dépassé... savoir où donner de la fourchette ? de la
cuillère ? Les verres s'entrechoquent, se renversent, la
vinasse se répand, les boutanches s'alignent. Ça se
dégrafe de plus en plus ouvertement... les cols, les
cravates, les ceintures, l'haut des braguettes... les
dames leur gaine, leur soutien-gorge... ça farfouille
dans les profondeurs sous les jupes, dans les frocs pour

se dégager un peu la panse qui se distend. L'atmosphère, alors, si ça se réchauffe... brûlante ! Les odeurs,
les fumets qui montent... le mélange, pinard, tortore,
cigares, le 5 de Chanel... des senteurs moins suaves...
je vais y venir, ma bonne habitude, se diront mes
fidèles lecteurs... Qu'y puis-je ? L'essentiel pour l'instant, la joie qui éclate, fuse... le feu d'artifice ! ça se
marre partout, glousse, applaudit, crie... ça folâtre,
tressaille, exulte, s'épanouit... on entend les gaudrioles
carillonner à travers le couvent. Ma voisine, la dame
léoparde, elle étouffe elle aussi dans sa robe du
XIIIᵉ siècle... sa tunique... une sorte de corset. Elle
résiste le plus longtemps, puis elle finit par céder à la
débandade générale. Elle se démène pour se dégrafer,
me demande de lui prêter main leste. Je m'y applique... Cette conne, elle a fait un nœud compliqué,
serré ! Elle sue, elle suffoque.

— Vous aviez peur qu'on vous viole !

Ouh ouh ! Elle éclate ! Suis-je drôle ? Quelle idée !
Elle se trémousse... se pâme... me tombe dans les bras
en s'excusant... Oh, elle a un peu bu ! Ce n'est pas dans
ses habitudes de s'affaler comme ça sur les hommes.

— Vous êtes un galant homme, Philippe. Vous
permettez que je vous appelle Philippe ?

Pourquoi pas ? Je me gratte un instant puis elle
m'éclaire... elle aime bien mes émissions sur R.T.L...
donc, elle me prend pour Bouvard. N'importe ! J'ai
l'habitude. On m'appelle aussi Lucien Bodard. On me
félicite de mes ouvrages sublimes sur la guerre d'Indo-
chine. Je me suis même fait régaler de langouste en
Bretagne, naguère, à la place de Michel Audiard. Enfin

je parviens… je desserre le nœud… la guêpière ! Ce que
ça provoque… une Bérézina… sa poitrine soutenue par
le balconnet !… ses doudounes qui me paraissaient tout
de même fermes… plof !… se déglinguent… les
appas… ça, je ne peux pas les lui retenir ! Le Prince, ça
le fait se marrer dans sa graisse, lui secoue son bide de
Bouddha poussah. Je vacille sur ma chaise, tant elle se
laisse aller. Je n'arrive plus à la retenir.

— Monsieur Bouvard, vous êtes charmant !… Mon
cher Philippe !

Elle se retient à mon froc… les parages de ma
braguette. Elle tâte, l'air de rien, si le morceau est à sa
convenance. Pas que je sois spécial prude, mais je
manque d'air… je repousse ses paluches bagousées. Un
rude effort. Je parviens tout de même à la redresser…
pas ce que vous pensez, vils coquins ! Non… la
léoparde ! Je la remets tant bien que mal, guingois sur
son siège, devant son assiette qu'un larbin imperturba-
ble est en train de garnir… un morceau de chevreuil…
des fruits… poires, pommes, oranges. Elle me tire un
petit bout de langue. L'autre, le prince des boustiffes,
il se fend toujours sa grosse terrine… il en avale
traviole… nous asperge de ses résidus ! Son minet
albinos lui tape dans le dos ! Les autres convives de
notre table, ils sont eux aussi envapés d'alcool, de
mangeaille. Ils ne se rendent plus bien compte déjà des
choses. La tenue dépoitraillée, aguicheuse de la dame
léoparde, ça n'a pas l'air de les surprendre. Il y a là, en
face, le mari… un quinquagénaire en sorte de cotte de
mailles… un léopard à moustache. Ça l'amuse plutôt
de voir son épouse me gringuer outrageux… il me fait

des moues, des clins d'œil approbateurs. Je peux y
aller, si ça m'enthousiasme, il s'en tamponne... s'en
régale même, paraît-il, je vais apprendre par un copain
journaliste. Avec sa dame, ils partousent allegretto
depuis les débuts de la IVe République. C'est un
P.-D.G., lui, de l'industrie alimentaire, prénommé
Rudolph comme Valentino. Elle, c'est Eléonore, tous
les sabreurs habitués des fourrés du bois de Boulogne
se la sont embourbée moult fois. Dans la Presse, les
salons, on se ragote leurs exploits. Qu'Eléonore se fait
passer en série dans sa Mercedes, par tous les bandeurs
qui se présentent... des Arabes, des nègres, des
chauffeurs routiers, Rudolph surveille, compte les
coups... s'aiguise le chibre, se pointe le dernier...
Hop ! s'éclate ! Les mailles qu'ils ont eues à partir avec
les poulagas de la Mondaine. Ce qu'il a dû décher,
Rudolph, pour se faire essuyer les ardoises. Il gâte les
flics le plus qu'il peut... leur garnit l'arbre de Noël de
la Préfecture chaque année... la moindre des choses ! Si
ça débagoule, commente, médit, sous-entend à propos
de tous ces gens à fric... les célébrités, les grossiums,
les tout-Parisiens ! Je n'y prêterai pas tant l'oreille...
mais la conduite de cette Eléonore... les regards de son
époux. D'ailleurs, vers la fin du repas, il m'invite. Il
me tend sa carte... que je lui téléphone... il aimerait me
présenter à de ses amis admirateurs de mes œuvres.
Lui, n'est-ce pas, il a adoré mon livre sur les prisons...
comment s'appelait-il donc ?... *La Frime ?*... Ah ! oui,
La Frime ! Admirable livre ! Il l'a prêté, on ne le lui a
jamais rendu. N'est-ce pas la preuve que j'intéresse
tout le monde. Bien sûr. Je lui conseille, à ce léopard

libidineux, sa carte de visite d'aller la donner à
Vulcanos, s'il lui en reste une.

— Vous pourriez d'ailleurs aller le consulter. Il est
extraordinaire !

Pourtant, le mage, il a horreur des partouseries, ce
qu'il m'a toujours affirmé. Lui, il sabre direct...
sainement... il se triture pas les méninges. Tout dans le
chibre. Plaf ! S'il lui prend l'envie d'encaldossarès la
léoparde Eléonore, il peut à la rigueur lui faire
atteindre son orgasme au coin de la table de sa
cuisine... le litre de rouge à côté... le clébard Max
comme spectateur, à l'extrême rigueur.

Que je reprenne le menu... nous attaquions les
salades... les frometons... Calendos, Port-Salut, Cou-
lommiers, Roquefort ! Ça tournait orgie romaine, la
fiesta moyenâgeuse ! Ça devenait, à l'œil froid, franchement dégueulasse. Les musiciens se fatiguaient. Ce qui
dominait à présent, les rires gras, les cris, les bavarda-
ges logorrhéiques. Le prince Edgar, lui, il poursuivait
sa tortorade... olympien sybarite. Son giton, toujours
aux petits soins, lui grattait les Chavignols... n'allez
pas croire que c'est un mot d'argot... il s'agit, vous me
comprenez, des fromages... les petits crottins ! Il les
trouvait sublimes, le Prince... il expliquait pourquoi...
les nuances. Le comprendre, avec le Chavignol dans
les bajoues, j'y avais renoncé ! Je faisais oui, oui,
toujours Eléonore sur ma veste... sa tête qui tombait.
Et subito, un curieux bruit... une pétarade foireuse !
Oh ! la la ! l'incongruité !... Je m'excuse encore, chères
et délicates lectrices, je suis bien obligé de vous
chroniquer ce qui fut... ce qui fusa, pour être précis.

On se regarde... Vrutt ! ça n'arrête plus... la flatuosité
ininterrompue ! Nettement du côté du Prince que ça
s'échappe... vrutt ! Pas le pet sonore, joyeux de nos
chambrées militaires... non, un roulement sourd...
vrutt !... une sorte de borborygme anal... je ne sais
comment vous l'exprimer mais ça ne s'arrête plus. Le
prince gastronome, il paraît lui-même surpris de cette
échappée fabuleuse. Il ne peut vraiment pas la retenir,
pourtant il s'efforce... il se concentre... nous recrache
en postillons son Chavignol si délicieux. L'étonnement
passé... le picrate aidant... ça se met à se fendre...
toute notre digne tablée... les messires et gentes
demoiselles... léopardes et léopards. Eléonore se tort
de rigolade... et vlaoum ! elle en lâche une, elle aussi,
pas une petite perlouse chochote sournoise... une
mastarde bien de chez nous, caserneuse. Son mari
mord sa serviette et braouf ! il lui envoie la réplique !
Avec toujours le roulis du Prince à l'arrière-fond
sonore... lui, on dirait qu'il ne peut plus s'arrêter.
Maintenant les autres convives de notre table s'y
mettent... ils poussent... se soulèvent une fesse...
l'autre, de leur siège, pour que ça s'échappe allegretto !
Par politesse, je suis bien forcé moi de répondre,
participer au concert... mettez-vous à ma place ! je vais
pas jouer les bécheurs, les culs coincés ! Schlaf ! Je leur
balance une fusée triomphante Saturne... je la mets sur
orbite, elle tourne autour de la table. Eléonore du coup
se rend, elle s'offre, elle se laisserait prendre sur-le-
champ, sur la table devant tout le monde. Si je n'étais
coinçaresse par mon atavisme tout de même judéo-
chrétien... inhibé, pour employer un vocable plus

accessible aux nouvelles générations, je pourrais profiter de l'occase séance ! Ma pensée se barre un instant vers Karl... mon petit camarade de cellule, l'été 1950... la 206... je vous l'ai dépeint au tout début de mon ouvrage. S'il était là, à ma place Karl, il se gratterait pas un seul instant... la léoparde blèche, il l'encaldosserait dans la vaisselle, parmi les cris, les rires, les pets. La vie est bancale, on peut dire... rare que celui qui serait utile soit toujours là au bon moment.

Enfin notre table est en liesse perlouses... qui dit mieux... la saine joyeuse émulation ! La contagion gagne nos voisins de droite, puis de gauche, c'était prévisible. Le vicomte de Casteuil lui-même, avec son sautoir de Grand Maître de l'Ordre... Splaf ! il nous rétorque en se redressant soudain, soulevant sa robe de Moyen Age. Du coup, il recueille des applaudissements nourris et puis des réponses de toutes parts en perlouses ! On a morgané des flagdas, il est vrai, avec le gigot. On a tous des munitions pour les orgues de Staline. Ça va atteindre Ap'Felturk et Joséphine. Le metteur en scène de la téloche, il ne sait plus où donner de la caméra, du micro. Il veut tout ça en son direct, il est de l'école Nouvelle Vague. Il est vrai qu'en post-synchro ça serait difficultueux à suivre sur la bande pour le doublage. Eléonore, ma nymphomane voisine, elle en peut plus... entre le rire... les flatulences ! Elle n'arrive plus à se concentrer pour répondre à mon appel... une perlouse modulée joyeuse. On est tous en délire, alors... la fantastique rigolade ! On s'oublie, l'expression adéquate. Moi-même, je perds un peu mon contrôle. Ça m'arrive rare, dès que les gens débloquent en groupe, je reste sur mon quant-à-moi... je gaffe droite à gauche. Si ça biberonne trop, je reste à l'orangeade. Ma méfiance, ma protectrice, qui me drive. J'évite ainsi de fières cagades... aussi bien les accidents de la route que les descentes de police. Je ramène plutôt les éclopés, les poivrades. Pour une fois je participe presque sans restriction.

Et puis voilà... Bing ! le coup de faux ! La camarde qui nous épie, la salope, toujours prête à embarquer les défaillants, les malchanceux, les vioques. Elle vous arrive dans les moments où on se paye le luxe de l'oublier. J'y pense pourtant souvent, je la perds rare de vue, même dans les instants de luxure. Tout à nos prouesses anales, on se rendait plus compte du prince Edgar... son roulis était dominé à présent... il avait servi d'ouverture... on ne s'y intéressait plus... chacun égoïste, vaniteux à sa propre musique... son *moi* musical fécal. Tout à coup, machinal, je le zyeute, ce Prince... Oh ! la la !... tout de suite j'entrave quelque chose d'anormal... il s'effondre, il glisse, les yeux blancs... personne ne s'en aperçoit, même pas son minou albinos, la folle ingrate. N'est-ce pas, elle pète, elle aussi, et pas des choses si discrètes. De plus en plus, le Prince... il glisse de son siège... juste son bide le retient, débordant de la table... Je me dresse, je l'interpelle... « Monsieur le Prince ! » Il ne répond... j'insiste... Charles Hubert maintenant se rend compte... essaie de retenir son protecteur ! Peu à peu la pétarade s'apaise... cessez le feu.

— Un médecin, vite ! le prince Edgar a un malaise !

On l'entoure, le relève. Oh ! il schlingue... son roulis a dû dégénérer, il est plein de merde ! Un docteur léopard nous écarte... lui tâte le pouls, l'ausculte.

— Il faut le transporter d'urgence à l'hôpital.

A sa tronche, au médecin coiffé d'un chapeau à bec, on peut se gourer que c'est pour la forme qu'on va se démener tous... le sortir de la grande salle. Jo Dalat et le légionnaire, au moins, ils vont être utiles à ça... transporter le gros plein de caca jusqu'à la DS de Roberto. L'albinos, il nous donne le spectacle de la pleureuse, il gémit : « Edgar ! Edgar ! » Il va le suivre jusqu'à la clinique. A six bornes, il y en a une. Ça s'entrecroise les ordres, les commentaires. Enfin on nous l'escamote fissa, notre prince gastronome... côté cour. La stupeur passée, il faut que la vie reprenne, que la fête continue. Les humains sont si futiles, si imprudents qu'aucune leçon ne peut leur profiter. Peu à peu on se rassure les uns les autres... que ce n'est rien, qu'on va le ranimer... et on rebouffe, on reboit, rerit, rechante. « *Ah ! mets-lui ta bite au cul et qu'on en finisse !* » Déjà il est oublié, le prince poussah... il s'efface !

Le lendemain seulement, par les journaux, on apprendra son décès... mort au champ d'honneur de la boustife ! Chavignol en gueule, pet en fesse ! La fin qu'il souhaitait... en plein travail artistique en quelque sorte, comme Molière sur scène... le saint-cyrien dans les blés mûrs de la Grande Guerre... le musicien à son piano... l'écrivain au milieu de sa dernière phrase, au point virgule, plume en pogne !

Sur le moment, la plupart des convives n'avaient pas

bien vu qu'il était déjà calanché avant d'arriver à la
DS... Roberto, surtout ce qu'il voulait, se débarrasser
du cadavre. Pour son établissement il ne tenait pas à se
faire une publicité jumelée avec Borniol, on le comprend. Vulcanos, au milieu du tohu-bohu, il est venu
me prendre en aparté à l'oreille, en lousdoc, me dire
que la nuit précédente il avait prévu un trépas. Le voile
noir qui lui passe brusquement devant les châsses ! Il
ne s'y trompe pas... il sait que le lendemain la mort se
pointera dans les parages.

— Autant que ce soit ce gros porc que toi. Je me
faisais du mouron des fois qu'il te tombe une tuile, que
tu rentres avec ta bagnole dans le rail de sécurité de
l'autoroute.

Gentil à lui ! Il a toujours la formule pour vous
égayer. Enfin il me confirme, en catimini, qu'il est bel
et bien mortibus, le poète gastronome... parti en
beauté, en zéphyr, en brioche, en fromage, en postillons de Châteauneuf ! J'en suis encore dans mes
moroses gambergeries mais, alentour, les drilles sont à
nouveau en gobergeades ! Les desserts variés nous
arrivent... omelettes flambées, saint-honoré, babas,
charlottes... des feuilletés... de la Chantilly... sorbets
de la Passion... des crèmes tout à fait fouettées...
arrosées de blanc de blanc ! Fissa, il est aux oubliettes,
le prince Edgar ! Plus personne à présent, en 1978, ne
se rappelle sa grassouillette existence. Aujourd'hui,
avec ma plume, je fais des épitaphes en somme. Toutes
nos belles œuvres, nos romans sublimes... des épitaphes plus ou moins longues... *Ci-gît le prince Edgar qui*
fut un grand épicurien, un gastronome d'élite, un homo-

*sexuel distingué, un chroniqueur de talent... Que le
Seigneur l'accueille parmi ses élus dans la félicité éternelle.*
Voilà... Je suppose qu'au ciel il y a tout de même une
place pour le prince Edgar... qu'il y encule les
angelots.

Ça rebarre donc avec les desserts... le champ'!... la
musique moulue Moyen Age reprend. Le mage, il va
de table en table... sans vergogne il distribue ses cartes
de visite. « *Le voyant des grands de ce monde* »... Il
dédicace encore son livre. Jusqu'ici je trouve qu'il se
tient plutôt gentleman. Il se vante juste les mérites. Il
narre ses plus belles prédictions. Celle au président
Lebrun, en 1939... lorsqu'il visita le contre-torpilleur
« Vercingétorix » sur lequel il était canonnier, au
début de la guerre. L'anecdote, je l'ai entendue
maintes fois. Le Président qui passe, qui s'arrête juste
devant lui... comme hypnotisé. « Matelot, qu'avez-
vous à me dire ? » « La soupe est bonne, Monsieur le
Président. »... « Mais encore ? » Et là... il ne peut pas
s'empêcher... ça lui sort les mots de la bouche sans
qu'il puisse les retenir... une force surnaturelle... « La
France est foutue, Monsieur le Président. » S'il est
resté saisi, m'sieur Albert Lebrun ! Lui seul avait
entendu la réponse, comme dans la Bible. « Je vous
remercie, matelot », ce qu'il a eu la force de murmu-
rer. Il raconte tout ça avec tant de conviction, Vulcanos, qu'il est exclu qu'on puisse douter, chichiter, le
contredire. Toutes les dames, damoiselles léopardes ou
non, pensez si ça les passionne tout ce qui est magique,
astrologique... le futur. Elles se bousculent pour
l'écouter. Dès le lendemain, à sa consultation, il va les

avoir toutes... les belles, les gravosses, les petites, les torgadues, les maigriotes... mémères ou pucelles ! L'opération *banquet des léopards,* je ne sais pas si elle sera tellement rentable pour Félicien Ap'Felturk mais pour cézig... *in the fouillouse.* Il va se faire des couilles en or.

Il est quelle heure, à présent, à la fin des tartes aux myrtilles ? Au moment des cafés... des pousses... Armagnac, calva, mirabelle, poire Williamine ? Déjà cinq heures et demie, le temps s'est écoulé rapide. Il faudrait maintenant qu'Auguste nous fasse son allocution... le piège tendu à l'autre pomme qui ne se doute encore pas de la poloche... qui ricane, je l'aperçois à sa table... béat, la tronche comme tout le monde maquillée de vinasse remontée... rubicond. Joséphine doit être impatiente de son chèque. Elle s'est déplacée uniquement pour ça, pour la cause des Milandes. Ça n'a pas l'air de la divertir fou, ce raout. Elle est restée réservée jusqu'ici. Seul Vulcanos l'a un peu mise en sa poche. Spécial, il lui a promis son horoscope détaillé. Il va travailler sur elle... avec sa boule de cristal qu'il n'utilise qu'exceptionnellement, se mettre en condition pour pouvoir la renseigner sur son avenir... sur celui de tous ses enfants adoptifs.

— Je suis orphelin, madame Baker. J'aurais aimé rencontrer sur la route de mon enfance une femme comme vous.

Dans le mille ! Le cœur de Joséphine lui est acquis avec deux phrases comme ça.

Auguste, à sa table, il est placide, il ne bronche... il boit comme toujours lentement, en claquant sa langue au palais. Je lui fais signe... ma montre... qu'on en finisse. Je voudrais retrouver mon bercail laÿssien. La bectancerie intensive, ça me fatigue... je peux plus arquer... mes idées s'engoncent... mon imagination se traîne et sans elle, la vie vaut-elle d'être vécue ? Il n'a pas l'air d'entraver, le dab... je vais lui jacter à l'oreille.

— Oui, oui ! ne t'en fais pas.

Il n'aime jamais qu'on le brusque mais, là, je le trouve lui aussi au-delà de la cote d'alerte, question œnométrie ! Ce qu'il a pompé depuis les aurores ! il tient, certes, toujours droit sur ses guibolles, elles soutiennent encore son bide, toute sa masse, mais je le connais dans les coins, je me rends compte... il flotte, il a du mal à se rallumer sa cigarette... il se brûle les sourcils. Tout de même il se lève, après avoir vidé un verre de calva... Hop ! cul sec que c'est pas tant dans ses manières. Il se retient un peu à la table. Bing ! il renverse une bouteille. Son voisin, le Major Hild, le président de la Ligue des Farceurs réunis... un distingué philologue, le soutient le mieux qu'il peut et, en même temps, il frappe du couteau contre un verre pour obtenir le silence, comme Vulcanos au sanatorium des Colombes lorsqu'il annonçait les résultats de nos loteries. Le journaliste de l'O.R.T.F. avec son micro arrive à la rescousse. Le Major Hild s'en saisit et nous annonce que monsieur Auguste Brétoul a une déclaration importante à faire à la Presse ! Que tout le monde cesse de se pincer les miches, de siroter, de jacasser une courte minute. Il fait applaudir le lanternier, l'organisateur, l'âme de cette journée mémorable où la gastronomie, l'astrologie et les belles lettres se sont réunies

pour célébrer le dieu Bacchus en quelque sorte... enfin
une déclaration préliminaire bien venue, moulée, élé-
gante... avec des imparfaits du subjonctif, si ma
mémoire est bonne. C'est sa spécialité au Major, il fait
avaler les pires canulars grâce à son éducation gram-
mairienne sans faille.

Auguste, lui par contre, il a de la peine à s'exprimer... il quitte pas sa cigarette... ça marmonne un peu
son attaque. Il remercie tout le monde en vrac, on croit
entraver. Ap'Felturk sans qui rien n'était possible, ni
le livre du mage, ni ce fastueux banquet... Roberto
Pegazzi, l'incomparable maître queux et ses marmi-
tons... le vicomte de Casteuil et sa ménagerie de
léopards, tous ceux qui nous ont honorés de leur
présence, les écrivains, les vedettes du Septième Art
et de la chanson... tout particulièrement la grande,
l'inoubliable, la divine Joséphine Baker! On commence à mieux comprendre ce qu'il débite, sa langue
se délie. Joséphine se lève, recueille un tonnerre
d'applaudissements. Auguste fait la pose... cherche un
verre... le Major lui en tend un... il s'humecte.
Maintenant il va placer ses banderilles, le dab. J'attends avec impatience. Il lève le bras. Hild réclame
encore le silence.

— Afin d'aider madame Baker à sauver le château
des Milandes où elle héberge, comme vous le savez,
des enfants perdus des quatre coins du monde, Monsieur Ap'Felturk n'écoutant que son cœur généreux a
décidé de lui remettre un chèque...

Il s'arrête, hésite à ce moment-là. On dirait un
acteur en panne de texte. Ça laisse un blanc... on a

entendu, nettement... chèque ! Le mot magique, avec
ou sans provision... mais la suite... il reste en carafe, le
con, il ne dit pas de chiffre, merde ! L'erreur fatale !
C'est pourtant lui-même qui l'avait décidé... trois
briques ! Je lui avais bien recommandé, je me rappelle,
de ne pas énoncer la somme en nouveaux francs... mais
il ne dit rien... il reste à souffler sur place... une fatigue
immense le submerge. Tout le monde s'est retourné
vers Ap'Felturk pour l'acclamer, l'applaudir. Je n'ose
le gaffer... un œil cependant. Il est comme toujours
béat, ahuri... il ne réalise pas encore. Je reçois un
sévère coup de châsses de madame, sa Véra tigresse...
elle, alors, elle a vite compris la coupure... et elle
s'imagine que l'entourloupe vient de ma petite tête...
une de mes idées tout à fait géniales ! Elle se précipite
vers Félicien. Le chèqueton, il est bien obligé de
s'exécuter, de le signer devant les photographes, les
caméras. Tout de suite Véra s'est reprise... elle secoue
son homme... qu'il sorte son carnet, son stylo. Elle
écarte une assiette... un verre. Elle s'efforce de sourire,
de faire contre mauvaise fortune. Joséphine subit les
flashes. L'instant solennel, Vulcanos est là, il s'arrange
toujours pour être au premier plan sur les photos. Il se
penche au-dessus de Félicien qui rédige, signe...
détache le chèque... se lève et le tend à madame Baker
qui le remercie, l'embrasse. Voilà. La bise est fixée sur
pelloche pour l'éternité. Les caméras ne cessent de
tourner. Une chose me tracasse... ce qu'il a pu écrire,
l'autre fromage, sur son chèqueton... la somme
exacte ? Déjà qu'il se plaignait, le soir du couscous, de
tout le fric qu'il engloutissait pour cette sauterie, de

tous les frais imprévus, les rallonges sur l'addition !
C'est le brouhaha dans la grande salle du monastère
métamorphosé auberge... un remue-ménage... mouve-
ments divers. Ap'Felturk a été rejoindre sa Véra à une
table un peu à l'écart du tumulte. Il souffle, s'éponge le
front. Oh ! la la !... j'aperçois Joséphine qui se dresse.
Elle a jeté un œil, me diront les témoins près d'elle... la
somme inscrite sur le chèque ! Incroyable ! Elle a relu
deux fois ! Oh ! elle bondit, elle bouscule les gens... elle
vient, furibarde, devant Ap'Felturk. Pensez si les
photographes, les deux cameramen se précipitent... les
échotiers, s'ils flairent l'événement, l'esclandre ! Je
manque de réflexe... je veux leur filer le train, mais
trop tard... la ruée autour de Joséphine... la boviscu-
lade ! Juste je me rends compte qu'elle gesticule,
glapit.

— Monsieur ! Je ne suis pas une mendiante !

Et crac ! crac ! elle déchire le chèque ! J'ai joué des
coudes, je suis presque au premier rang. Elle jette les
morceaux à la face ahurie de Félicien. Si elle est
furibarde, Joséphine !

— Une honte ! Me faire déranger pour ça ! Toute
votre chienlit ! Vos cons du Moyen Age !

Elle y va, le vicomte de Casteuil dérouille par la
même occase, avec ses musiciens de merde ! Ça dépasse
ample nos plus aimables prévisions comme salade.
L'oubli d'Auguste de préciser la somme exacte, les
trois briques, don gracieux d'Ap'Felturk, ça a provoqué un scandale bien plus énorme. Félicien avait cru,
ce sordide, s'en tirer avec un chèque de mille francs...
cent mille anciens... une bagatelle pour les réparations

du château des Milandes... même pas de quoi faire becter toute sa smala une journée à la Joséphine... ses petits chinois, nègres, juifs, arabes... sa mission de réconcilier toutes les races dans une même famille ! Ce qui la met au comble de la colère, qu'on se moque de son apostolat ! Elle s'en prend à quelques journalistes qui se marrent. Plus personne n'y comprend rien. On ne sait pas à ce moment exact la raison de sa rogne. Auguste, lui, il s'est rassis depuis la fin de sa déclaration. Il s'humecte à nouveau la dalle. Il a l'air absent... de s'en battre la gaule absolu des conséquences de son allocution. Il a déjà pris ses distances d'avec la vie à cette époque. Je voulais lui reprocher son omission, mon premier mouvement, et puis les choses ont tourné encore plus vinaigre pour Ap'Felturk. Joséphine, à présent, elle se crêpe carrément avec un journaliste qui lui a lancé le vanne que tout lui était bon pour faire sa publicité. Elle apprécie encore moins ça que le chèque de cent sacs.

— Peigne-cul ! Espèce de pauv' minable ! Sale connard...

Il faut l'intervention de nos gardes du corps, Jo et le légionnaire, pour ramener le calme. Finalement, eux, je les avais fait embaucher pour qu'ils cachetonnent... et puis on s'aperçoit qu'ils sont d'utilité première ! Déjà, ils ont embarqué le prince Edgar, maintenant ils retiennent, ils nous dégagent Joséphine. Elle se débat... « Bande de maquereaux ! Bande de nègres ! » Elle nous traite de nègres... un comble ! Elle ne sait plus ce qu'elle profère. Enfin ils finissent, les deux gorilles, par l'attirer au vestiaire. Les photographes ne la lâchent plus... flash sur flash ! Le pugilat, les cris, avant qu'elle regagne sa voiture, dehors, sur l'esplanade devant le couvent. Tout le monde est sorti, la gent léoparde, les larbins, les cuistots pour la voir partir. A la portière, elle vocifère encore. Décidément, ça tourne en brioche le festin... ça se termine plutôt tordu. Ap'Felturk, il paraît sincère étonné.

— Enfin, cent mille francs, c'était pas si mal ! Y en a qui ne les gagne pas dans le mois.

Il s'enfonce, s'embourbe dans de tristes explications. Les léopards écoutent sans commenter... réprobateurs, il me semble. Ça nous a tous, cette fois, un peu dérondis, l'esclandre... le départ en fanfare de Joséphine. Les chanteurs, les comédiens, eux aussi, se font la valise. On entend les portières de voitures claquer. Au bout d'un moment, il reste que les derniers buveurs, les résistants et puis tout de même les léopards et léopardes avec le vicomte de Casteuil qui ne savent quel parti prendre. Roberto Pegazzi, il respire la vape... que ça va pas lui faire la pub qu'il escomptait, cette gueuletonnade ! Il est plutôt inquiet des échos de presse du lendemain. Quelques viandes saoules se traînent par ci... vident le fond des bouteilles par là. Les moyenâgeux, ils essaient bien de redonner un peu d'ambiance avec leur musique, mais le cœur n'y est plus.

— On vous retient, monsieur Boudard !...

La voix coupante de Véra Ap'Felturk dans mon dos. Elle me siffle... c'est une menace. Que répondre ? Au fond, ils s'en tirent plutôt bien... si Auguste avait annoncé un chèque de trois briques, il aurait bien eu le stylo forcé Félicien. Devant toutes les caméras, les échotiers, il ne pouvait pas se défiler. Certes, pour le lancement du livre de Vulcanos, ça risque de tomber à plat. Avec Auguste on en était tout à fait conscients... notre préméditation de lui faire décher ce banquet grandiose pour un résultat très aléatoire. Seul Vulcanos tirait les marrons du feu. Il s'était tenu à l'écart du pugilat. Il profitait juste de la situasse pour élargir sa clientèle. Il distribuait toujours ses cartes, dédicaçait quelques bouquins. Jusqu'au bout il se dépensait. D'ultimes dames en hennin voulaient d'ailleurs qu'il s'exécute, là, sur-le-champ... qu'il leur fasse quelques prédictions sur la France, le général de Gaulle... l'avenir du monde. Tout en pérorant il torchait tout de même encore une boutanche... cette fois au goulot, il n'arrivait plus à se contenir !

— Vous... Il désigne une ravissante, une mutine blonde que j'ai remarquée depuis le début... Vous... vous allez rencontrer une chose importante. Vous aurez bientôt une grosse affaire entre les mains.

Ça laisse une ambiguïté, cette prédiction. Je ne sais pas si elle entrave, la cocotte jolie, ou si elle fait semblant de ne pas... mais elle reste souriante... candide... bien élevée !

— Venez donc me voir. Je vous donnerai plus de détails.

Il est entouré d'un essaim... je ne dirais pas de jolies filles... dans le tas il y en a pas mal de tocardes... de blèches bourgeoises racornies sous leur coiffe ancienne... mais l'essentiel pour Vulcanos, toutes elles sont à le titiller, le questionner, lui passer encore la

menotte sous sa chemise pour toucher, j'ai dû vous
dire, les poils de la bête. Il laisse courir le bruit que ça
porte bonheur.

Malgré tout on s'achemine vers la fin de cette
journée mémorable... se vide la salle du banquet... les
léopards musiciens rengainent enfin leurs instruments.
Certains se déloquent, je ne sais où... vers les chiottes,
le vestiaire... réapparaissent en fringues 1965. La triste
surprise ! On mesure alors la différence. Les frusques
médiévales, si ça vous rehausse le prestige. Même les
plus déjetés torgadus, une fois sapés d'harnais semblables, ils vous prennent un air shakespearien. On se
prépare à ce qu'ils vous débitent une tirade sublime.
De retour dans leurs costards marine croisé avec leurs
petites cravates à rayures, ils ne sont plus rien que des
électeurs, c'est-à-dire que dalle... pet sur toile cirée !
nave prétentieux !

Ap'Felturk s'est tiré lui aussi, Véra l'a entraîné
d'autor... qu'il comprenne enfin, ce fromage mou, à
quel point il s'est fait piéger... en quel Jarnac on l'a
conduit.

J'ai sous les yeux une photographie prise à ce
moment de la fin du repas. Je suis assis à la table du
dab... d'Auguste... On a l'air pensif tous les deux, on
est devant nos verres, les reliefs du festin... pas du tout
des lascars qui viennent tout de même de réussir une
belle entourloupe... Croquignol et Ribouldingue après
la chourave de la montre du président Fallières. On
dégage, c'est curieux, une sorte de morosité... à dire
vrai, je nous trouve lugubres.

Le vicomte de Casteuil est venu nous entretenir,

faire le point avant de nous quitter. Lui, malgré tout, il
était content de cette journée. Pour l'Ordre des
Léopards, elle était plutôt positive. Il nous a même
proposé d'entrer nous aussi dans le club... qu'il serait
heureux d'y accueillir, au cours du semestre prochain,
des gens de notre qualité. Le hic, n'est-ce pas, qu'il
fallait se procurer une tenue XIIIe siècle assez coûteuse,
si on voulait faire bonne frime... les chausses, le
pourpoint... la roupane si possible en velours... les
tatanes poulaine. Mais enfin ça valait la peine, il nous
faisait comprendre le Vicomte... que tous les léopards
entre eux se prêtaient la paluche. Dans leur domaine
tous bien placardés, patrons, hauts fonctionnaires,
médecins, hommes politiques... gros commerçants,
artistes de l'Etat... que ça pouvait nous être utile,
surtout pour moi devenu homme de lettres à part
entière. A mi-mot il me faisait guigner je ne sais quel
prix littéraire, ma placarde toute chaude dans une
académie. Les léopards ont des appuis, des amis
partout. Je me voyais pas bien quand même avec
Auguste dans leur guignolade médiévale... jouant de la
viole de gambe.

Je reviens encore à cette photo. Auguste de profil,
son grand blair bourgeonneux, sa cigarette amère et
mézig, le menton appuyé sur la paume de la main...
nos verres vides sur la table. Ça ne paraît vraiment pas
qu'on vient de remporter une victoire sur Ap'Felturk,
qu'on s'en est payé une sévère, une rigolade à ne plus
s'arrêter de pisser dans son froc. Le but atteint, on s'en
tamponne, on ne se réjouit qu'à la perspective... en
sexualité par exemple, les préparatifs... ce qu'on

s'imagine... l'escalier qu'on monte derrière des fesses affolantes. Une fois le sperme évacué, c'est toujours un peu tristouille. Enfin l'Ap-Felturk on l'a fourré jusqu'à la garde. Il est passé aux yeux de tous pour le pignouf sordide avec son chèque de cent bardas pour les orphelins de Joséphine. Médème Véra, ce soir dans leur plumard conjugal, ça fait pas une ride qu'elle va lui chanter une drôle d'opérette, à son cher époux. Le lendemain d'ailleurs il va pouvoir mesurer sa jobardise... dans la presse, ce fut alors le fiasco total ! Juste on annonçait la mort du prince Edgar au cours d'un banquet organisé par l'Ordre des Léopards, à l'Abbaye des Innocents. D'Ap'Felturk point n'était question, ni même de Joséphine Baker.

— Est-il exact qu'il vous a tout prédit ?... J'aimerais savoir...

La Vicomtesse qui m'interpelle tout à fait au final, près du vestiaire, lorsque je me prépare à rentrer avec l'Arsouille et Jo Dalat. Elle est restée en dame gothique, la vicomtesse de Casteuil... un surcot avec son manteau à cordelière... et surtout son magnifique hennin à voiles échafaudés... la coiffure la plus imposante de l'assemblée, une pièce remarquable qui a fait sensation au cours du banquet. Elle me parle tout doux, catimini... jusqu'ici elle ne s'est pas approchée du mage comme les autres léopardes. Elle semble, elle, plus réservée... sur son quant-à-soi. C'est une femme de la cinquantaine et mèche, digne, blanchecastillesque... tout à fait distinguée, aristocratique. J'ai eu l'impression qu'elle n'était pas à son aise au moment du concerto pour perlouses. Enfin, elle est intriguée, elle aussi, par ce prophète dont on dit monts et merveilles ! Elle me pose quelques questions. Que répondre ? Oh ! oui, qu'il est inouï ! sensass ! fantastique ! qu'il m'a toujours averti de tout... toutes les cagades qui me descendraient... mais les choses heureuses aussi... qu'un voyant pareil, par siècle il en existe un ou deux... que c'est la chance inespérée de le rencontrer sur son chemin. D'ailleurs, il approche à cet instant Vulcanos... il est à quelques mètres tandis que je m'entretiens de lui avec la Vicomtesse. Je le hèle... il s'approche.

— Madame voudrait te consulter. Tu n'as pas une carte ?

Oui, oui... sa brème... il la lui tend, il est paré... Seulement, là, je le sens tout à fait blindé à présent... depuis l'apéritif ce qu'il a dû engloutir, la vache ! Il a l'œil brillant... les pommettes. Je crois bon d'ajouter une petite phrase pour la Vicomtesse... « Vous ne risquez pas de perdre votre temps, chère madame. » Ce qui lui prend à Vulcanos ?... il ne se retient plus, il se croit encore aux Colombes avec Frédo ! Il s'approche, égrillard... il montre son avant-bras, le poing fermé... il le redresse sous le nez de la vioque... Plaf !

— Surtout que j'ai une bite grosse comme ça à vous mettre dans le cul, Vicomtesse !

La tronche, alors, de la noble dame... le sursaut ! Tout son hennin... les voiles échafaudés... le saisissement de tout son être ! A se demander si elle ne rêve... Qu'a-t-elle ouï ? Ce geste... Hop ! il est reparti, le mage, vers d'autres clientes éventuelles. Il me laisse avec la Vicomtesse sous le coup de l'émotion. Elle n'a plus de voix, elle avale sa salive... elle pince son sourire !

IV

La mort d'Auguste

Ça lui pendait au nez, certain... son pif turgescent, chargé de tous les péchés alcooliques. Ça nous pend à tous au nez... on n'y pense pas assez, voilà tout. On se berlure que ça va, comme la fillette de Queneau, durer durer durer toujours ! Et puis crac ! la rupture... l'anévrisme... le caillot qui remonte... Dieu sait quoi, il a tous les tours dans son sac, notre divin créateur. Il vous rappelle. On n'y tient pas tellement malgré nos jactances bravachières ! Merde ! on laisse des veuves, des orphelins... quelques lecteurs en attente de votre prochain chef-d'œuvre... quelques créanciers, le percepteur dans le besoin.

Voilà, les potes sont tous là, les compagnons de « La Lanterne ». Ça ne les amuse plus du tout ces ultimes soubresauts du convoi funèbre sur les cailloux du cimetière. On se retrouve, tous ou presque, c'est un matin frisquet de novembre... un vendredi 13 pour tout arranger. On se gèle les harpions au cimetière de Bagneux en attendant le fourgon... qu'Auguste nous arrive sapé sapin. Claude Berri vient d'arriver, il gare

sa voiture, il nous serre la cuillère à tous les lanterniers : Bobby le Stéphanois, Fier Arsouille, le Major
Hild, Jo Dalat, Jean Arnaboldi, Jérôme Martineau,
l'éditeur Losfeld et bien d'autres... une bonne ving-
taine de potes... Dédé Vers, Hardellet bien sûr. Il nous
manque Farluche qui traîne Dieu sait où... il est avec
lui, n'est-ce pas... *Gott mit uns !* et puis Vulcanos...
mais, cézig, pour une raison à la mesure de son
personnage... je vous dirai plus loin.

La famille d'Auguste, c'est deux trois personnes qui
arrivent de Bourgogne... une vieille dame, sa sœur, et
deux pépères en noir, deux plouques, des vignerons
bien embarrassés d'être ici. Ils vont hériter du trésor...
toute la boutique... et ils n'y entravent que fifre à tout
ce qu'elle renferme, ça ne peut pas leur paraître des
marchandises sérieuses. Alors, tout ça va se disperser,
se dilapider au vent des ventes... toute son œuvre pour
ainsi dire au dab... même les tableaux bidons, ceux
qu'il n'osait pas balancer sur le marché, qui vont peut-
être faire carrière dans les musées nationaux. Chez
moi, j'en ai un... un petit Utrillo... une rue à
Montmartre en hiver. Un gai tableautin qui me réjouit
le cœur lorsque je le regarde... il est là me semble-t-il,
pour me rappeler le bon vieux temps des belles
arnaques. Sûr qu'après la mise au trou d'Auguste, on
va tout de même aller se réchauffer dans un rade... s'en
jeter un ! S'il nous voit, on se rassure, il risquera pas de
nous désapprouver... juste on peut le rendre envieux.
Tous les saints, les angelots du paradis, ne valent pas,
c'est le cas de le dire, un coup de cidre... un blanc
sec... un Sauvignon !

Dans mon itinéraire parisien, aux belles filles et aux puants commissariats, aux immeubles à double issue, aux lieux d'anciens méfaits, j'ai à ajouter à présent tout un parcours pinardier... les troquets d'Auguste... leur spécialité, le bouquet des vins... des souvenirs, cette fois, par les papilles, le gosier. Petit à petit, ils vont s'effriter eux aussi, les doux caboulots, les rades d'arcandiers, les bougnats du coin, on va les rénover pub et drug... à moins que toute la rue, tout le quartier disparaisse et les engloutisse. A Montparnasse, on en a comme ça quelques-uns... quelques gargotes qui ne sont plus que dans les souvenirs de vieux crachoteux alcooliques qui font pisser leur petit clebs au pied des buildings.

On est là, les uns les autres, dans nos gambergeries. Claude Berri me serre la pogne, il reste près de moi. Il me murmure que ce cimetière lui file un sacré coup de bourdon. Son père est enterré ici, dans le carré des Juifs. Il me montre l'endroit.

Je me pose des questions aux enterrements... leur nécessité ? S'ils ne sont que l'occase pour les copains de s'arsouiller un peu à la décarrade, alors d'accord, qu'on laisse se dérouler la cérémonie. Mais sinon... je suis plutôt partisan quant à moi de la fosse commune. J'y retrouverai mes personnages... quelques bonnes trognes... de pâles voyous, de gros idiots, de gentilles putes, les concepiges aigres... les faux vrais potes... le premier venu, le dernier qui a parlé, qui a toujours raison... les assassins de cul-de-basse-fosse, les poivrades, les bonimenteurs de foire ! Il faut que je fasse mon testament... que personne ne vienne... pas un petit sou

pour Borniol ni Roblot... ni les curetons. Ne réglez pas
la note, mes fils et mes potes ! Pas une fleur... de grâce,
laissez pousser les orties ! Il n'a pas eu le temps, il n'a
pas pensé à écrire ses dernières volontés, le dab. Sinon
je suis certain qu'il nous aurait évité ça... nos panards
qui se refroidissent dans la boue... le risque d'attraper
de quoi le rejoindre dans la quinzaine.

Le voilà... enfin, le fourgon... la dépouille à l'intérieur. Il avait perdu son bide les derniers temps.
Visible qu'il allait tourner les coins. Depuis un an, il
dégringolait de semaine en semaine. Il devenait hargneux, il ne voulait plus voir personne. Il s'enfermait
dans sa « Lanterne » et il rédigeait des lettres de
réclamations. C'était sa dernière trouvaille. Il écrivait
pour se plaindre du bruit au propriétaire. Il avait
entamé une procédure contre son voisin du dessus. Au
plafond de sa boutique il y avait un grand cerne
d'humidité. Il en déduisait que c'était le chien qui
s'oubliait sur le plancher. Il ne s'intéressait plus qu'à
ça. Le docteur lui avait interdit formel de boire...
n'est-ce pas... son foie était tout encirrhosé... le
résultat d'un demi-siècle d'intempérance. Il ne pouvait
pas trop se plaindre du ciel... depuis le septennat de
monsieur Fallières il avait entamé son marathon glou-
gloutier. Il le terminait tout de même pas si mal, il
avait tenu la distance, doublé en côte pas mal de forts
champions. Sa technique... l'entraînement quotidien
dès les aurores... par petites doses... jamais se presser.
Il ne levait pas le coude à la lurelure, rapidos, saccadé
comme Farluche... grandiloquent comme Vulcanos.
Son train de sénateur. Je l'enviais, dans un sens, j'étais

pas constitué adéquat pour lui filer le train. Cette période de « La Lanterne », j'ai eu beaucoup de peine, question picolage, à suivre le rythme de mes petits camarades. J'ai fait plutôt figure médiocre aussi bien au sprint que sur le plat ou en montagne. Au-delà de quatre cinq verres… je m'effondre, m'envape, m'endors, dégueule tripes et mode de Caen. Ça m'a donc protégé contre mon gré. Parfois, lorsque tous autour de moi sont dans l'euphorie de la dive, j'ai des coups de solitude totale. Ces moments où on ne voit que la mort tout à fait de face qui vous éblouit, plus encore que ces jours d'enterrement où l'on est diverti par le cérémonial, les assistants, la trogne des croque-morts ! Voilà, on est tous à pied maintenant. On arrive au carré prévu. C'est plein de feuilles mortes, ça renifle drôle, je trouve, avec les fleurs… la terre humide… une odeur sucrée. On est devant le trou. La Licorne se pointe, elle arrive en retard. Elle a mis un drôle de bada sur sa tronche. Une sorte de coiffure Armée du Salut pour la circonstance. Beau faire pour se donner le genre respectacle, elle a tout de même, là-dessous, sa jolie frime de salope. Elle vous suce du regard, ça c'est plus palpable, ces joies éphémères, que les promesses de félicité éternelle. Les employés des pompes funèbres sortent la boîte d'Auguste… du chêne clair… poignées d'argent. Duraille de l'imaginer raide pâle enfermé là-dedans. Sûr que son esprit est ailleurs, qu'il ne nous jette même pas un œil. Il vagabonde dans les bistrots des parages. Dans Bagneux, c'est pas des établissements huppés… la viande saoule se traînasse par là, sans conviction… des routiniers rentiers de la vinasse.

Enfin, Auguste il bêchait rien question comptoir, il lichait partout... il voyait voir ; il restait un instant au zinc... il écoutait les conversations. Rare qu'il participe. Il payait sans rien dire, rallumait sa cigarette. L'endroit, s'il lui paraissait sans relief, si le vin n'était que du Beaujolpif de Bercy, il n'y remettait plus les panards. A présent il descend au trou... le vrai, celui dont on ne sort pas avec un bulletin de sortie. Après tout, il faut bien reconnaître, le soleil ne brille jamais autant qu'un matin de levée d'écrou... les premiers pas hors des hauts murs.

L'Arsouille a retiré son chapeau, il baisse les yeux. On réfléchit tous forcément, même les plus obtus fermés à la métaphysique élémentaire. On s'imagine un peu l'avenir... quand notre tour sera venu. Ça y est, il est au fond... les fossoyeurs ont remonté leur corde. Pas de curé, il n'en voulait surtout pas, le dab, il avait l'horreur des ratichons... vissé en tête depuis l'époque du Père Combes, de Lorulot... sa prime enfance. Son père, il m'avait raconté, radical socialiste barbu... chaîne de montre apparente sur le gilet rebondi... tout ce qui était soutane, il gerbait... les croassait sur leur passage... les empêcheurs de jouir en rond ! Aujourd'hui, bien sûr, ça a perdu tout intérêt l'anticléricalisme viscéral. Ils ont tous fourgué leurs robes... leurs chapeaux noirs... leurs bavoirs blancs. Le hic, je me demande, si tout le monde n'est pas alors devenu curé... prêchiprêcheur... mêlé marxiste. Le ciel est descendu sur terre. J'en entends, j'en lis, chaque jour... de ces homélies, des *miserere* à n'en plus finir ! En soutane on les repérait mieux... on pouvait leur

échapper. Maintenant, ils entrent chez vous en plom-
bier, en E.D.F., laveur de vitres ! Ils parlent comme
tout le monde... certains sont devenus loubards en
blouson noir... ils ont tout contaminé. L'abcès crevé,
le pus se répand.

Toujours... là... aux obsèques d'Auguste, on n'aura
pas leur bénédiction. On lui jette juste une fleur sur sa
boîte... une rose, un œillet qu'on retire d'un bouquet.
On aurait pu trouver autre chose... chacun un bouchon... d'une bouteille d'un cru renommé... Saint-
Estèphe, Château-Latour, Musigny, Chablis, Pouilly,
Champagne, Châteauneuf-du-Pape ! C'eût été plus
respectueux de ses dernières volontés sans doute. On
ne sait plus quoi faire, on regarde encore un peu la
caisse... les fossoyeurs, ils sont pressés, ils commen-
cent déjà à pelleter hardi. On s'en va dans les allées,
par petits groupes. D'abord on marche silencieux... on
n'entend que nos pas sur le gravier... et puis quelqu'un
dit quelque chose... plaint Auguste d'être à présent
froid et bientôt sous un mètre de terre. Me trottent des
images. Son arrivée en 1950 à la cellule 206 avec le Karl
qui l'attendait la bite déjà toute bandante dans son
froc. Qu'est-il devenu celui-là, ce Karl ? Il a dû sortir
du chtib et puis y retourner... faire le va-et-vient
comme Marcel Flaireau, mon pote, mon associé du
temps de *La Cerise*. La veine que j'ai eue, d'avoir ce
petit talent de plume, de pouvoir me raconter en
caractères d'imprimerie. Je serais comme eux sinon, je
n'ai aucune moralité, faut bien reconnaître. Je philoso-
phe style troquet banliusard, paraît-il, je manque
d'élévation, l'optimisme distingué, mais enfin certains

ça les amuse un peu, ils m'envoient leur menue monnaie. C'est suffisant pour que je retourne pas en cabane, que je finisse pas calamiteux, édenté cheval de retour.

La chaleur du bistrot où l'on finit tous par se retrouver... les amis... La famille s'est évaporée dans les allées du cimetière ! Ça nous rebecte, on se tape des kirs, des calvas, des petits Martel... on se requinque mais le coeur n'y est plus. Nous n'aurons plus « La Lanterne », à présent, au bout du chemin... sa rue, elle n'est pas du tout passagère... ce qu'on irait y foutre sans Auguste ? On se rend bien compte que ce chapitre-là est terminé, qu'il faut vraiment tourner la page... découvrir, inventer autre chose, les uns les autres. On n'en a peut-être plus tellement envie... tellement le courage... la force aussi ! Il en faut pour sautiller de patte et de verbe passé l'âge des grandes érections matinales. On va se revoir, bien sûr, mais au hasard, dans d'autres cercles... sur d'autres parcours. La lanternerie, pendant près de quatre piges, ça nous a fait comme une communale, une guerre qu'on va se raconter, s'enjoliver, se légender. Voyez d'ailleurs, je suis à l'ouvrage, je vous chronique les choses scrupuleux.

Il ne me reste plus qu'à vous donner quelques indications sur le destin des principaux personnages... ce qu'ils sont devenus les uns les autres. Farluche, c'est déjà fait... je vous l'ai montré clodo facho agressif... cette scène de la terrasse du grand café, place Pereire. Ap'Felturk, lui, après la grande fiesta des léopards, il s'était répandu en lamentations... qu'on l'avait cavé,

essoré, possédé en levrette, à la papa, la duc d'Aumale !
Le papelard qu'il m'a fait un peu partout, à tous les
gens qu'il rencontrait. Le costard sur mesures de
brigand, grossier, butor, escroc, malotru ! Pareille
vengeance, il n'en avait jamais vu... n'en reverra jamais
plus nul doute. L'ouvrage, la grande biographie de
Vulcanos par Antoine Farluche, il se l'est gardée en
lourds paquets dans ses réserves du faubourg Saint-
Honoré... ses entrepôts... là où il entassait les bouquins de retour... après quelques mois en pile chez les
libraires.

J'ai appris... je ne me souviens plus par qui...
qu'Ap'Felturk était maintenant hémiplégique. Plaf ! la
lésion dans la cafetière. Ça n'a pas dû lui retirer grand-
chose, ses facultés intellectuelles on pouvait pas trop
les rogner sans qu'il n'en reste plus rien. Enfin, au
physique, on ne le reconnaît plus, il paraît, tant il est
amaigri... la tronche tordue, décavée. Je regretterais, si
je l'aperçois, je suis certain, ce plat de semoule dont j'ai
tendance à me glorifier. A la longue, le temps vous
lamine tout... les rancœurs, les ennemis à mort. On
s'échoue sur la grève d'une île déserte de vioquerie et
on se rend compte que ça ne valait pas tellement la
fatigue de s'exciter sur celui-là, celle-ci. On les
retrouve un jour bancalos... gâteux... bavacheux... on
n'a même plus envie de les mordre.

De l'Arsouille, je n'ai plus eu de nouvelles pendant
longtemps. Et puis la rumeur m'est venue, par quelques mauvaises fréquentations... qu'il était dans un de
nos établissements pénitentiaires du Midi de la
France... Nîmes ou Riom, on ne pouvait me préciser

au juste ! Enfin qu'il était accrocharesse un bon bail pour la fausse mornifle... des billets de cinq cents nouveaux francs... du travail minutieux, artistique, mais comme rien n'est parfait sous le ciel, ça vous amène des fois les poulets au chant du coq. L'étonnant qu'il ne m'ait plus donné de nouvelles. Il n'y manquait jamais d'habitude lorsqu'il partait dans ses colonies de vacances, il m'envoyait des cartes postales... ne serait-ce que par parachute... le maton vénal qui vous sort de la détention tout ce qu'on veut... vous rentre le Ricard, un joli calibre 45 pour peu que vous y mettiez le prix.

Les autres lanterniers, je n'ai fait que vous les esquisser... le temps m'a manqué, me manque, je m'excuse... Dans un sens c'est mieux... parti comme je le suis, y a plus de raison pour que je mette fin à mes blablateries... que je vous détaille la vie des uns des autres... le Major Hild, la Licorne, Bobby le Stéphanois avec ses prisons, Jo Dalat et ses campagnes indochinoises, tous les petits lascars qui passaient là, venaient se réchauffer d'un verre ou deux ou trois ou quatre... toutes les trognes qui entraient, sortaient... revenaient sous prétexte d'avoir quelque chose à dire... Hop ! le coude ! rebarraient... s'envolaient définitif... et les dames du monde qui nous frôlaient... un coup de châsse... d'éventail... un cil jeté... un froufrou !... Toutes les histoires de faux ceci, cela... les boules d'écume de mer fourguées attribuées à Hans Arp ! Tout me revient, peu à peu, par une image, une odeur, une musique. Sur certains noms que l'on prononce à l'improviste, je ne sais au juste remettre la bonne frime. Je n'ai pas prêté attention... j'ai eu tort. Il faut dire qu'avec Vulcanos dans le circuit on n'avait pas le temps de grand-chose. Lui, il ne risque pas de s'effacer. Mes lecteurs lectrices ne l'oublieront pas ou alors je peux revisser mon stylo, reprendre mes coupables activités d'antan.

Après la fiesta de l'Abbaye, la séance initiatrice chez les léopards, quelque temps on ne s'est pas revus. Le livre, la biographie par Farluche, personne n'en causait dans les gazettes littéraires uniquement vouées au nouveau roman, à Robbe-Grillet et à ses hilarants compères. Ap'Felturk, on l'avait dégoûté d'avance avec notre farce de Joséphine, il avait rangé l'affaire aux profits et pertes, il s'en désintéressait. Vulcanos aussi, au bout d'un mois... il avait, lui, toujours sa clientèle de mondains, ministres, députés, stars et starlettes, sans compter les gens du commun, les concierges et les charcutiers. L'unanimité, ils font tous les voyants, les devins... Madame Soleil et Monsieur Lune. On peut dire les républiques, les rois passent... les régimes nazis, marxistes, capitalistes, corporatifs... les mages restent, les horoscopes ! Même les plus rationalistes, matérialistes historiques, en lousdoc ils se glissaient certain soir chez Vulcanos. Ils lui donnaient des rendez-vous de conspirateurs. Ç'eût été gênant qu'on les alpague... les flashes photographes... clic ! clac ! à la décarrade de son cabinet. Alors ils prenaient des drôles de précautions, ils envoyaient leur bobonne, leur petite amie, leur minet s'ils briochaient dans l'infernal. Bref, Vulcanos, il ne risquait pas de se retrouver fleur, à la galtouse des salutistes. J'avais de temps en temps de ses nouvelles par la presse et puis un coup de fil subito, n'importe quelle heure, quand il avait eu une vision, un clicheton me concernant. Ça lui arrivait et, je dois reconnaître, au moment toujours adéquat.

— Fais gaffe... t'as un guignol qui veut t'entuber !

Dans les cinocheries, certes, c'est plus souvent. On est toujours au coin du bois. Vous attendent tous les plagiaires, les profiteurs d'inattention, les torpilleurs, les je-te-suce-la-bite-pour-mieux-te-la-mordre... toute la fine fleur des tronches enflées et pernicieuses ! Vulcanos m'affranchissait... j'oubliais parfois ses prédictions et paf ! ça me retombait dans les naseaux, comme toute cette aventure helvétique que j'ai racontée, et encore en l'édulcorant, dans *Cinoche*.

Mais il faut bien que je vous conduise à l'épilogue. La mort d'Auguste, son enterrement... ça ne me fait pas l'*happy end* radieux ! Vulcanos, jusqu'au bout, il devait me surprendre, m'estomaquer, me mettre en contradiction avec mes croyances ou plutôt mes non-croyances. Certes il m'avait ébranlé moult fois depuis les Colombes, toutes ses prophéties... l'assassinat de Kennedy, Mai 68, la Guerre des Six Jours... presque tous les avaros qui me parvenaient personnellement, les bonnes pinces aussi... que je décrocherai une grosse timbale avant 1980 ! Vous êtes témoins... on m'a cloqué le Prix Renaudot, personne ne peut dire le contraire, même ceux qui pensent que je ne le méritais pas. C'est sa dernière prédiction à Vulcanos... un matin de bonne heure au bigophone. Je lui trouvais une drôle de voix.

— Ecoute-moi, merde ! J'ai pas de temps à perdre...

C'était pas dans ses formules... du temps à perdre pour les copains, dans les bistrots, il en avait à refourguer ! Les gens qui savent un peu vivre ont toujours du temps à perdre, c'est bien le seul qui vaille d'être quelque peu vécu. Voilà, il tenait à me rassurer... cette nuit, plaf ! il avait eu un de ses clichetons... il s'était auparavant concentré à mon sujet. Il me voyait donc une réussite...

— Le Prix Goncourt, tu crois ?

Je l'interrogeais plutôt fébrile... le Goncourt, c'est celui qui vous apporte le plus gros tirage ! Toutes les mémères le retiennent chez le libraire sans s'occuper de son titre, de son auteur. Ainsi des choses dans les belles lettres. Comme partout, l'aventure, le bonneteau, le bonheur-la-chance. Assez souvent le lauréat dans le chapeau comme pour notre poste ogival.

— Non... C'est pas le Goncourt... c'est un autre... je sais pas, moi, le Nobel !

Là, il me chambre... et puis, à la réflexion, non, il n'y connaissait que fifre question prix... il les confond tous.

— Ou le Fémina ! Tu verras bien puisque je te le prédis !

Le Fémina aussi ça me paraissait peu probable. A moins qu'il m'aide lui-même en allant me circonvenir les dames du jury avec toujours son même argument si exceptionnel. Mes bouquins en eux-mêmes il ne s'y intéressait pas du tout. Il ne lisait pas lerche Vulcanos... toutes ses connaissances lui venaient par l'instinct, l'expérience des choses. Il est vrai que par les livres on n'apprend souvent qu'à bavacher, déconner,

se croire le nombril du monde, échafauder des théories
meurtrières.

— Je voulais te dire ça et c'est marre ! Fais pas chier
avec tes doutes, merde ! Crois en Vulcanos !

Il raccroche. Il est laconique ce matin-là. On se file
même pas un rencart pour aller se faire une galtouse
dans un restau un de ces midis. Il m'étonne... et puis je
n'y pense plus... même à sa prédiction pourtant bien
alléchante ! Un prix, ça ferait ma botte, un peu
d'artiche, de quoi respirer. Ne plus rien foutre quelque
temps — je m'imagine à tort — mon seul idéal à vrai
dire !

Ce que je ne sais pas expliquer... le pourquoi
quelques jours plus tard, c'était au mois de juin 1976
— malheureusement je n'ai pas noté la date précise —
j'ai été tout seul me promener sur le haut de Bicêtre,
vers le fort. Un secteur, à la nuit tombante, plutôt
désertique... des terrains vagues, l'herbe rase... de
quoi se faire agresser par les loubards, les manou-
ches... toutes les engeances en quête d'un coup
fourré... lame en pogne, chaîne de vélo virevoltante. Je
me baguenaude toujours n'importe où, sans me soucier
des assaillants malfrats... inconscient de tous les dan-
gers. Ça ne se porte pas sur mon allure que je fus
autrefois gibier de cabane, de potence, au contraire.
On me prend facile pour un honnête homme, un cadre
plus très dynamique, ni très jeune, mais ça ne peut que
déterminer les vocations naissantes marloupines. Toujours est-il que je me suis posé sur un petit tertre, une
petite butte pour rêvasser... revenir en arrière sans
doute, retrouver flaches-baques l'époque où ces ter-

rains vagues je les fréquentais avec Mimile, Neunœil, Musique, *les Combattants du petit bonheur*. A se demander si je me suis pas endormi, si je n'ai pas rêvé... mais tout à coup je l'ai aperçu devant moi... Vulcanos! Sa silhouette athlétique, sa grande carcasse, son crâne quasi tondu! A quelques mètres... il vient vers moi de sa démarche chaloupée... de noir vêtu... pas à se gourer, à le prendre pour Chaban-Delmas, Schreiber-Servan... ce n'était pas possible. Son coup de fil annonciateur du prix littéraire, c'était de quand?... trois quatre jours auparavant. J'avais essayé de le rappeler... pas de réponse, ni le matin, ni le soir. Ça lui arrivait de barrer en province, à Châtellerault, Carpentras, Montélimar pour y aller vaticiner. Dans un grand hôtel il s'installait quelques jours, avec une annonce dans la presse locale... y avait pas à s'étonner outre.

La surprise tout de même qu'il ne soit qu'à Biscaille et justement en train de se glander dans le même terrain vague pouilleux, à la même heure que moi.

— Vulcanos! Merde alors! Qu'est-ce que tu fous là?

L'étrange qu'il ne m'ait pas répondu. Je m'étais levé, j'avançais à sa rencontre, cordial, tout prêt à repartir en arnaque avec lui, refourguer un poste ogival Radiola... des fringues... que sais-je? Au moins aller sécher un gode dans un rade vers la porte d'Italie. J'étais certain avec cézig, malgré ses gueulantes, ses beuveries, tous ses défauts, de me marrer mieux qu'avec les rats de ciné-club, les menues chochotes des coquetèles littéraires. C'était le dernier pour ainsi dire des Mohicans. Depuis quelques années ils se faisaient

tous la valise, mes potes fauves, monstres, mes personnages, ils s'éparpillaient dans les cirrhoses, les infarc-
tus... le crabe les bectait en métastases... certains
disparaissaient sans qu'on sache ni où ni comment ! Il
me répondait toujours pas Vulcanos... et puis l'impression curieuse, désagréable d'avancer sans que ça me
rapproche. Merde ! Tout de même il me voyait, il me
scrutait de ses châsses, je vous ai dit un peu en
amande... fendus asiates, bleus très perçants. Il s'est
arrêté brusque et il s'est mis tout à coup à se marrer de
son grand rire fracassant, énorme ! Ça m'a stoppé net,
moi... pas eu le temps d'ouf, de quoi que ce soit ! De
mes yeux vu, croix de fer croix de bois... je l'ai vu
s'élever dans le ciel déjà obscur de la banlieue...
s'envoler... parfaitement... à la verticale comme un
hélicoptère ! Mais alors avec une sorte de grâce... rien
de mécanique... et son rire toujours tonitruant qui
emplissait l'atmosphère, se répercutait en écho vers le
fort. Autour de lui ça faisait une sorte de lumière bleue
éblouissante. Il a pris du temps à monter, monter... je
ne sais plus au juste, j'étais là cloué, sidéré. Il est
devenu un petit point de plus en plus indistinct. Il a
fini par se confondre avec les étoiles. Je ne rêvais pas...
un coup de froid m'a saisi soudain, m'a sorti de ma
torpeur. Je pouvais pas rester là toute la nuit. Fallait
bien que je rentre à mon bercail.

   J'avais jamais osé raconter ça à personne... aux
copains qui me demandaient de ses nouvelles au
mage... qu'on le voyait plus... qu'il ne passait plus de
publicité dans les journaux. Comment me croire ?
Enfin, je vous livre ce que j'ai vu, vécu... j'ai pas

l'habitude d'enjoliver les histoires. On va douter, certes, de ce récit... pourtant ça serait le Cardinal Archevêque qui vous bonirait quelque chose de semblable en chaire, à Notre-Dame pendant le Carême, on irait pas le contester! Ça deviendrait une Vérité Révélée... Je n'en demande pas tant.

17 avril 1978.

Et pendant qu'il les bénissait, il se sépara d'eux et fut enlevé au ciel.

Evangile selon saint Luc. XXIV.

DU MÊME AUTEUR

Aux Éditions de la Table Ronde

L'HÔPITAL

LA CERISE *(Prix Sainte-Beuve 1963.)*

CINOCHE

BLEUBITE

LES COMBATTANTS DU PETIT BONHEUR *(Prix Renaudot 1977.)*

LE CORBILLARD DE JULES

LA MÉTAMORPHOSE DES CLOPORTES

Aux Éditions Flammarion

LES ENFANTS DE CHŒUR, *nouvelles*

La Jeune Parque

L'ARGOT SANS PEINE OU LA MÉTHODE A MIMILE.
(En collaboration avec Luc Étienne.)

Collection « Livre de poche »

L'ARGOT SANS PEINE OU LA MÉTHODE A MIMILE.
(En collaboration avec Luc Étienne.)

Collection « Folio »

LA CERISE

L'HÔPITAL

CINOCHE

BLEUBITE

LES COMBATTANTS DU PETIT BONHEUR

LA MÉTAMORPHOSE DES CLOPORTES

LE CORBILLARD DE JULES

*Impression Bussière à Saint-Amand (Cher),
le 27 février 1987.
Dépôt légal : février 1987.
1er dépôt légal dans la collection : octobre 1982.
Numéro d'imprimeur : 601.*

ISBN 2-07-037419-X./Imprimé en France.
précédemment publié aux éditions de la Table Ronde.
ISBN 2-7103-0125-3

40290